规则怪谈
消失的凶手

每条看似荒诞的规则背后,都有着细思极恐的真相

小郭嘉 ◎ 著

中国友谊出版公司

图书在版编目（CIP）数据

规则怪谈：消失的凶手 / 小郭嘉著. -- 北京 : 中国友谊出版公司, 2024. 7. -- ISBN 978-7-5057-5914-5 （2025.3重印）

I . I247.5

中国国家版本馆CIP数据核字第2024C6C929号

书名	规则怪谈：消失的凶手
作者	小郭嘉
出版	中国友谊出版公司
发行	中国友谊出版公司
经销	新华书店
印刷	河北鹏润印刷有限公司
规格	880毫米×1230毫米　32开 10印张　215千字
版次	2024年7月第1版
印次	2025年3月第4次印刷
书号	ISBN 978-7-5057-5914-5
定价	48.00元
地址	北京市朝阳区西坝河南里17号楼
邮编	100028
电话	（010）64678009

如发现图书质量问题，可联系调换。质量投诉电话：010-82069336

目录

第一章 ... 001
外出规则：雨天记得打伞

第二章 ... 051
酒吧规则：切记！爱尔兰咖啡是酒

第三章 ... 096
邂逅规则：保持戒心，别被美丽的外表蒙骗

第四章 ... 199
饮食规则：夜宵禁止椰子鸡

第五章 ... 256
问诊规则：人心亦是剧毒

第六章 ... 279
取名规则：侦探事务所的名字必须是菠萝包

规则怪谈：消失的凶手

第一章

外出规则：雨天记得打伞

1

我叫苏则，现在是个侦探。我就职的侦探事务所虽位于市中心，却在一条不太热闹的街道上，是个矩形的单层水泥平房，不过占地面积大得惊人，有足足三百平方米。

房子分为前、后两个区域，前边是个门脸房，作为对外的办公区，后边则作为我们的生活区。办公区和生活区由一条十米左右的走廊连通，走廊两侧各有一块空地，大约有三十平方米，种着各式各样悉心打理的花草，权且算作小花园吧。左边的小花园中央架着秋千架，右边的小花园里则摆着石桌椅，走廊和小花园之间装有可以向左右推拉的玻璃门，方便随时出入。

穿过走廊便是生活区，其实就是宿舍。生活区包括客厅、卧室和厨房。客厅和厨房在中间，用操作台隔开。说是客厅，其实不会用来待客，完全是我们内部休息的场所。客厅里摆着彩电、茶几、餐桌、松软的大沙发；厨房里也是大到冰箱、嵌入式烤箱，小到锅碗瓢盆等一应俱全。最近还特意划出一块区域作为水吧台，摆上了高档的咖啡机和各种调酒道具，现在就差一个可以熟练使用它们的人了。

四间卧室分列两边，左边两间预留给男生使用，右边两间预留给女生使用，最边上的两间则是卫浴室，当然也是男女分开的。之所以说预留，是因为侦探所目前算上我，共有三名员工在岗，其中一位女生自己在外面租了房子，暂时不打算搬来与我们同住，所以，截至今天早上，生活区只住着我和另一位女生。多余但有必要强调一句，我和她是清白的。而现在，我就在前去迎接最后一位侦探所员工的路上，地点是监狱。

我将车停靠在路边，从这里能清楚地看见监狱的门口是否有人出入，同时也使自己不太靠近监狱。

看了眼时间，9点56分，监狱门口冷冷清清的，应该还要等待一会儿。我拿出手机，开始搜索侦探事务所附近的餐厅，我们觉得还是有必要为新同事接风洗尘的。

来回找了几家，无论是炙烤银鳕鱼、海鲜火锅，还是红酒炖牛肉，单从图片上看都十分诱人，但决定不了啊。虽然找店是我的任务，但还是等接到人回去之后，再一起商量最为稳妥。

正当我犯难的时候，传来敲打副驾驶座车窗的声音。

难不成我停在了违停区域?

我立即摇下车窗,脸上尽可能露出笑容,然而眼前出现的并非交警,而是一个将脑袋探进车里的中年男人。男人皮肤黝黑,身形健硕,头戴黑色鸭舌帽,帽檐压得很低,几乎遮到鼻梁,胡子也剃得干净,上身穿着黑色的连帽卫衣,这就是我对他的瞬间印象。

"请问……"

我话刚说出口,男人突然缩回脑袋,一只手伸进车窗从内侧打开副驾驶座车门。前一秒,一个黑色的手提行李包从我眼前划过,甩到后座;后一秒,男人的身体就灵活地钻进副驾驶座,还顺手关上了车门。整套动作行云流水,而且用时极短,等我反应过来的时候,男人正在给自己系安全带。随后,他缓缓摇上车窗,又伸手感应空调出风口,最后转过头看着我,左侧嘴角微微上扬。

"怎么,助手,不认识我了?"

多年未见,他的外形已经有明显变化,再加上被帽子遮挡住半张脸庞,确实无法在瞬间辨认出他的身份,但是这个充满戏谑的语气,我绝对忘不了。

也许是看见我目瞪口呆的表情,男人摘下鸭舌帽,露出闪烁着锐利光芒的双眼,用同样的语气说:"实验开始了。"

"你……"

"逗你玩的,我不会再拉着你做那些无趣的实验了。"

"我不是想问这个,我是想知道你什么时候出来的,我怎么没看到你?"

"出来半小时了。因为你之前让表哥带话说要来接我,所以,我一直在前面的树荫下坐着。"

我看向前方，监狱门口确实有一处不到一米高的圆形花圃，花圃中间种着一棵高大的松树。从我的视角看去，能够看清楚大树的前方和两侧，可是如果他坐在背面，身形就会被粗壮的枝干遮掩。

"谁让你非得躲在树后面，我……"

我话只说到一半，又让他截住了："废话，只有躲在树后面能遮阳，要不然我得被太阳白白晒半小时。"

"你就不能等我把话说完吗？"

"可是我一下子就猜到你想说什么了。"

我盯着他，沉默不语。

"别老盯着我呀，看得我浑身毛毛的，说话。"

"你不是会猜吗？接着猜我想说什么呗。"

"倒也不是每句都猜得对。"

"那么你是怎么知道……"

这次我刻意说到一半就戛然而止，然后屏着气，直视着他。他只是眨了下眼睛，嘴唇一动不动。空气从鼻腔里涌出，我开口说话，与此同时，他也开口了：

"我（你）在这辆车里？"

烦死了！

时隔多年，令人讨厌的感觉竟然如昨日那般熟悉，也是实属不易。

然而他完全不顾我内心的抱怨，继续说下去：

"原因很简单，这里是监狱门口，会把车停在这里的人要么是送人进去，要么是接从里面出来的人离开，除此之外，我想不到谁会把见面地点约在监狱门口。顺着这个思路，前者是警车，自然是正大光明开进去,所以只能是后者。而且车主把车停在距离门口有数米远的位置,说明打从心底排斥这里,为什么呢?说不定曾经在里面生活过一段日子。再者,出来之前,我向警卫打听过,今天重获自由的人只有我一个,而这辆车停在这里十五分钟一动不动,由此我大胆猜测是来接我的。最后,作为最直接、最有效的证据,在我走向这辆车的途中,映在我眼中的画面,戴着斯文败类的金框眼镜,捧着手机流着哈喇子一脸傻笑的男人,没错,就是你,我曾经愚蠢的助手。"

心态爆炸了!

我现在就想打开监狱的大门,拎起他的脖子丢进去!

曾经自称教授的男人向着正前方高傲地扬起挺拔的鼻梁,余光在我脸上一扫而过,自满地问:"如何,我这段天衣无缝的推理,足够作为加入侦探事务所的投名状吗?"

第一次在滑雪场的酒吧里,我也曾观察过他的侧颜,尖利的下巴,炯炯发光的双眼,蓬松的卷发。

卷发?

我这才注意到,教授的卷发消失了,取而代之的是差不多能遮住脖子的长发,扎成小辫子悬在脑后。

"你这单马尾的造型是怎么回事?"

"无知,这叫承接艺术气息的纽带。"

"艺术?你啊?你是在里头中了邪,还是被哪位传销大师洗了脑?"

"这是我自个儿悟出来的艺术,和你解释不清楚。"

"甭解释了,我不想理解。"我摇摇头拒绝了。但直觉告诉我,揪他的马尾巴辫一定很有趣，以后要多试几次。

"现在去哪儿？"他问。

"侦探事务所，先带你和另外两位伙伴见面。"我回答。

他看着我，神情严肃，做了个调换座位的手势："要不要换个位置？"

我用微笑回应他的好意："你多虑了，我已经从那场车祸中走出来了，也可以直面姐姐离世的事实。"

踩下油门，我们开始返程。

2

教授背部紧贴副驾驶座，头坚定地朝向前方，不过眼珠子却一刻也没闲着，快速地扫向四周。

"你怎么突然想到要成为侦探？"他突然问道。

"机缘巧合，而且暂时也想不到我能从事的工作。"我脱口而出回答。

相同的问题，相同的回答，相同的对话，似乎已经在近期出现过多次。每个熟识我的人听到我说自己是侦探的时候，都会表现出惊讶、疑惑，最后是看似理解和宽慰的表情。

实际上，他们在想些什么呢？如果是以前的我，大概会在心底好奇，揣测，自我怀疑。可是，风会吹散烟尘，水会冲刷痕迹，现在的我只是不失礼貌地回以微笑。

管他呢，我已经下定决心今后只为自己而活。

"没有什么契机吗？"

"硬要说契机，大概是我之前在 T 酒店里工作过一段时间。"

"这件事我听表哥说起过。你以兼职生的身份进入酒店，尝试了在多个部门轮岗，最后在前厅部干得风生水起。"

"太夸张了，只是相比起其他部门更加得心应手些。"

我在前厅部的一年时间，主要负责帮助客人办理入住和退房，工作相对单一，但是能最直观地面对形形色色的人，倒是学到了许多宝贵的经验。

"可是，部门多次希望你能够成为正式员工，都被你借故婉拒了。"

"我是总经理亲自带进去的人，这点酒店上下都心知肚明，可我毕竟是刑满释放人员，同事们碍于总经理的面子虽然都对我客客气气的，但内心未必真的认可我。"

"果然，你还是在意这一点啊，不过，现在的我完全理解。"

"况且我原本也没打算长期在酒店工作。然后，酒店迎来了每年一度的特殊活动。"

"假面舞会？"

"由于被我们，不，被你大闹一场，酒店的声誉受到影响，无奈之下，只好放弃再举办假面舞会的想法，推出新的活动。"

"也不能都怪我，这个事情嘛，本质上，它……算了，你接着说。"

"第一年的活动主题是蛋糕。酒店从全国各地邀请了有名的甜品师，制作各种各样的精美蛋糕，供客人品尝。之后的主题有中餐、西餐、茶，等等。再后来活动的主题从食物变成了游戏，例如今年的海龟汤游戏。"

"这名字听着倒是新奇。"

"是一种推理游戏。游戏分为两种角色：出题者与答题者。出题者会事先给出结论作为谜面，然后由答题者提问。其间，出题者只能回答'是''否''与答案无关'，答题者则可以一直提问，直到推理出整个故事的真相或者认输放弃。"

"都是些什么类型的故事？"

"大多是悬疑推理类，也有包含恐怖元素的。"

"举个例子。"

汽车行驶到十字路口，恰好遇到红灯，我停下车，说出第一个谜面：

"我和男朋友约定在天桥上见面，出门前天降大雨，可是我们仍然如约见面。当我走到天桥正中间的时候，男朋友在天桥下方被路过的车撞死。你可以开始提问了。"

"从本质上分析，死者的死属于自杀、谋杀还是意外？"教授目视前方，停顿了一秒后，再次开口，"我忘了，你只能回答'是'或'否'。"

"而且本质也是需要你自己推理得出的。"

"那我换种方式提问：你伸手了是吗？"说完，他抬起双手做了个向前推的动作。

我诧异地看着他的侧颜，教授竟然跳过前面的铺垫，直接问到关键点上。

"别看我，看前面，你正在开车呢。"

前方的五辆车依旧一动不动，漫长的红灯等待时间。

"是。"这是我的回答。

"是你坚持见面的吗？"

"是。"

"路上行人多，是吗？"

"是。"

"他比你早到天桥，并且是从天桥上掉下去的？"

"是。"

"那么我大胆猜测故事的经过：你和男朋友约好在天桥见面商量某件重要的事情，重要到即便天降大雨你也坚持要见面。到了约定时间，男朋友比你更早到达天桥，或许此时的你抱着谈不拢就杀了他的想法，所以故意晚到，借着大雨和雨伞的掩护，你从后面悄悄接近他，给他一个惊吓。由于雨天桥面湿滑，他身体失去重心，即将从天桥侧栏掉落，你装作想拉住他，实际上却伸手把他推了下去。"

教授说完答案的时候，我们恰巧经过一座高架桥，动车沿着铁轨呼啸而过。

我耸了耸肩："几乎都被你说中了。"

他先是简单回应了一个"哦"，等了几秒钟，我猜测他是在脑子里重新思索，又问："我说错什么了吗？"

"没有错，只是漏了一个不重要的前提条件：我和男朋友第一次相遇的地点就是天桥。"

"原来如此，既然这段关系必须做个了断，那就在开始的地方彻底结束，这也算是动机之一吧。"

"总之，出题者只给出谜面和答案，至于动机是什么就不得而知了。"

"你说这游戏叫海龟汤吗？倒是有些意思。"

"这个游戏在客人当中的反响也相当不错，当天的活动是继假面舞会之后，近几年来最受好评的活动。"

"看来我表哥找到了一个好军师。"

"军师？"

"不是我小瞧人，以我对他的了解，他绝对想不出这样的谜面，更何况整个晚上的活动肯定不止一道谜题。"

"当晚总共出了七道谜题，至于是不是总经理自己想出来的我没问。"

"这么说起来，当时你还是以酒店员工的身份参与活动的吗？"

"嗯，我是在活动结束后才下定决心离开的。"

"那么你在活动开始前就知道谜题和答案咯。"

"并不知道。总经理希望在场的员工也一起参与，所以除了他本人，应该没有其他人知道答案。"

"让所有人都有参与感，这点确实是表哥的做派。那么，七道题你猜对了几道？"

"一题都没猜对。"

"什么？"他几乎达到咆哮程度的声音在车内回响着，震得我耳朵嗡嗡响。

我揉了揉右边耳窝，不悦地说："这车里只有你和我，不用吼这么大声我也能听清。"

"你到底哪儿来的勇气当侦探？"

"海龟汤活动和侦探完全是两码事，怎么能混为一谈？"

"问题在于你缺少对案件敏锐的嗅觉。不对，你说得对，海龟汤活动和成为侦探确实无关。告诉我，助手，你真正的目的。"

"目的？你误会了，我只是被人问了一个问题，'你也享受解开谜题的乐趣吧，要不要考虑加入我的侦探事务所，以侦探的身份'，仅此而已。"

"我怎么觉得是你被传销了。"

"当时邀请我的正是侦探事务所所长。"我看向教授，又很快移开目光，直视前方路面，"再说了，即使我一个人的力量不够，也还有可以依靠的同伴们，你说呢？"

"我突然有种需要重新思考是否加入你们侦探所的感觉。"

我猜他说这话的时候顺带翻了个白眼，但是没有特意转过头确认，如果是以前的他，是会这么做的，现在嘛，谁知道呢？

3

趁我将车停进车库的工夫，教授已经绕着事务所的外围转悠了小半圈。

教授满脸写着"真的假的"看向我："这地儿可不小啊，全都是我们侦探事务所？"

我瞥了一眼这个半小时前还打算慎重考虑的家伙，说："前面是办公区域，后面是生活区域。"

事务所的外墙分别用两种不同的颜色区分开，办公区域是浅灰色，生活区域则是白色。所长的解释是，工作应该严肃，生活需要温暖与柔和。

"这么大的场地，一个月租金得多贵？"

"不用租金，地是所长从祖父那里继承的遗产。顺带一提，遗产还包括市中心的一套房子，不过现在租出去了。"

"所长是大富豪啊。"

"可以这么理解。"

"欸？慢着，这个侦探事务所的名字是认真的吗？"

教授指着事务所的大招牌，发出了和我第一次来这里时相同的疑问。

菠萝包侦探事务所。

据说我们任性的所长是嚼着菠萝包看悬疑剧的时候，突发奇想：反正闲着也是闲着，为什么不干脆开一家侦探事务所呢？

"真的没问题吗，助手？"

"都站在门口了，不妨进去见见其他同伴再做决定。另外，我已经不是你的助手了。"

我抛下教授，率先推开挂着"Love&Peace"牌子的木门，走进事务所用"Love&Peace"代替欢迎光临也是所长的想法。

门后是大约五米长、三米宽的玄关，采用的是日式下沉式设计，放有雨伞架和盆栽。原本打算挂上两幅彰显文艺气息的画作，只可惜，所长还没找到合适的作品。

再往前走，穿过挂着串珠帘的垭口，就正式进入事务所的办公区域。

办公区域里陈设简单，中间是三组摆成U字形的灰色软沙发，沙发前面是圆形的红木茶几，据说价格不菲。

沙发往左是电脑区域，所长是这么命名的，但也确实是这么回事：一张矩形大桌，摆上四台电脑，主要作用是工作之余四个人能够一起打游戏。靠墙是一排书柜，上面摆满了各种各样的悬疑推理小说，按照不同的作者及其作品的出版时间排序放置。

沙发往右是简易茶水间和洗手间，通往生活区走廊的门也在这侧。

"我回来了。"

"辛苦了。"

答话的是坐在沙发上穿着运动服的诺诺。诺诺身形匀称，一头深棕色长发扎成单马尾，额头上绑着发带是她常有的搭配。她的家原本在隔壁市，因为受不了家里总是给她介绍相亲对象，这才干脆离家出走，逃到本市。之后又被事务所招牌误导，正在找饭店的她以为是咖啡店之类的地方误入这里，机缘巧合吃了一碗所长亲手制作的咖喱饭之后，被美味俘获，决心成为侦探事务所的一员。因此，所长曾经开玩笑说，诺诺是自己送上门来的伙伴。

"诺诺，怎么只有你一个人？"我问。

"小妤早上烤了苹果派，刚才去厨房取，算算时间差不多该回来了。"诺诺抬起头，冲我笑了笑，又把注意力转回手上捧着的书上。为了成为像样的侦探，她最近正在恶补侦探小说。

"苹果派啊，真令人期待。"

正说着，尚未脱掉围裙的任性所长，那个留着黑色披肩长发、身形娇小、性格活泼开朗的美少女，端着一盘苹果派出现在走廊。

我立即走上前，从她手中接过盘子，放在茶几上："人我带来了。"

"人呢？"所长问道，与甜美外貌形成反差的是她天生的烟嗓。

"在大门口外面站着。"

"没礼貌，怎么不请他进来？"

"放心，他会自己进来的，就算是闻着香味也会进来的。"

我漫不经心地回答，视线不自觉地移向桌上的苹果派。再次抬起头的时候，我发现诺诺早已放下小说，盯着苹果派吞咽唾液。

仿佛是看穿了我们的心思，所长不可反驳的命令从背后传来："你们俩不准偷吃哟。这是我特意为新伙伴准备的接风礼物，象征平安归来。"

"是。"我和诺诺不情愿地回答。

不到半分钟，教授果然走了进来，当他扫视办公区域时，我清楚地看见了他浅浅的微笑。

小妤看向我，在我点头确认后，笑着走上前迎接："邓钟教授，可算是把你等来了。别站着，先坐下再说。喝咖啡吗？还是果汁？茶也有，我这就去给你沏一杯。"

一通热情招呼过后，我们四个人在沙发上坐定。

小妤清了清嗓子，开始发言："好，既然人都到齐了，那么大家都做个自我介绍，互相认识认识。首先，由我开始。我叫段琪妤，今年二十四岁，是这家侦探事务所的所长，他们都叫我小妤。"

"我是肖柠诺，二十八岁，还要说些什么呢？"诺诺求助般看向小妤和我，眨了眨眼睛。

小妤见状，连忙打圆场："诺诺她不擅长和初次见面的人交流，等你们熟络之后就好了。"

"不是说女生很介意别人谈论自己的年龄吗？"教授问。

"是有那么一点点介意，但我们是自己说出来的，就觉得问题不大，对吧，诺诺？"

"我是因为小妤说了，才跟着说了。"

"直接跳过我吧。"我说，"到你了，教授。"

教授来回看了看我们三个，有些为难地摸摸下巴："我叫邓钟，今年四十三岁，苏则之前都喊我教授，如果你们不嫌弃，也可以这么叫。"

"教授，你大了我快两轮耶。"

又来了！小妤用最萌的表情说出最狠的话，再看看教授的反应，差点气得一口老血吐出来。

"我们先跳过年龄这个伤人的话题，说说现在这个侦探事务所的业绩如何？"

"实不相瞒，虽说是上个月已挂牌成立，但是我们约定好，要等到你来了，事务所才算是正式开始营业。"

教授一下子挺直腰板，一副受宠若惊的表情："我对咱们事务所如此重要吗？"

"当然。听过苏则对你的描述后，我立即确定你就是我们事务所最后也是最重要的那块拼图。"

不知道是不是许久未听到别人对他的恭维之词，教授即便努力压抑着笑容，嘴角还是不争气地疯狂向上扬。

"既然如此，有没有业绩就不重要了，以后慢慢就会有的，反正你还有存款，应该够撑一段时间。"

小妤挪动身子往我这里凑了凑，小声问我："要不把实情告诉他？"

我点头同意，随即看向诺诺："诺诺，以防万一，你先把大门盯住。"

"等等,现在这是什么情况,怎么还小声密谋起来了?"教授问。

小妤笑着说:"关于我的情况,不知道阿则和你说了多少。我上大学时就从去世的爷爷那里继承了这里和市区的房子。毕业后也没有上过班,靠着另一套房子的租金来装修了这家事务所,当然主要是我们的生活区。你想啊,中央空调、净水器、嵌入式烤箱、热水器等选的都是大牌子,一个比一个贵,所以呀,现在我银行卡里的余额只够这个月的日常开销,要是接不到活儿,恐怕下个月就得倒闭。"

"所以,其实你没钱发工资?"

"目前来说,这种风险是存在的。当然,如果你们同意延时发放,或者等额转化成股份入股,我也是同意的。"

"也是个不错的主意,但是呢,我之前答应了我表哥,出来之后第一时间去见他,这个事情我会认真考虑的,过两天给你们答复,告辞。"

话还没说完,教授已然起身,看架势是打算溜之大吉。

"诺诺,守住大门,他想溜。"

我话音刚落,诺诺矫健地翻过沙发,挡在了门口。

"苏则,你也太不够意思了,不仅把我往坑里带,还不让我走。"

"哪有你说的那么夸张,我们是看中了你的智慧。再说了,我和你现在的身份,能有这么个栖身之所也不赖了。"

教授见说服不了我,又将矛头对准了诺诺:

"小姑娘,丑话先说在前头,在里面的这些日子,我可没少练肌肉,真动起手来,当心受伤啊。"

"他确实壮了许多，诺诺，不用手下留情。"我说。

诺诺有些为难地笑了笑："我只能用五成力，多了他招架不住。"

教授抖擞精神，双手架在胸前，摆开架势："这话听着我都来劲了，行，那我也点到为止。"

小妤拿着蓝色文件夹站起来，走到教授身旁，轻轻拍了拍他的肩膀："教授，别怪我们没提醒，诺诺长在武术世家，从小习武，曾是我国奥运会散打项目的预备役选手。"

诺诺纠正她，说："是柔道，散打是初中时学的。"

眼见着教授的肩膀有向下垮的趋势，我接着说："除此之外，我记得跆拳道的段位好像也挺高。"

"黑带，八段。"诺诺回答得轻描淡写。

教授立刻垂下双手，转身对着她，笑嘻嘻地说："合同呢？我签，现在就签。"

教授重新回到沙发旁坐下，打开文件夹却发现里面只有一张白纸。

"怎么是白纸？"他问。

"因为压根就没有劳动合同。我不是在针对你，而是在座的你们都是如此。这家侦探事务所的未来充满不确定性，下个月就被迫关闭了也说不定，合同什么的反而显得多余。而且，我觉得未来的某一天你们也许会陆续离开，另谋高就，我不希望这一纸合约成为你们的束缚。不过，如果真的有那一天，我还是希望你们能提前告诉我，因为悄无声息地离去真的会让我难过。"小妤说完刻意等了两秒钟，见教授没有打断，继续说，"最后，关于工资，我无法承诺具体的金额。虽然每个月能收到另一栋房子的租金，但是扣除水电费、餐饮费以及日常开销后，恐怕所剩无几了，所以我决定，以后你们三位负责案子，我负责照顾你们的生活起居，事务所每月所得收入平均四份，一人一份。这点我此前已经向阿则和诺诺说明过，他们也表示理解和同意。"

教授看向我们，我和诺诺都点头回应。

"说到这里，诺诺，你还是不打算搬过来和我们一起住吗？"小妤问。

"我之前和房东签的租房合同是一次交满半年房租，如果现在提出解约退租，剩余的两个月房租就拿不回来了。"诺诺回答。

"那还是再等两个月，但是，房间我给你留着，三餐也给你备好，你就在这里吃完饭再回去。"

"谢谢。"

小妤又转向教授，问道："对了，教授对调酒和煮咖啡有研究吗？"

"我对酒的兴趣不大，咖啡之前也只喝速溶咖啡。"教授回答。

小妤遗憾地努了努嘴："是吗？那只好我来学了，不能浪费了那么好的水吧台和咖啡机。"

教授翕动嘴唇，似乎还想说些什么，但是被脚步声打断了。

听动静应该是位女士，踩着细长的高跟鞋，脚步声断断续续，大概是在犹豫是否走进这栋奇怪的建筑。

几秒钟后，这位来访者的身影完全出现在我们面前。她三十岁出头，中等样貌，眼窝深陷，即便化着浓厚的妆依然遮掩不住她的憔悴。上身是浅紫色的毛衣，纯白的裙子刚好遮住膝盖，搭配一双白色高跟鞋，显得双腿更加细长。

"打扰了，我看见门口的招牌上写着侦探事务所，是这里吗？"

小妤站起来:"是,欢迎来到菠萝包侦探事务所。"

教授立即热情地迎了上去,十分有礼貌地请客人在沙发上落座:"有案子?没问题啊,交给我们调查您尽管放心。"

"慢着。"所长一把将教授推开,然后指着挂在墙上的一块黑板说,"这位女士,在你提出委托之前,我有必要先申明一点,我们是正规的侦探事务所,所以自然有我们自己的办案规则。"

准委托人向内攥了一下皮包的提手,低下头,抿着嘴唇。

也许是想打退堂鼓。

但是,她很快又抬起头,顺着所长手指的方向看去。

那是一块 40 厘米 ×30 厘米大小的矩形黑板,任性的所长用白色粉笔书写了几行事务所的规则。暂且不论规则的内容是否合理,至少她的字迹清秀端正,算得上赏心悦目。

目前完整展现出的规则只有三条,第四条规则她还没想好,所以只停留在阿拉伯数字 4 及其后面的冒号上面。用粉笔写在黑板上,也是为了方便她随时修改。

所长煞有介事地清了清嗓子,说:"第一条,我们不接无趣的案子。"

"无趣?"

客人提问的同时,教授也张大了嘴,只不过他还没来得及质疑,已经被我从身后捂住了嘴。

小妤说:"跟踪偷拍、调查婚外情诸如此类都算是无趣,当然,充当打手、杀人越货这些违法乱纪的事情我们也是坚决不做的。"

"不是这种。"客人说。

"那么,第二条,请允许我们在交谈过程中全程录音。"

"录音又是为什么？"

"话出自你的嘴巴，进入我们的耳朵，看似清清楚楚、明明白白，实际上却不尽然。首先需要明确的是，当事人对案件的叙述往往会为我们提供前期调查的方向，这点至关重要，正因为如此，我们才要确保所听到的叙述真实且准确无误。"说完，小妤刻意顿了一下，等待客人的反应。

客人似懂非懂地点点头。

"可是呢，只听过一遍的事情很难全部记住，尤其是细节，偏偏细节才是关键。你可能会产生疑问：我们不是四个人吗？难道都记不住吗？问题就出在这里，我们人太多了，反而容易出现记忆混淆，毕竟听错了、听漏了也是常有的事嘛。这时候，你可能在想，那直接电话联系你，或是利用其他通信手段向你本人求证不是更稳妥吗？确实如此，但是，恐怕你每天都要数次接通我们的电话，白天还好，若是在半夜或者你不方便的时间，我们突然想到急需向你确认的细节，那么……"

"别说了，我同意录音。"

"多谢理解。那么最后一条，费用包括调查佣金及调查过程中产生的交通费等必要消费，在客人确认委托我们调查之后，我们会收取总佣金的百分之十作为定金，余下费用请在案件调查结束后三日内结清，本事务所不接受赊账、分期付款及讨价还价。如遇不可抗力及我们自身因素导致无法继续调查，我们将全额返还定金，其间产生的所有费用也由我们自行承担。到此为止，你都能接受吗？"

客人稍显犹豫，但还是开口回答："我接受。"

"既然如此,请原谅我之前的唐突与失礼。"小妤稍稍低头致意,随即继续说,"接下来,也请说出你的委托内容。"

"我想委托你们调查我父亲的案子。"她说。

我和身旁的教授对视之后,问:"能请你说得再具体些吗?"

客人抬起头,眼中第一次透出黯淡的光芒:"三天前的雨夜,我的父亲从天桥坠亡,我想请你们调查他死亡的真相。"

4.

"天桥吗?"教授瞪大了眼睛,诧异地看向我。

我猜他是想起了刚才在半路上,我对他提起的海龟汤活动,但是哪有这么巧的事。

"是从天桥坠落,被路过的车辆撞上导致死亡的吗?"他继续追问。

"不,是落在河里,溺亡。"委托人回答。

"哈?天桥底下是河?"教授的眼睛瞪得更大了。

小妤从茶水间出来,手上端着五杯橙汁:"三天前,天桥,河,我想起来了,那天莫记点心屋的老板莫英在天河公园的石桥下溺亡,所以,你是?"

我们面前的女士脸颊有些泛红,说:"我是他的独生女,莫晴。"

"莫记点心屋是有数百年历史的老店,算是本地最受欢迎的点心屋之一,店面虽然不大,但是每天都门庭若市,其招牌绿豆糕更是远近闻名,听说常常有外省的客人前来购买。"小妤说。

"虽然经常有客人想要大批量订购邮寄到其他地方,但是我父亲脾气怪,非说要当天吃才能体会到绿豆糕的美味,所以通通拒绝了。"

"这就是美食家的严谨之处啊。"

"说得好听些是这样,说得难听点就是偏执。"

教授急切打断了小妤和客人的对话,问道:"先等一下,你们谁能给我解释解释天桥是怎么回事?"

我解释说:"天河公园里有条东西向的河流横贯公园,十几米宽,却很深,河流上方有座百年老石桥,由于公园名字是天河公园,那座桥就被当地老百姓称为天桥,这个叫法一直延续到现在。"

"原来如此。"教授点点头,看向客人接着问:"莫女士,你刚才说想请我们调查真相是什么意思?"

莫女士立即回答:"警方在父亲体内检测出大量酒精,认为父亲是在醉酒状态下失足落水而亡的。"

不知道是不是终于说到了重点,她的情绪比之前要激动。

"可你觉得那并非意外?"

"我认为是谋杀。"

"为什么?"

"因为当天晚上,父亲曾给那个女人打电话,要她带着雨伞去天河公园接自己。"

"你口中的那个女人是指?"

"我的继母赵婉。"

"所以,你觉得凶手是你的继母,可是动机呢?"

"为了父亲手中的秘方。"

教授下意识地看向我，眼里满是疑惑。可惜我对秘方这件事也是头一回听说，倒是小妤对此有所了解，她连忙开口问：

"外界一直在传莫家有张代代相传的绿豆糕秘方，难道是真的？"

莫女士叹了一口气："确实存在一张秘方，不过，这张秘方一直由父亲独自保管，除了他以外，没有人知道具体内容。"

"连你也没见过吗？"

"按照世世代代传下来的规矩，只有当代店主和继任者有权知晓，其余人，哪怕是自己的亲人也不能透露。"

"难道你不是继任者吗？"

"我对制作那些糕点毫无兴趣可言，也不打算继承点心屋，在父亲心里，恐怕我早就失去了资格。这两年，父亲开始给我介绍男人，都是喜爱糕点、愿意入赘并继承点心屋的男人，并强迫我选择其中一个作为结婚对象。为此，我们已经吵过无数回架。"说到这里，莫女士不禁提高了音量。

"可是，你心里有其他想结婚的对象。"教授一语道破。

"你怎么看出来的？"

"侦探的直觉。"

"不愧是专业的侦探。是的，我有喜欢的人，他对我很好，也甘愿为我入赘，继承点心屋，然而父亲只见了他一面，就对他劈头盖脸一顿臭骂，毫不留情面地将他赶了出去。"

听到这里，教授陷入了沉思。我猜测不出他此刻的想法，但是可以确定的是，他的眼中少见地流露出一抹悲伤的神情。

代替沉默的教授，我开口问："莫女士，你怀疑继母为了一张秘方杀人，有没有更具体的证据？"

"我父亲年近六旬，而她四十不到，两人自从去年初相识，到结婚，相隔不到半年时间，而且确定关系后她就主动提出到店里帮忙。我父亲有个习惯，总是把自己一个人锁在厨房里制作绿豆糕，每次她就在门口守着，寸步不离。我还听说她认识我父亲的时候有个交往多年的对象，为了和我父亲结婚就狠心抛弃对方。都做到这种程度了，难道她的目的还不够明显吗？"莫女士回答。

"话虽如此，但动机是动机，并不代表就一定会杀人。莫女士，你是否还有更直接的证据？"

莫晴牢牢攥住皮包的提手，由于用力过猛，手背上的青筋都完全浮现出来了。

"因为我亲睹，赵婉从后面将我父亲推下天桥。"

教授没有像我们一样露出惊讶的神色，只是第一次皱紧眉头，过了几秒钟，他叹了口气说道："莫女士，请你将案发当晚所发生的事情全部告诉我们。"

"三天前的傍晚，父亲应邀前去参加一位朋友的喜宴。到了晚上八点二十六分，我接到父亲的电话，他说外面下雨了，要我到天河公园给他送伞。可是，当时窗外的雨并不大，顶多就是小雨，而且那天上午我们刚吵过一架，我还在气头上，心想他是故意要捉弄我，所以没等他说完就把电话挂了。过了几分钟，我到厨房倒水，正好碰到准备出门送伞的赵婉，走之前她还小声唠叨'这么大的雨不自己打车，非要人出门送伞'，这时候我才注意到，外面的雨势增强了。我心里突然开始不安，于是立即换好衣服，想着跟在赵婉后面看看。

"然而，雨太大，路上没看到出租车，我一路紧赶慢赶也没跟上她。等我再次看见她的时候，她站在天桥上，而父亲背对着她，坐在桥栏上，然后，我看见她伸手将父亲推了下去。当时我吓坏了，不敢动弹。过了一会儿，赵婉从公园的北侧出口离开了，我实在太害怕了，甚至都不敢走到桥上看一眼就转身逃回了家，躲进了被子里。没过多久，我隐约听见她进家的声音，我以为她要来杀我了，可是没有。再后来，我听见了翻箱倒柜的声音，我没敢过去看，她也没来找我，就这样一直到天亮。之后警察就来了，说在天河公园发现了父亲的遗体。"

教授问："莫女士，事关重大，而且降雨会影响视线，所以请你谨慎思考过后再回答我，你当真看清楚所有细节了吗？"

莫晴立刻回答道："千真万确。"

教授显然不满意莫晴轻率的态度，他的脸颊略有抽动："是吗？那么他们当时打的是什么颜色的伞？你继母是用哪只手将你父亲推下桥的？"

莫晴的眼珠快速转动了几下，"我父亲打的是黑伞，继母左手打着红伞，用右手将父亲推了下去。"

教授的表情没有变化，只是调整了一下呼吸，"你没把看见的告诉警察吗？"

"我也想说，可是没有证据，警方似乎已经认定父亲的死是意外，而且，我害怕如果无法坐实赵婉的罪行，她会杀了我。"

"那么你现在还住在家里吗？"

"不，我搬出来了，住在酒店。"

"为什么没去找男朋友？"

"他说为了避免招惹嫌疑，还是暂时不要联系为好。"

"真是微妙的说法。"

"你的意思是？"

"没什么，我只是说这句话，没有针对他个人的意思。"教授稍稍抬起手，解释道。

"我明白。"莫女士有些僵硬地回以笑容。

"关于那天晚上的事情，你还有需要补充的吗？"教授继续问。

"我想没有了。"她稍稍停顿片刻，又补充了句，"请你们一定帮我找出真相，我愿意支付双倍酬劳。"

莫女士语气决绝，眼神也不再犹疑，仿佛是在孤注一掷。

教授给我们使了个眼色，径直走到垭口前面站定，然后转过身，稍微弯腰，像个准备送客的门童亲切地帮忙拉开了珠帘，口中却下起了逐客令："莫女士，大致情况我们已经了解，我们会尽快调查清楚事件的真相，届时一定能给到你满意的答复，请你耐心等待。时间不早了，留下联系方式后，就请你先回吧，我送你出去。"

莫女士面露愠色，小妤则无奈地苦笑着，递上了纸和笔。莫女士快速写完联系方式，拎着包穿过玄关，走出事务所，只留下高跟鞋急速踩踏地面的声音。

很快，挂着"Love&Peace"牌子的木门被重重关上。

教授站直身子，顺势伸了个懒腰，问："你们怎么看？"

"她的理由有些牵强。"我回答。

"你是指没把亲睹继母杀害父亲这件事告诉警方，对吧？"教授问。

"没错。被杀害的人是自己的父亲，即便再害怕，不，比起恐惧，恨不得杀了凶手复仇才是人之常情吧。"我回答。

"大概她也觉得父亲碍事，盼着父亲早点死。"教授说。

"那她来找我们的原因是什么？"诺诺问。

"为了证实继母杀人，这样就能百分百继承遗产。"小妤回答。

"我完全同意所长的看法。"教授附和道，"这个女人的话不能不信，也未必能全信。"

"邓教授，你强烈要求接下这个案子的理由又是什么？总不会是为了酬劳吧？"小妤问。

"因为你们家阿则在来的路上和我说了一个海龟汤活动，也许只是个巧合，但是总归让我觉得有些不舒服。"说完，教授依次按压十指关节，指节嘎嗒作响，这似乎是他新的解压动作，在车上我见他做过一次。

小妤看向我："海龟汤活动？"

我简单叙述了一遍相关内容，小妤听完，似懂非懂地点了点头。

"应该只是巧合。"她如是说道。

"我也这么认为。"诺诺说。

"甭管是不是巧合，我们都已经收下定金了，必须一查到底。"教授说。

"有道理，那现在怎么办？"小妤问。

"既然是命案，自然归刑警队管。我想到一个熟人，说不定能给我们提供一些线索。"我说。

"熟人？"教授问。

我朝他笑了笑："你也认识的。"

5

第二天下午,距离市公安局不远的一家咖啡厅。

我口中的熟人满脸疑惑地看着印有事务所名字和联系方式的名片,又反复看着我和教授:"菠萝包侦探事务所?难道是近年流行的主题餐厅?"

"严警官真会说笑,这可是正儿八经的侦探事务所。"教授说。

我立刻纠正他:"别瞎说,严队已经荣升刑侦支队支队长了。"

我和教授相识的契机是多年前的那场车祸,这场车祸导致了之后的一系列事件,而我们面前的刑警严桓正,正是负责调查那起车祸的警官。

"失礼了,从现在开始就该称呼严队了,可喜可贺呀。"教授用调皮的语气说道。

严队板着脸:"少在这儿拍马屁。"

"好的,马队。"

"什么?"

"不是,严队,我刚才嘴快了,见谅,见谅啊。"

"邓钟,这个侦探事务所靠谱吗?你们俩不会又凑在一起折腾什么实验吧?"

"严队,过去的都翻篇了,人是要朝前展望未来的。至于侦探事务所,虽然今天刚刚正式营业,但是绝对合规合法。"

严队看向诺诺:"这位姑娘也是事务所的?"

诺诺低声说:"马队好,我叫肖柠诺。"

"哪来的马队,我姓严。"

我连忙帮着解释:"不好意思啊,严队,诺诺她不擅长和陌生人交流,容易紧张说错话。"

"算了,诺诺姑娘,你看好这两个人,要是他们有什么出格的行为,记得要第一时间告诉我。"

"严队,哪有你这么光明正大安插眼线的?"

"我这还不是怕你们再犯错误吗?说回正题,今天约我出来有什么事?看你们的架势不像是以个人名义,是想打听什么消息吧?"

我们三个人互相交换了眼神,最终决定由教授开口:

"既然严队把话说开了,我们也就不藏着掖着了,三天前,天河公园——"

严队立即抬起手示意教授停下:"打住。这件案子尚且在调查中,无可奉告。"

"别急着喊停嘛,严队。这样,我们说,你听,我们不提问,你要是想聊两句,那我们洗耳恭听,如何?"

"严队,我们俩好不容易再就业,第一天工作,你好歹支持一下。"

"你少来啊,苏则,当时你出来的第一周,我就请你吃过饭了,对于你,我可是已经特别关照了。"

教授听到严队请客,立即问我:"请你吃了什么?"

"麻辣烫。"我回答。

"严队,这你就不厚道了。"

"麻辣烫虽然不贵，可重要的是心意，心意懂吧，不能用价格来衡量。"

"那你都请他吃饭了，不得也关照关照我？"

"行，这顿我请，你们还想喝什么咖啡，点。"

"那不行，我现在就想要严队你听我们聊天。"

"行行行，你们说，我不搭理你们就是。"

教授见状，立刻停止嬉皮笑脸："昨天早上，我们接受 A 女士委托，调查她的父亲 C 先生的死亡真相，顺带一提，她怀疑继母 B 女士是杀害 C 先生的凶手。"

严队不动声色地端起咖啡，啜了一口，又安静地放下。

教授接着说："昨天下午和今天早上，我们先后去了天河公园和 C 先生参加喜宴的酒店。首先从天河公园说起，我们发现公园只有南北两侧出入口有监控，和园区管理处确认过后，得知 C 先生坠亡的天桥处属于监控盲区。"

我接过话茬："经过一番努力，我们顺利看到了当晚的监控视频，不过监控设备老旧，再加上大雨滂沱，除了进出的人数，几乎没有什么收获。"

"你们看到了监控？"严队双手按住桌子边缘，上半身向前探，以审视的目光盯着教授，质问道。

"别这么看我，我已经很久没干黑客的活儿了，早就忘得差不多了。"教授立即解释，"我们给了他和你手上那张一样的名片，以 A 女士委托人的身份，光明正大看到的监控。"

"莫记点心屋在本市也算家喻户晓，我想也是出于这个原因，公园管理处才能让我们看监控的。"我补充道。

这个解释似乎能够说服严队，他身子向后靠在座位上，双手交叉抱在胸前。

"总而言之，单凭案发现场的情况，恐怕很难下定论是意外还是他杀。

"根据 A 女士描述，死者自杀的可能性极低，也没有留下遗书，所以暂且不论。以我们的能力无法从确切的技术层面证明属于意外事故，因此，我们只打算研究他杀的可能。

"A 女士告诉我们，警方已经排查过公园周边路面及沿街商铺的所有监控，基本可以确定案发时间内，除了上述三人，公园内没有其他人。也就是说，如果是谋杀案，凶手最有可能就是出现在监控里的人，除了死者自己以外，就只剩下 B 女士，还有几分钟后尾随她出现的 A 女士。"

我们一齐看向严队，严队沉默不语。既然不反对那就是默认，于是，教授接着说：

"酒店方面我们也走了一趟，证实 C 先生是一个人出席喜宴的。根据离开酒店的时间，加上步行的时间，基本可以确定，监控里从北门进入天河公园的人就是他。

"从酒店方面，我们还了解到一个题外话：当晚负责清理的酒店工作人员在宴会厅找到一把黑色雨伞，调取监控后发现那把伞是 C 先生带去的。"

看来这些信息警方早就已经掌握，严队只是轻轻挑动一下眉毛，便没有多余表示了。我们获得的线索警方都知道，这本来就在教授的预料之中，所以，我们约严队见面的目的就是想从他嘴里套点新线索。为此，我们决定抛出诱饵。

"除此之外，可能还有个人需要调查，A女士的男友。"我说。

"庄强。"严队装作不经意说了一个名字，又刻意戛然而止。

我和教授交换了一个眼神，继续问："案发时，他没有不在场证明？"

"我说过这话吗？"严队表情从容地看着我，反问道。

"那就是有不在场证明，但不在场证明也不代表一定没有嫌疑。"教授接过话茬儿，短暂思索后，他和严队相视一笑，"庄强没说实话，至少是有所隐瞒，或许他与案件有关。"

严队低头看了眼袖子，轻轻掸去灰尘，随后又抬头看了眼右侧墙上挂着的装饰品，依旧没有说话。或许是我的错觉，我坐在他的正对面，仿佛看到他用下巴在空中打了个钩。

教授思索片刻，还是决定打出最后一张牌，他说："此外，A女士还说自己亲眼看见C女士将她的父亲推下了天桥。"

"嗯。"严队淡然地点点头。

"看严队这反应，她也对你们说了？"

"倒是没有明说，不过旁敲侧击地确实想表达这么个意思。"

"既然知道，你们不把赵，啊不，是C女士，抓起来审审？"

"急什么，她的作案动机无非是那张秘方，换而言之，拿到秘方之前，她是不可能离开莫家的。另外，我早就派人二十四小时暗中监视她，跑不了的。"

"严队你就没有别的什么线索提供给我们吗？"教授问。

"还嫌不够啊？"说完，严队看了眼手表，将杯中剩余的咖啡一饮而尽，"到时间了，我还得赶回队里开会，你们可以继续坐在这里讨论。我们队经常光顾这家店，和老板也熟悉，我和他打个招呼,一会你们还想吃什么喝什么就点,都记我账上。"

我们跟严队道了谢。他和老板交代了几句话后,又特意折回来,嘱咐我们查到线索要第一时间分享,不准贸然采取行动。

严队走后,教授问:"接下来我们就去查查这个叫庄强的,有谁反对?"

"我赞成。"诺诺回答。

教授后知后觉地说:"糟糕,忘记问问严队关于庄强的详细信息了,现在连住址都没有,我们该上哪儿找去?"

诺诺用勺子挖了一口蛋糕,送进嘴里:"侦探小说里有时候倒是会把怎么找到重要证人的桥段跳过。"

教授很配合地想了想:"因为作者觉得烦琐或者无关紧要吧。"

"如果我们也可以跳过就好了。"

"那我希望直接跳到领取报酬那段。苏则,你不说话,在和谁发信息呢?"

"邱三爷。"

"这又是哪位?"

"邱三爷原名不详,家中排行第三,所以人称三爷,是本市有名的包打听,人脉极广,各行各业都有他的眼线。"我说。

"我听说这个姓氏也不一定是真的。"诺诺说。

"很有可能,这位爷向来神出鬼没,极少露面,就算出现,脸上也戴着一个面具,所以究竟是一个人还是一个组织其实也众说纷纭。"我说。

"搞这么神秘,行不行啊?"教授问。

"凡是从他那儿拿到的消息,从未错过。"诺诺回答。

"意思是只要给钱，什么消息都能打听到？"

"倒也并非如此，邱三爷只打听该打听的，不该打听的他一概不碰，就算知道，他也不会说。"

"算是明哲保身之道。"

"另外，说到价钱，完全取决于邱三爷心情，有多有少，有时分文不取，有时也要些金钱以外的东西。"

"金钱以外？"

"我也只是听说，有次的报酬是一个足球，有次的报酬是一台老式收音机，还指名牌子和生产年份。"

"我也听说过类似的，之前有个奶茶店的老板打听消息，结果报酬就是三桶原味奶茶，还特意备注了只加珍珠。"

教授看着我的目光缓缓上移，最终定格在天花板上："所以，这位爷管你要的报酬又是什么？"

我耸耸肩："没提报酬，对方只回了两个字，'等着'。"

十五分钟后，邱三爷发来一个详细地址，精确到门牌号的那种。

"收拾一下，我们准备出发。"我说。

教授眨了两下眼睛："慢着，严队刚才说还想吃什么随便点，最后记他账上，我们就这么走了，是不是有点浪费？"

我看着眼前的空咖啡杯和粘在盘子底部的黑森林蛋糕的残渣，打了个饱嗝："我是吃不下了。"

"我也饱了。"他说道。

"可以打包带走啊。"诺诺优雅地拿起纸巾擦去嘴角的奶油。和教授略带调侃的语气不同，她是真诚地为我们思考解决办法。

6

按照邱三爷给的地址,我们找到一家食杂店。店里坐镇的是一个年纪轻轻的女生,当我们问起庄强的时候,她用左手大拇指朝旁边的仓库指了指,头也不抬地专注于手机屏幕里的电视剧。

为了以防万一,我们让诺诺在仓库门口守着,我和教授进去找庄强。

找到庄强要比想象中省事得多。他就大大方方躺在摇摇椅上惬意地睡午觉,旁边放着一张小桌子,桌子上摆着一盘花生、一盘瓜子,还沏了一壶茶,闻着味应该是碧螺春。

"这家伙悠哉得很呢。"教授嘴里念叨着,走上前朝着他脚踝踢了一脚。

"又有什么事啊?睡会儿觉都不安宁。"

庄强眉头紧拧,好不容易睁开眼,不悦地咂着嘴,眼看就要开始骂骂咧咧,再定睛一瞧是我们,连忙变了嘴脸,从摇摇椅上站起身来,冲我们笑呵呵地打招呼:

"哟,两位老板要点啥,是酒店需要,还是饭馆需要,我们这儿烟酒饮料、瓜子花生、糖果蜜饯,品种多样、价格实惠,而且量多量少都能供应,随时需要随时吩咐,还能给您送货上门。"

我上下打量了他一番:一米八出头的身高,皮肤黝黑,身形健硕,下巴上蓄着一小撮短胡子。

"不必了,我们是保险公司的。"教授说。

庄强一脸纳闷："保险？我最近买保险了？还是，你们是来推销的？"

"你误会了，投保人是莫英。"

"那老头不是淹死了吗？你们还来找我做什么？"

"是淹死的啊，看来你果然知道些内情。老爷子生前说过，如果他出了什么意外，你准脱不了关系，没想到真让他给说着了。"

"放屁，那是她……"

庄强连忙闭上嘴，眼神慌乱地在我们身上来回打量。

"你刚才想说谁？"

我和教授对视之后，从两边缓缓逼近庄强，将他包围。

庄强见状，抓起桌上的瓜子花生、杯子茶水等就往教授脸上砸。我先是吃了一惊，刚想上前，他随即掀翻桌子挡住，然后撒丫子往仓库后门跑去。

我尽力追赶，怎奈速度方面毫无优势，只能眼睁睁看着他像是狂奔的野兽，越发接近门口的亮光。

下一秒，亮光中映出另一个慢悠悠移动的高挑身影。

"诺诺，拦住他！"

我大声呼喊，后半句话还在喉咙里，嘴里含着奶茶吸管的女孩已经抬起右腿，在半空中画出一道美丽的弧线，同时，身体随着重心轻盈地旋转一周，抬起腿又是一记侧身踢。整套动作如同教科书般无比连贯，诠释出何谓翩若惊鸿。

我放慢脚步，走到庄强身边，忍不住摇了摇头。借着仓库外面照进来的亮光，可以清晰地看到他左边脸颊轻微红肿，胸口多了一道明显的鞋印。

"事发突然，没来得及控制力道。他没事吧？"诺诺压低声音，小心翼翼地问。

"无大碍，但应该很疼，需要缓缓。"我安慰她说道。

正说之际，教授赶了过来，一脚踏在庄强的肩膀上，指着他的脸，张开嘴刚想嚷嚷，却吐出来两瓣瓜子壳。

之后，庄强老老实实地将自己所知道的事情和盘托出。诺诺举着手机，将整个过程录了下来。

据庄强所说，他确实对莫老爷子的死不知情，至少在案发之前是这样的。但是，警方正常问询他之前他是知道的，原因自然是他从恋人那里提前得知了消息。

说实话，这点在我们的预料之中。

不过，也出现了我们意料之外的惊喜。

庄强得知消息的时间是案发当晚。另外，他口中的女友与我们以为的不是一个人。

"其实，我的恋人一直是赵婉。"他如是说道，"老头的死是她告诉我的。"

"老爷子是赵婉推下去的？"

"她没说，她只说看见老头喝醉酒掉下桥，泡在水里也不扑腾，怕是没气了。"

"那你就没细问？不好奇？"

"我当时听完吓了一跳，哪还顾得上问那么多？再说她应该也不敢吧？"

"应该？"

"啊，不不不，我瞎猜的，您几位就当我瞎说的，我是真的不知道。"

"你们还说了什么?"

"我问她报警没,她说不能报警,当务之急是要在尸体被发现前找到秘方。"

"之后呢?"

"没有了,为了避免招惹嫌疑,我们约定在找到秘方前暂时不要联系为好。"

"案发当晚你在哪儿?"

"在家里,我有不在场证明,我一整晚都在和朋友打游戏,从七点半开始直到快十一点,全程都开着语音,真的。我知道的就这些,都告诉你们了。"庄强说,后半句的语气近乎央求,看来是没有隐瞒。

教授给我递了个眼色:"按照约定,我们得把这里的情况告诉严队吧。"

"已经通知他了,这会儿应该在来的路上。"我说,"诺诺,警方到来之前,不要停止录像。"

"你动作够快的。"教授说。

"早通知,早移交,我们才能早点回去吃饭。"我说。

"有道理。"教授说。

"剩下就交给警方了。"我说。

庄强急了,冲我嚷嚷起来:"我已经把知道的都说了,那老头的死和我真没关系,你们还把我交给警方做什么?"

我反问他:"这里是你的仓库吧?"

"是啊,怎么了,这仓库属于违建吗?"他喊得更大声了。

我瞥了他一眼，轻描淡写地说："算不算违建我无从得知，不过，你刚才交代的时候，我在这间仓库里转了转，倒是发现不少假酒，你说，该不该把你交给警方？"

教授诧异地盯着我，一副欲言又止的表情。

"我没有诈他，之前在酒店各部门轮岗期间，有幸到采购部工作过一段日子，如何从外包装辨别假酒属于必修课。"我解释道。

庄强无力辩驳，只能绝望地干瞪着眼。直到警方到来，他都没有再说过话。

7

今天的午餐里加了许多的海鲜，以至于使用厨房里最大号碗才勉强装下这超豪华版海鲜面。

错过一出好戏的所长刺溜吸了一口面："没想到啊，查个案子能查出这么狗血的伦理剧。女儿的现男友竟然是继母长期秘密交往的情人，这关系也太离谱了。"

小妤说吸面的声音大就是对煮面人的肯定，所以我也努力刺溜吸了一大口："昨天听到的时候我也备受震撼。"

"太好吃了。"诺诺完全被眼前的美食俘获，无暇顾及我们的话题。

"这两天你们奔走调查一定很辛苦，所以我特意加料，以表我的爱与心意，都别剩下啊，锅里还有，吃完举手，我再帮你们盛。"眼见食客吃得如此投入，小妤心满意足地露出笑容。片刻之后，她收起笑容:"赵婉真的是为了得到秘方才嫁进莫家的?"

"庄强是这么交代的。为了秘方,他们决定分开行动,里应外合。赵婉通过嫁给莫老爷子找机会接触秘方,庄强则全力讨好莫晴。他们相信莫老爷子最终还是会将秘方交由莫晴继承,虽然时间未知,但总归是预留了后手。"我回答。

"还是个长期的卧底计划。"

"你记得莫晴提到过庄强对她百依百顺吗?完全是装出来的,他其实早就无法忍受莫晴高傲的态度了。"

"那么他就有理由与赵婉联手杀死莫英,拿走秘方,就此摆脱讨厌的莫晴。动机成立了。"

"我猜测庄强与赵婉已经失去耐心,因此决定提前动手,杀死莫老爷子,再以遗产继承的方式由赵婉和莫晴获得秘方,但实际上无论秘方最终落入谁之手,结果都是相同的。"

"于是乎,问题就变成动手的时机和手法了。"

"没错,偏偏这个时候,绝佳的机会出现在眼前。缺少监控的公园,确认过没有第三个人,醉醺醺背对着自己独自坐在桥栏上的目标,过程仅仅是用力一推,黑夜与暴雨是最好的掩护,不需要打扫现场,证据与痕迹在天亮之后会随着雨水蒸发,即便会成为第一嫌疑人,但是只要咬死自己没有杀人,最后警方也只能遵循疑罪从无的原则放人。比任何手法都更加高明的完美犯罪。"

"厉害啊,阿则,我当时果然没看走眼。我宣布,在接到下个案子前,你就是我们侦探事务所的王牌侦探,ACE(王牌)苏。"

"小意思,不过是信手拈来而已。"

小妤指了指教授,此刻他正坐在电脑前,头戴耳机,弓着腰向前,脑袋都快伸进显示器屏幕里了。

"所以,那边那位是什么情况,坐在电脑前听了一上午录音,难道因为被你抢了功劳,心情郁闷?"

我耸耸肩:"昨天下午从庄强的仓库出来,他就这副模样,嘴里还总念叨。"

"念叨什么?"

"总感觉少了点什么东西。"教授说,但他不是在接我们的话,而是自己念叨,不过由于戴着降噪耳机,念叨的音量和正常说话时差不多。

"邓教授,面再不吃就该坨了!"小妤冲他喊道,过了好几秒也没等来他的回应:"你看看,我就说这款耳机降噪效果好。"小妤的语气听起来还有些沾沾自喜。

"现在的重点不是面吗?"

"也对,阿则,派你去把他的耳机摘了,这么好吃的面,不趁热吃完都算是浪费。"

"有道理,那我可不能浪费。"说完,我端起面,一边大口吸溜,一边走向教授。

教授双目紧闭,聚精会神地听着录音,此刻打扰容易挨揍,而且,眼见播放进度条将至末尾,我决定还是稍作等待。于是,又抬起筷子,刺溜地吸面。

可谁承想,录音结束的同一时刻,教授毫无征兆地伸了个懒腰,要命的是,他向斜上方伸展的手臂像是升空的导弹,精确命中我端着的碗。顷刻间,海鲜面从我的手中脱离,完全倾泻在电脑主机上方。浓香醇厚的汤汁,Q弹顺滑的面条,在机箱表面四散流动，很快就拉起一条倾注了所长爱与心血的特制海鲜面弹幕。

事情发生得太过突然，我甚至没来得及发出惊讶的叹息，教授和小妤也是如此，周围陷入沉默，直到电脑机箱升起几缕狼烟。

教授大叫一声"不好"，立即拔掉插在机箱前后的所有连接线，抱起机箱往门口方向用力抛了出去。

尽管教授眼疾手快，避免了最严重的后果，但是，在此之前，无法挽回的损失已然产生。

"我的录音！"

"我的面！"

"我的电脑！"

"苏则，你没事端碗面过来做什么？"

"谁知道你突然间那么用力伸懒腰，还正好一拳打在碗底。"

"我斥资一万块配的电脑，结果一个案子还没结就给报废了，简直是出师未捷身先死，你们俩必须负责。"

"不关我的事，都是苏则的错。"

"邓钟，是你打翻我手里的碗才导致碗里的汤和面倒在电脑主机上，所以必须由你负全责。"

"少废话，我看你就是怕我找出真相，抢走你到手的功劳，故意端着面过来碰瓷。"

"我不管，反正你们俩必须有一个负责。"

"他！"我们异口同声说道。

"既然如此，只好投票表决了，选苏则负责的举手。嗯？一票，两票，三票，好，全票通过。我宣布，电脑的维修费从苏则这个月工资里扣除,这里的打扫工作也交给苏则负责。"

话音刚落,小妤和教授不约而同地站起身,抱起面快速向生活区域撤离。

三票?我又没举手,哪里来的第三票?

我疑惑地看向诺诺,她也正看着我,目光十分清澈。

"诺诺,怎么连你也举手投我?"

诺诺眨了几下她的大眼睛:"阿则,为什么要投你?"

"哈?你都不知道为什么还举手投我?"

"举手?我举手是打算说面很好吃,还想再来一碗。"诺诺回答,她的右手握着筷子,依然坚定地举着。

8

"你们说已经调查清楚我父亲死亡的真相,是真的吧?"莫女士刚到侦探事务所,就迫不及待地问道。

说实话,这件事我也是五分钟前才从教授嘴里得知的,包括他自作主张将莫女士叫到事务所。

"很快就会真相大白的,很快。"教授暧昧地笑着,"在那之前,莫女士,能请你再叙述一遍案发当晚的经过吗?"

"事到如今,说这个还有什么用?而且你们不是都录音了吗?"

"关于这点,我们需要向你道歉,因为我们操作不慎,电脑硬盘损坏,存在里面的文件全部消失了,所以,还请你不辞辛劳再叙述一次,拜托了。"

说完，教授从口袋里拿出一支录音笔，在我们面前按下录音按钮，然后轻轻放在茶几上，对莫女士做了个"请开始"的手势。

　　莫女士虽然脸上透着不悦，但还是将当晚发生的事娓娓道来。

　　随着莫女士的叙述结束，事务所回归难得的沉寂，没有人发言，似乎也没有人做动作。莫女士看着我们，而我们也在看着教授，仿佛在等待一个指令。

　　不知不觉间，教授好像已经成为事务所真正的核心，因为他有出色的统率力吗？还是与生俱来的人格魅力呢？之前在与他的接触中，我已经充分感受过，不受控制朝他身边靠拢，即便被他要得团团转，过后还是愿意相信他，真是奇妙啊。

　　多年之前，由教授主导的那些实验虽早已告一段落，却在我的心中留下了遗憾。因此，我决心开启新的实验，实验对象是邓钟，实验内容是，通过近距离观察，了解这个名为邓钟的男人究竟是什么样的人。

　　这才是我极力推荐他加入侦探事务所的真实原因。

　　大概是等待太久，诺诺打了个哈欠，多亏了她，沉默总算被打破了。

　　"抱歉，实在没忍住。"诺诺小声说。

　　"不怪你，我也等得快睡着了。教授，你倒是说句话。"我用胳膊肘捅了捅他的腰，催促道。

　　"我也在等，等着莫女士把话说完。"教授从鼻腔重重呼出一口气，锐利的目光紧盯住委托人，"莫女士，现在请你告诉我们事情的真相。"

　　"你在说什么？"

教授拿出自己的手机,播放了一段录音,录音的内容是莫女士对案发当晚的叙述。

"这是我的声音,所以,刚才是录音笔和你的手机同时在录音,这又能说明什么呢?"莫女士问。

"教授,你到底想说什么?"小妤问。

不仅是她,其实我也是一头雾水。

又过了几秒钟,诺诺突然叫了出来:"不对,这里面没有我打哈欠的声音。"

"没错,我手机里播放的不是今天的录音,而是五天前的录音。可是,为什么会让大家以为是刚才的录音呢?原因很简单,因为这两次录音的内容相同,也就是说,时隔五天时间,你竟然可以说出两段相同的话,甚至可以说得只字不差,为什么?是该夸奖你的记忆力真好,抑或夸奖你确实认真背诵过这段说辞。"

"你说我撒谎?"

"难道不是吗?案发当天,亲手将你父亲推下桥的人,其实是你吧?"

"你胡说,我怎么可能做这种事?"

"你记得我曾经问过你雨伞的颜色吗?你的回答是,你当时看见打着黑色伞的父亲坐在桥栏上,被打着红色伞的继母从身后推下了桥。可是,事实上,警方在对那条河进行打捞时,只发现一把未曾使用过的红色折叠伞,款式与你们家里的红色伞一致,经过你继母辨认,也确实是她当天晚上带出去的那把伞。"

"她带出门的伞是红色的?"

"没错,你之所以说你父亲打着黑色伞是基于他平日里只打黑色伞的惯性思维，案发当晚也是如此，他出门的时候就已经携带了黑色伞，只是喝完喜宴从酒店离开的时候忘记带走了，这点酒店的监控可以证明，至于这把伞，目前作为证物由警方保管。按照你继母的证词，她因为在家里找不到你父亲日常使用的黑色伞，情急之下，只能带着红色伞出门，而当她在天桥遇见醉醺醺的你父亲时，他看到不是自己的黑色伞，就生气地将你继母带去的那把红色折叠伞丢在河里，并且开始闹脾气不回家，还非要喝公园门口那家便利店的绿茶，无奈之下，你的继母只好照做。在这期间，到达天桥的你看见背对着你坐在桥栏上的父亲，早已怀恨在心的你终于抑制不住杀意，亲手杀死了他。"

"证据呢？你说我杀人有证据吗？"

"你误会了，我们的任务是按照委托人的需要进行调查，然后告知调查结果，至于找证据，那是警方的工作。不过，我想找到你杀人的证据也只是时间问题。你该感谢警方还没找到证据，因为这段时间你还有选择自首的余地。"

教授刻意顿了顿，然而莫晴似乎无动于衷。

教授无奈地长叹一口气："原本不打算由我们告诉你的，没办法了，诺诺，把录像给她看。"

诺诺点开那天在仓库里录下的视频。起初莫晴只是表现出诧异，当她听到庄强对自己的评价时，整个人瞬间垮了下去。她的双手捂住面庞，很快从指缝中传出啜泣的声音，然后是号啕大哭。

几分钟后，哭声逐渐减弱。

教授问："莫女士，恕我冒昧，你跟着继母出门的时候，是不是已经打算杀死你的父亲了？"

双眼红肿的她缓缓说："如果他当时酒还没醒，如果他不对我说过分的话，我又怎么会……"

"是吗？那么请原谅我的失礼。"

"你是什么时候开始怀疑我的？"

"当你说到亲睹继母将父亲推下桥却不曾告诉警方的时候，我开始觉得奇怪。你的理由是警方倾向于案件是自杀或者意外，即便说了他们也不会相信。"

"我在警局偶然间听到了他们的对话，'目前没有发现可以证明他杀的证据，很有可能是醉酒不慎落入水中溺亡'，这是原话。"

"然而，警方并没有排除他杀的可能性。"

"但也毫无进展。"

教授耸耸肩，继续说："真正开始怀疑你，是你说愿意出双倍酬劳请我们调查的时候。"

"增加酬劳可以提高你们的工作积极性，这有什么问题吗？"

"激励政策本身当然是正确的，但是要分场合。受到激励的同时，我猛然想起你第一次走进侦探事务所时的表现：深感诧异，犹豫不定，最终还是选择留下。为什么？既然要查清自己父亲的死因，既然不吝啬于报酬，为什么不选择更专业的侦探社，为什么不选择相信警方，而偏偏选中我们这家名不见经传，连名字和员工都怪……"

许久不发言的任性所长，用力地咳了两声："邓教授。"

教授小心翼翼换成疑问句语气："都怪好的一家侦探事务所？"

所长满意地点点头："好，你继续。"

"总之，从那时开始，我就在思考你选择我们帮你调查真相的原因,后来,终于想明白了。其实,一直以来都是我们误解了你的意思,你想要的真相并非真实发生的事实,而是你亲口告诉过我们的那句,'赵婉从后面将我父亲推下天桥'。你是希望我们想办法证实,将你虚构的画面变成曾经发生过的现实。"

"那不就是要我们做伪证吗?"

"没错,无论你们用什么办法,只要能够证明继母是凶手,我就能独占父亲留下的财产,从此和心爱的男人过上幸福生活,当时的我是如此幻想的。"说完,莫女士站起身,朝我们深深鞠了一躬,"抱歉,给诸位添麻烦了。按照约定,余下的酬劳我会在三日内付清。"

说完,她迈开脚步,很快就消失在我们的视野中。同样是踩着细长的高跟鞋,只是今天的脚步声紧凑而且响亮。

我们一直在沙发上坐着,没有阻止莫小姐,也没有说话。教授说得对,我们的任务是告诉委托人调查结果,换言之,我们的任务已经结束了。

隔天早上,酬劳如期到账。我们的所长兴奋地搂住诺诺,像是儿时邻居家小孩抱着自家温顺的大型狗狗不放,在它身上蹭来蹭去的场景。呃,鉴于这个形容对诺诺不太礼貌,我也只敢在心里想想。

晚上,严队来到我们事务所。大致概括后,就是以下内容:

"难得下班早,就想着过来看看,顺路买了点水果。今天 A 女士来投案自首,对自己的所作所为供认不讳。C 先生的祖传秘方被翻出来了,结果你猜怎么着,根本没有秘方,就是普通的食材和调料,添加的比例也大同小异,只是末尾多加了四个字:用心制作。"

严队走的时候，我独自送他出去。

"这里挺好的，很适合你们俩。"他说道。

我笑了笑："严队，这次的案子还多亏你帮忙。"

突然，他的神色有些凝重："有件事，我从来没和你们提过。那起车祸是我主办的第一起案子，印象格外深刻。事后，我曾经去看望过你们，也抽空去探望过昏迷的梁老。当时，我以为结案了，我也尽到了该尽的职责，总该对得起身上穿着的警服。"

他从口袋里掏出烟，点上，用力吸了一口，才缓缓吐出："后来听说你姐姐蒙难，邓钟实施复仇计划，梁老离世。我当时就在想，如果我多考虑你们的感受，多关注你们的后续生活，哪怕一次呢，结果会不会变得更好呢？"

"严队，现实中没有如果。"

"可是呀，我于心有愧。"

夜幕下，街道安静得让人措手不及，细微火苗包裹着烟头燃烧，舞动，化作一缕青烟，最终消失不见。

是啊，往事又何尝不是如此呢？

仿佛为悲伤和沉默画上了句号，严队将烟头熄灭在便携式烟灰缸里。

"进去吧，时候不早了。"

"严队，以后有需要尽管找我们。"

严队挥手告别，然后坐进驾驶室，驱车离去。

案子终于告一段落。

重新回到办公区域，诺诺正埋头看小说，教授坐在电脑前玩着一款多年前的单机游戏，小妤手握粉笔，走向那块写着侦探事务所规则的小黑板。不多时，她转头对我扑哧一笑，然后敲了敲黑板，郑重其事地向所有人宣布：

"规则4：雨天记得打伞。"

第 二 章

酒吧规则：切记！爱尔兰咖啡是酒

1

我叫肖柠诺，目前在菠萝包侦探事务所工作，职位是侦探，虽然我自知还有许多不足，但好在同伴们都十分包容我。

今晚是我们事务所第二次开庆功宴，也是这个月的第二次，为了庆祝我们成功破案。是的，开业不到一个月的时间，我们已经接到两宗委托，并且最终都顺利完成任务。

能有如此顺利的开端，确实出乎我们所有人意料。我们侦探事务所的所长，可爱而且可靠的小妤甚至激动得夜不成寐，今早不到七点就把另外两位男士从各自的美梦中捞起来，陪着她去菜市场采购各种食材。由于购买的食材严重超出生活区那台双开门冰箱的容量,最后不得不紧急采购一台 300L 家用冰柜,我到事务所的时候正好赶上冰柜的开箱现场。

小妤见到我来,一下子就扑了过来,兴奋地把她心中的菜单念叨了一遍。实在太多了,记不住,总之就是想要把她的毕生所学统统展示出来的架势。"辛苦了",这话不仅仅是对小妤说的,我看了看堆积如山的食材,尤其是累瘫在沙发上的两位男士,对于他们几个小时前经历的体能训练深表同情。

到了傍晚,一道道美味佳肴如期端上桌。不得不说,这里的气氛太棒了!既温馨又舒适,虽有些吵闹却丝毫不让我觉得心烦意乱。小妤的厨艺也真的无可挑剔,每一道菜似乎都完美适配我的味蕾。

"最喜欢这里了!"

大概是受到酒精作用,大脑太过兴奋,我竟然不自觉地把内心想法大声喊了出来。好在其他人也是如此,没有人特别在意我的话,而是附和着都喊了一遍。

值得一提的是,今晚的酒是 T 酒店总经理赞助的,他是邓钟教授的表哥,也是苏则曾经的上司,听说我们事务所成立,特意送了两瓶红酒外加一瓶香槟道贺。"这三瓶酒十分昂贵。"我们之中对酒最了解的苏则言简意赅地介绍道,以至于他拆开外包装捧起酒瓶时,双手都在轻微颤抖。

因此,就连自称对酒没有兴趣的邓教授也主动举杯,不过,两杯没喝完,他就抱着空瓶絮絮叨叨,又哭又笑。

"原来教授看着坚强刚毅,内心也有柔软真实的一面。"小妤感叹道。

"酒量也很真实。"我举着手机,镜头锁定邓教授。

"诺诺,视频保存好,关键时刻能发挥大作用。"苏则说。

"既然如此,等会儿给你们都发一份。"

苏则继续说:"上一次见他喝酒还是在滑雪场的酒吧,看半天菜单,点了一杯爱尔兰咖啡,直到结账的时候,我也只见他抿了两口。"

"看来是想当然地把爱尔兰咖啡误以为是咖啡了。"小妤说。

"大概是吧。"

"阿则,你和教授以前是拍档吗?"

"拍档啊,勉强算是吧,不过,真要算起来,也就维持了一个月左右的拍档关系。"苏则打了个饱嗝,心满意足地说,"吃不下了。"

"我也是。"我虽然倔强地举起筷子,但最终还是放弃了。

"还剩好多。"小妤看着满桌的菜说道。

"没事,放进微波炉热一下,明天一天的饭就解决了。"

"这一桌子菜怕是得吃三天。"

"你们介意吃隔夜菜吗?"

"不介意。"

"我也是。"

"教授呢?"

"只要不是发霉变质,过保质期多久他都照样吃。"

"我们真是合得来。"小妤感叹道,随后莞尔一笑。

简单收拾过后,已经将近十点。出于安全考虑,小妤命令我留下过夜。她早就在事务所的生活区给我预留了一间卧室,不过,这是两个月前做的打算,被子准备的是适合春秋季节的轻薄款,因此,最后的解决方案是我在小妤房间借宿一晚。

"让我和你睡一张床,方便吗?"我问。

"都是女孩子,有什么不方便的。"小妤温柔地笑着,"难道你有裸睡的习惯?"

我连连摇头:"没有。"

"我也没有。那么磨牙打呼之类的?"

"应该也没有。"

"那就挺好的,你先去洗澡吧。"

当我从浴室出来时,小妤已经躺在被窝里沉沉睡下,嘴里喃喃自语,不过,从表情看应该是个美梦。我轻轻走上前,帮她盖好被子,退出了房间。

客厅里空无一人。

苏则和邓教授的房间里也没有传出任何动静,今天大家都累坏了吧。

我坐在沙发上,打开壁灯,从背包里取出平板电脑,夜深人静,正好适合我将这次的案件记录下来。

案件的开端要从一周前说起。

2

那是一个阴雨蒙蒙的早晨,百无聊赖的办公室里,四个人躺在沙发上,消磨着时间。

"没事做啊。"我们的所长小妤最先说话。

接话的是邓教授:"反正闲着也是闲着,我们去团建吧。"

苏则立即从沙发里坐直,说:"是个好主意,去泡温泉吧,都好些年没去过了。"

"温泉啊,上一次去温泉还是我在大学任职教授的时候。"邓教授感叹道。

"原来邓教授之前真的是教授啊。"我以为这只是他的绰号。

"都是陈年往事了。另外,我赞成苏则的提议,再有几天就是元旦,这气温泡温泉也合适。"邓教授说。

"我也赞成。"我说。

小妤双手一摊:"赞成归赞成,可哪来的经费,各位自掏腰包吗?"

苏则再次躺倒在沙发上:"随便来个案子得了,就算是找离家出走的小猫小狗或者调查婚外情我也愿意接。"

小妤立即制止他:"不行,规则就是规则。"

"你们先别吵,有人来了。"教授说。

没过几秒,走进来一位客人,男性,中等身材,宽额头,厚嘴唇,年纪应该在四十岁出头,只是头顶的发量有些堪忧。总体来说,没有什么能让人一眼记住的特点,就是一个看着老实巴交的中年大叔。

客人一只手捏着一张名片,另一只手擦去额头的水珠,其间两颗眼珠四处打量。

"这里是菠萝包侦探事务所吗?"他问。

"是,请问你有什么事需要我们帮忙吗?"小妤站起身来回答。

"我遇到了一个棘手的麻烦,可是,派出所和公安局都无法受理,最后一位姓严的刑警队长给了我这张名片,让我来找你们碰碰运气。"

"在此之前,请容许我向你介绍我们侦探事务所的规则,请你耐心听完再决定是否要委托我们。"

说完,小妤走到写着四条规则的小黑板前,手指用力敲打两下黑板,郑重其事地介绍了前三条规则。

"第四,雨天记得打伞?"客人低头看了看自己被雨点打湿的衣服,"不打伞不行吗?"

流动的空气带过一抹尴尬。

"呃,这条是我们内部规则,你不用遵守。"小妤解释道,她双手叉腰,头仰得老高,高到别人看不见她快速眨动的眼睛。

"原来是这样啊,我知道了。"

"先生怎么称呼?"苏则问。

"我姓王,王伯焱,目前就职于一家贸易公司。"说完,客人递上他的名片,名片上写着他的职位——销售部主管。

"我收到了一封恐吓信。"他接着说。

"恐吓信?"最先发出惊呼的是小妤,"是悬疑剧里常见的那种吗?"

客人用力点头,小心翼翼地从公文包里取出一个普通的白色信封递给我们。邓教授立刻伸手接过,仔细观察。

寄信人显然不介意其他人看到信的内容,没有用胶水封口,信封表面只有用蓝色钢笔写下的四个字:王伯焱收。

打开信封,里面只有一张纸,上面是用蓝色钢笔清晰端正地写下的一行字:下周一,我将了结你罪恶的一生。

"对方是什么人呢？"

"谁知道！"

"我是在想对方的性格。你们看，纸张是普通的A4纸，但用的并非一整张，而是裁下来一截。"

"因为整张纸信封装不下吧。"

"不对，如果担心装不下，可以对折两次或者三次之后再放进去，而且这里确实有一道折痕。"

寄信人应该先将纸张折叠出需要的大小，然后用手撕下，所以边缘部分的断口并不整齐，还有一截折痕留下。

"纸张表面有被揉捏过的痕迹，对方也没有用剪刀或者小刀裁剪纸张，而是直接粗暴地撕下来。"

"也许是缺乏耐心，或者手边没有工具。"

"还有一种可能：对方并不重视这件事，或者是带着某些情绪撕下信纸，例如愤怒、烦躁，抑或轻蔑。"邓教授的目光重新移回委托人的脸上，"对方认为，你不值得被尊重，哪怕是最基本的礼貌也不配。"

"抱歉，他只是在就事论事，没有针对你的意思。"苏则说完，用手肘捅了一下邓教授的腰部。

邓教授则不以为然地苦笑了一下，继续问："这封信是怎么到你手上的？"

"今天早晨送到公司，寄放在前台，收件人写的是我的名字，连运费也是我出的。"王先生回答道。

"送来的就只有信，没有其他东西吗？"

"没有别的，只有这封信，放在装生日蛋糕的盒子里。"

"生日蛋糕？"

"是啊，除了重量有差异外，外表乍看之下和生日蛋糕没什么区别，盒子上方绑着彩带，也附赠了一次性蜡烛、刀叉和塑料盘子。前台同事交给我的时候，还和我说了句'生日快乐'，搞得我一头雾水。"

"七天之后不会是你的生日吧？"

"不，我的生日在上半年。拆开盒子之前，我还寻思是不是哪位业务上有往来的朋友记错了我的生日，谁知道里面是恐吓信。"

"恕我直言，与其说是恐吓信，我认为这更像是杀人预告。"

"啊，杀人预告？不会吧？"

"王先生，关于寄信人的身份，目前你有怀疑的对象吗？"苏则问。

王先生连连摇头："毫无思路，我实在想不出有谁要杀我，也想不到杀我的理由是什么。"

"你最近和什么人结怨或者发生过争执吗？"

"没有，工作中和同事之间倒是有几句拌嘴，但那都是些鸡毛蒜皮的小事，说开了也就过去了，犯不着要取我性命呀。"

"既然不是深仇大恨，那就是利益冲突？"

"这就更不可能了，我们公司总共就十来人，没有大公司那么复杂，拉帮结派、党派斗争这些都不存在。"

"难道是情杀？问句失礼的话，你不会是婚内出轨或者和某位旧情人存在情感纠葛吧？"

"不是这样的，我至今未婚，虽然曾经有过几任交往对象，但都彻底断干净了。要说最近一段恋情分手，可以追溯到三年前，据我所知,她已经嫁人,过上了幸福的生活。"

邓教授右手握成拳,食指关节抵住下巴:"依我看,重点还是在下周一这个时间。王先生,下周一对你而言有什么特别含义吗?例如纪念日之类的。"

王先生皱着眉头思索了好一会儿,最后还是摇了摇头。

"那么,你下周一有什么特殊的安排吗?"

"特殊安排?出差算吗?"

"什么样的出差?"

"老板要去外地与新的合作商见面,此前一直是我在和对方接洽,因此就由我陪同前往。"

"这么说来,会不会是你的某位同事想要顶替你陪老板出差?"

"陪老板出差不仅要帮着挡酒,还要方方面面照顾好老板,可不是什么美差,我想应该不会有人愿意找罪受。"

"既然如此,就是你们公司的竞争对手在捣鬼,他们想通过这样的方式破坏你们的这次合作。"

"这也不太现实,其实合作的各方面事项都已经谈妥,这次过去,名义上是面谈,实际上就是去吃吃喝喝,我在与不在其实无关紧要。况且如果想破坏合作,应该对我的老板下手才是。"

"王先生,你刚才说这封信是装在生日蛋糕盒里送到你公司的?"

"没错,有什么问题吗?"

"蛋糕盒还在吗?我想看看。"

"在我的办公室里。"

"能带我们去你的公司看看吗?"

"当然可以。现在吗?"

"方便吗？"

"方便，方便，那么我们现在就出发吧。"

半个小时后，我们在王先生的办公室见到了蛋糕盒。

那是一个浅蓝色的四方形盒子，样式普通，是蛋糕店常用的款式，看大小能装下六英寸的生日蛋糕。一起送来的彩带、蜡烛、刀叉和塑料盘子也没有什么特别的地方。

邓教授拿起盖子靠近鼻子闻了闻，当他抬起头的时候眉头紧锁："诺诺，你来闻闻，似乎有什么味道。"

我照着邓教授刚才的步骤和动作做了一遍，还真的在盖子和盒子内部闻到了两种甚至三种不同的气味。

"怎么样？"邓教授问。

"盖子上有奶油的香味，但是非常淡，盒子四周和底部是另外两种味道。"我回答道。

邓教授手里拿着信封："一种是信封上的塑料味道，另一种有些微妙，好像带有些刺激性。"

"我闻着像酒精，还有甜香味，应该是湿纸巾的味道。"

"湿纸巾？也就是说寄信的人特意擦拭过盒子内部，可是却遗漏了盖子，所以奶油的味道才得以保留下来。"邓教授伸手触摸蛋糕盒的四周和底部，"擦得很干净，没有奶油或者蛋糕残留。"

"这是近期使用过的蛋糕盒？"苏则问。

"奶油的气味新鲜，应该错不了。"邓教授说。

"这样寄信人的范围就缩小到最近几天买过蛋糕的人，这种规格的生日蛋糕通常都需要预订，说不定会留下手机号之类的信息。"小妤说。

"话虽如此,可全市每天买蛋糕的至少也有上百人,而且,比起人数,还有个更棘手的难题,我们根本不知道究竟是哪些人买了蛋糕,就算要查,等我们挨家挨户查完,估计都半个月过去了。"邓教授说。

"倒也不用挨家挨户,现在有些蛋糕店会在盒子表面印上店的名称,还会在蜡烛或者刀叉上做出些与众不同的花样。"小妤拿起蜡烛和刀叉查看,"平平无奇,都是最普通的款式,应该不是出自连锁品牌店。"

"范围进一步缩小了,顺着这条线索,说不定真的能找到寄信人。"

"至少值得一试。"

"有没有可能,蛋糕盒是寄信人在路边或者垃圾桶里捡到的?"

"盒身相对干净完好,不像是被丢弃的,就算是被丢弃的,也能帮我们锁定一个区域,毕竟不会有人特意跑大老远,就只是为了得到一个蛋糕盒。"

"有道理。"

正说话间,我们的委托人急匆匆推门进来。

"我拜托人事查过了,近期离职的几个人都不是这个月生日,保险起见,我把公司所有员工的生日都查了一遍,只有一个女生的生日是在本月初。要把她叫过来问问吗?"

"你们之间有过节?"

"没有。"

"那有利益冲突?"

"她是公司的行政人员,不存在利益冲突。"

"既然如此,还是不要打扰她工作了。对方如果是你公司里的同事,有的是机会对你下手,没必要多此一举,就算是寄杀人预告,完全可以直接寄到你家里,寄到公司反而像是告诉世界他知道你的工作单位,这样只会增加自己的嫌疑,没有任何好处。"

"你说得对。"

"王先生,早上是快递公司的人把蛋糕盒送来的吗?"

"是找的跑腿。"

"既然如此,我们兵分两路调查:小妤和诺诺沿着蛋糕店的线索找,就算找不到具体的买主,能找到是哪家店也足够了;我和苏则去找跑腿公司了解情况,虽然希望渺茫。"

"那我呢?"

"王先生,这就像是一个定时炸弹,倒计时结束之前,只要你不轻举妄动,我想,应该不会有危险。"

"那我找了你们算不算轻举妄动?"

"一会儿你把我们送到楼下,平常你送客户是什么样子,分别的时候你就怎么对我们,然后接下来几天,你就工作、吃饭、睡觉,该玩玩,该干吗干吗,总之一切照常。"

之后,我们按照计划分头行动。

3

再次回到侦探事务所的时候,天已经完全黑了。事务所里亮着灯,说明苏则和教授已经回来了。

教授见到我们,笑着迎了上来:"你们回来了,累了吧,我去帮你们泡咖啡,不过是速溶咖啡。"

"我不介意。"

"我也是。"

"那么稍等。"

说完,邓教授走进了茶水间。

"辛苦了。"苏则抬头看着我们说道。他左手拿着黑色的笔记本,右手握着签字笔,看样子正在整理线索。

"你们有什么收获吗?"小妤问。

苏则无奈地摇了摇头:"令人失望,详细的情况等教授回来一块儿说明。你们那边呢?看起来也不顺利。"

"大概率是白忙活。"小妤回答。

接着,我们三个人同时"唉"地发出了一声叹息。

不多时,邓教授端着托盘走来。托盘上除了我和小妤的两杯咖啡,两把小勺子外,还有一罐蜂蜜。

"对了,昨天就说家里的蜂蜜吃完了,真亏你们还记得买。"小妤说。最近,她开始将事务所称为家。

"咖啡里我没加糖和炼乳,你们可以试试加两勺蜂蜜。"邓教授提议道。

我看了看小妤手中的蜂蜜,又看了看醇黑的咖啡,咖啡里加蜂蜜吗?这倒是从未尝试过的组合。

"甜甜的,意料之外,还不错。"苏则说,"如果喜欢甜,可以再多加一勺。"

小妤搅拌均匀,正准备品尝,又匆匆把杯子放下:"不对,你们都还没吃饭吧?我现在去煮。诺诺你吃完再回去吧。"

"坐下休息吧，你们进门前，我们已经叫外卖了，四人份的水煮鱼。"苏则说。

"是啊，都快八点了。"

"趁着这段时间，我们先来汇总目前得到的信息吧。"邓教授说。

小妤和苏则看起来一副无精打采的样子，如果眼前有面镜子，我想我大概也会是相同的表情。

邓教授微微一笑："别急着气馁嘛，乍看之下虽然是零散的碎片，没有价值，但是串联起来或许能得出新的线索。"

"我们首先走访了几家知名的连锁蛋糕店，结果如小妤所说，连锁店通常会在蛋糕盒外侧印上店名或者logo，附赠的刀叉和蜡烛也会花心思设计得和竞争对手有所区别。"

"也算是好消息，至少排除了大部分店。"

"起初我们也是这么想的，但是真的按照地图逐一排查的时候才发现，原来蛋糕店远比预想中要多得多啊，几乎到了平均每条街都有一家的地步。话虽如此，我们还是走访了不下三十家店，店员看我们的第一眼还算亲切，直到他们看到我们手中提着的蛋糕盒，眼里就充满了疑惑。当我们开始打听时，他们就警惕地防备起我们来了。"

"这可是坏消息。"

"真正的坏消息是我们真的找到了和蛋糕盒款式差不多的店，而且不止一家，更糟糕的是，当我们询问最近都有谁买过这种规格的蛋糕时，店家要么直接拒绝回答，要么干脆推说不知道，就算我们亮出侦探身份也行不通。"

"毕竟公民没有配合侦探调查取证的义务，况且蛋糕店保护客人隐私才是正常的，这些都是预料之中会遇到的困难。"邓教授说。

"如此看来，想从蛋糕店找到寄信人希望渺茫。"苏则说。

"你们那边呢？对方也不愿意配合吗？"小妤问。

"不，跑腿公司倒是乐意配合，因为他们也想知道那人是谁。"邓教授说。

"怎么回事？"

"寄信人并不是通过手机上的 App 下的订单，也不是当面找的跑腿公司，而是在今天早晨六点将蛋糕盒放在公司门口。跑腿公司是八点开门，最早到的员工看到了蛋糕盒，与蛋糕盒一并放在那里的还有一张字条和作为运费的五百元现金。字条上写着：请在九点前将蛋糕送到我的公司，交给前台即可。下一行是公司的地址。"

"我的公司？"

"字条的最后还留下了寄信人与收信人的姓名和手机号，姓名都是王伯焱，手机号也一样，只不过是个空号。"

"也就是说，真正的寄信人伪造出一种王先生给自己寄生日蛋糕的假象。"

"没错，跑腿公司也是这么认为的，虽然不理解，但是之前出现过类似的情况，况且对方留下了高额运费，所以就没多想。"

"监控没拍到那个人吗？"我问。

"只拍到一个穿着整套黑色运动服的人，放下蛋糕盒后转头就走，从身形推测大概率是男人，除此之外，就没有别的线索了。"苏则说。

"而且,既然对方不愿意透露真实身份,被监控拍到的这个男人也未必是本人。"小妤说。

"我们也是这么想的。"苏则说。

"我总觉得这个案子的关键在于那封杀人预告信,但是解开疑问的钥匙却是装信的生日蛋糕盒。"邓教授将手指关节按得嘎嗒作响,喃喃自语起来,"为什么是生日蛋糕?究竟是为什么?"

"会不会是我们把问题想得太过复杂?寄信人只是在装信的时候,随手拿起身边的东西,刚好看到了这个蛋糕盒。"我说。

苏则点点头:"这也是一种思路,或许寄信人身边最多的就是蛋糕盒。"

小妤吃惊地瞪大眼睛:"你是说对方可能就在蛋糕店工作,那我和诺诺下午说不定已经见过对方了,糟糕,我们会不会打草惊蛇了?"

邓教授盯着蛋糕盒,沉默片刻之后说道:"这我倒不担心,对方既然有胆子寄出杀人预告信,就说明做好了必要的准备,这种程度的试探应该不会对他构成威胁。"

"好消息是时间还有六天,坏消息是……"苏则摸着自己的肚子,"我真的饿了。"

"被你这么一说我也饿得没力气了,外卖呢?你不会忘记付款吧?"邓教授问,可能因为改变了话题,他连语调都不一样了。

苏则眨眨眼睛,困惑地拿起手机。

真是说曹操,曹操就到。苏则刚打算确认订单,外卖小哥就出现在垭口:"这里是菠萝包侦探事务所吗?你们点的外卖到了。"

"是。"我们相互对视了一眼,异口同声回答道。

4.

接下来几天的调查可以用毫无进展来形容。

邓教授每天都对着那封杀人预告信陷入沉思，我们三个人则继续顺着蛋糕店这条线索追查，虽然心里明白多半是徒劳无功，但是在找到新的突破口之前，徒劳无功也总比什么都不做强。

其间，王先生两次找上门来询问调查进度，听到我们的答复之后，他都只能失望地摇头。然而，因为有能言善道的邓教授不停地给他洗脑，呃，"洗脑"这个词是苏则说的，总而言之，多亏了邓教授，王先生离开事务所时依然是怀抱着希望和信心的。

时间一眨眼到了周六清晨，是的，清晨，北京时间六点三十七分，我们四个人走在王先生居住的街道上。

前天晚上，无计可施的我们开始做最坏的打算，那就是周一让王先生请假在家，我们则从周日晚上开始，二十四小时守在他身边。为了以防万一，我们甚至决定规划一条紧急逃生路线，为此，我们需要先了解他家周围的情况。

站在事后的角度分析，这绝对不是一个聪明的对策，但是，那天早上我们确实在附近兜兜转转了一个多小时。

其间，我们发现不远处有几位居民靠近路边围了一个半圆站着，看他们的动作，似乎正在对围墙边的什么东西指指点点，但又有些畏惧，不敢靠近。

小妤觉着好奇，又不太敢一个人上前看，索性抓起苏则的袖子，把他硬生生地拽了过去。

被拽走的同时，苏则回过头，眼里装满无奈，无声地抱怨着。邓教授则是一副看好戏的表情，甚至挥手做起道别的动作。

"这场面看着可不像是好事，如果周围停几辆警车，拉上一圈警戒线，就是影视剧里的抛尸现场了。"邓教授完全是以打趣的口吻说道，却让今天本就见不到阳光的街道多了几分清冷。

尴尬的是，真叫他说中了。

小妤只是往人群中间瞥了一眼，就立即掉头跑回来，而且脸色惨白。苏则倒是观望了片刻，其间还和旁边的人交谈几句，这才皱着眉头走了回来。

"发生什么事了？"

"是只野猫的尸体，不知道被什么人虐杀。"

"确定是人为的？"

"手段很残忍，看伤口，凶器应该是刀刃之类的锋利物。"苏则五指并拢成手刀状，在胸前做了个向下划的动作。

"人渣！"小妤咬着牙说。

苏则接着说："听围观的群众说，从去年开始，这附近时不时就会出现流浪猫流浪狗被虐杀的情况，手法各异，抛尸地点也不同。"

"真是过分，竟然对小猫小狗下手。"

"弱者向更弱者宣泄自己的痛苦，以此达到心中的平衡，不是有个词叫'恃强凌弱'？"

"希望他不是在拿这些动物练手。"邓教授缓缓说，"都盯着我做什么？我只是理性分析而已。"

"对了，我突然想起来一件事。那天向王先生的同事了解情况时，有人提过一嘴，王先生似乎不喜欢动物，他说有一次部门同事打算一起来家里吃火锅，原本已经约定好了，但是王先生听说他家里养狗，脸色立即就变了，最后也没去。他还说王先生之前有个交往的女友，后来就是因为养宠物的问题吵得不可开交，以至于分手。"我说。

"是单纯讨厌还是不能接触动物？"邓教授问。

我摇摇头："这我就没有细问，不过，这二者有什么区别呢？"

邓教授接着解释："拿我举例吧，我很喜欢小猫小狗，却不能接触狗，因为我对狗毛过敏，会忍不住一直打喷嚏，但是和猫咪待在一块儿的时候，就完全没有这样的烦恼。"

"过敏啊，那确实是无能为力了。"我说，"要不然我再去趟王先生的公司，找他的同事问清楚。"

邓教授笑着阻止了我："那倒也不必，只是随口一说的题外话，与我们要调查的案件本身应该没有关系。"

"说起来，我们已经在这附近转了一圈，接下来怎么办？总不能现在就开始在这附近蹲守吧？"苏则问。他已经在笔记本里将附近的街道画了下来，连同可能通行的路线和路面监控都一一标注清楚。

邓教授瞟了一眼苏则的笔记本："当初找你做助手真是正确的选择。"

苏则故意哼了一声："一分钱工资都没付给我。"

"那不是和现在一样。"邓教授笑着打趣道。

听到这里，小妤猛然跳出来，站在两个人中间："不一样，完全不一样！教授你那是欠薪不还，按照眼下本事务所的业绩，我绝对会发工资的，虽然刚开始数额会稍微少一点点。"

"只是一点点？诺诺，你相信吗？"邓教授突然问起我来。

"我相信小妤。"听到这里，小妤高兴地扑了过来，"但是……"我才说了两个字，小妤就立即失望地蹲在地上，双手抱住自己的膝盖。

"果然连单纯的诺诺都识破了你的谎言。"邓教授又狠狠地补了一刀。

"小妤，我不是那个意思。"我试图安慰她，不过，看来作用不大。

"我知道了，一定是因为我之前太善解人意，总是处处为员工着想，今后我要成为独裁者，成为以事务所利益为主旨的所长。"

小妤昂着头，双手叉腰，"噌"的一下站起来。可是，她还没站直身，又让苏则按住头压了下去。

"情景喜剧暂时到此为止，刚想起来我们还约了严队见面，再不动身就该迟到了。"

5

与我们见面后，严队立即直奔主题："没想到你们还真的接下了那个案子。既然你们约我见面，看情况是查到了点蛛丝马迹。"

见面的地点还是公安局对面的咖啡店。因为这次是五个人，我们坐在带沙发的大桌旁。

"严队,这顿我们事务所请客。"小妤说。

严队笑着点点头,向走来的服务员要了一杯拿铁。

"不再来点别的?"苏则问。

严队摆手婉拒:"算了。言归正传,你们都查到什么了?"

"我们怀疑杀人预告是真的,但是始终想不明白寄信者的意图。预告杀人行为的意义在哪儿?为什么要用生日蛋糕盒装信?另外,明确约定好下周一这个时间也很可疑。"

"提前一周时间的确有些久,仿佛像是特意留时间方便对方做出应对。"

严队点点头:"或许是寄信人信心满满,即便王伯焱有所防备,自己依然能够找到机会下手。"

"有能力的猎人往往会在猎杀前给猎物施加心理压力,也许对方想要折磨他。"苏则说。

"说不定,下周一对王先生和寄信人有特别的含义。"严队说。

"关于这点,我们也曾经想过,而且寄信人用来装信的是生日蛋糕盒,所以我们问了王先生的生日,还有他认识的人里有没有下周一生日的,然而得到的答案是否定的。"邓教授说。

严队继续说:"如果这个时间点有特殊含义,就必须是双方都心知肚明才说得通。"

"现在的问题就在于,王先生完全想不出有什么特殊之处。"

"会不会是刻意隐瞒或者有难言之隐?"

"严队,有件事想拜托你帮我们查一查。"

"你们想查王伯焱的过往?"

"你怎么知道?"

"既然近期没有什么恩怨纠葛，那么只能把时间线往前推呗。"

"不愧是正儿八经的刑警。"

"说实话，他来刑警队的那天我就查了，虽然没有受理，不过因为多年的职业习惯，还是顺手查了一下。"

"结果呢？"

"只有一起民事纠纷案，发生在去年初，报案人是当时和王伯焱住在同一小区的邻居，他声称自家的狗被王伯焱杀害了。"

听到这里，邓教授诧异地叫出了声，连忙催问道："严队，说得具体点。"

"啊，好。案发当日，报案人像往常一样带着自家的狗到小区楼下散步，其间小狗不知所终。此前也发生过几次小狗和小区里的其他猫狗玩耍，过个把小时又自己找回家的情况，因此起初邻居并没在意。等到了傍晚，小狗还是没有出现，这下邻居才意识到不对，于是开始寻找，最终在小区花园里的一棵大树下找到，小狗已经奄奄一息。报案人立即将其送往最近的宠物医院，可惜还是无力回天。根据兽医的检查，小狗身上有多处骨折，内脏出现损伤，应该是从高处坠落导致的。当晚，报案人就到物业调取监控，发现在小狗跑进花园的时间段内，只有王伯焱进去过，但是花园只有在出入口处有监控摄像头，具体发生什么事就不得而知了。"

"所以，邻居怀疑是王伯焱将小狗摔死的？"

"是，报案人怀疑他的理由有三点：第一，那个时间段只有他进出过花园；第二，那棵树有三米多高，小狗是只体形小巧的博美犬，在不借助外力或者他人的前提下，单凭小狗自身的弹跳和攀爬能力根本上不去树，换而言之，要么是有人把它放在了树上，要么是有人把它举起来重重摔下去；第三，也是最重要的一点，王伯焱十分厌恶动物，每次遇见宠物都会远远避开，甚至不止一次呵斥小区住户的宠物，包括这只博美犬。"

"确实存在动机。"

"虽然当地派出所介入调查，但是缺乏直接证据，王伯焱则坚称自己没见过那只小狗，案件自此陷入僵局。"

"疑罪从无。"

"毕竟不是人命案，也不是价格昂贵的狗，派出所那么多案子堆着，不可能花太多时间去管这种案子，最终还是以普通的民事纠纷结案处理。"

"那对方能就这么善罢甘休吗？"

"听说报案人后来又尝试过几次上诉，结果都因为证据不足，以失败而告终。"

"他私下报复或者找过王伯焱麻烦吗？"

"这就不清楚了，不过没过多久，王伯焱就搬走了。"

"严队，既然你能顺手查王伯焱，那这位报案人想必你也查过了吧？"

"报案人叫徐钦尚，单身，是一名小学体育教师。根据卷宗记录，派出所民警当时曾针对他做过走访调查，调查的结果是，这个人心地善良，性格开朗，十分喜爱小动物，经常给学校附近的流浪猫狗喂食，尤其喜欢他家的那只博美犬，朋友圈的内容几乎都是分享他和小狗的日常生活。卷宗还提到徐钦尚的缺点，就是贪财好赌，不过，这与这起案子本身无关，应该只是顺带提及。"

"看来这只小狗对报案人很重要。"

"是啊，派出所的同志原本打算出面调解，但是报案人坚决不接受调解，还声称无论王伯焱出多少钱都不接受私了，必须让王伯焱付出代价，因此双方还动手打了起来。"严队停下来，喝了一口咖啡，继续说，"看你们的神情，似乎很在意这件事。"

"我们刚刚了解到，在王伯焱目前居住的街道，从去年开始陆陆续续发生了多起虐杀流浪猫流浪狗的事件，而且，第一起发生的时间正好是王伯焱搬来后不久。"

"你们怀疑是王伯焱干的？"

"合理怀疑，当然也有可能真的只是巧合。"

"接下来你们打算怎么办？"严队问。

思索片刻后，邓教授说："我想先去王伯焱之前住过的小区，再去见见那位报案人，说不定能有新的线索。"

"我陪你去。"苏则说。

"不，我一个人去，你们先别急着露面，之后说不定需要你们出面帮忙呢。"

"还需要我帮什么忙吗？"

"严队，麻烦你再查查王伯焱之前的居住地附近有没有出现小动物被虐杀的情况。时间尽量拉得久一些，如果能包括他童年最好，因为虐杀动物往往与童年时期遭遇的心理创伤有关。"

"好，我会尽快确认。"

6

从咖啡店出来后，邓教授独自前往徐钦尚任职的学校，我们则返回侦探事务所待命。整个下午无事发生，平静得反而让人有些担忧，我们虽然都在做着自己的事情，目光却总是不自觉地瞥向墙上的时钟。

终于，当时针即将指向 8 的时候，邓教授从外面走了进来，神情十分愉悦，手上拎着一盒蛋糕，而且蛋糕盒的款式与寄给王先生的一致。

邓教授说，他见到徐钦尚的时候，宛如看到漫画中的场景。落日余晖，照进学校后门旁的巷子，洒下柔和的淡黄色光芒，均匀地平铺在男人宽阔的肩背上，几只猫咪亲昵地围在男人身边，仰着头撒娇。

关于他是如何与第一次见面的人就能聊得仿佛久别重逢的，我无法想象，毕竟那不是我所能做到的事情，但邓教授做到了。晚饭他还和徐钦尚一起吃了火锅，其间二人相谈甚欢，按照邓教授的原话，只苦于他们酒量太差，否则一定喝他个不醉不归。所幸他们没喝，邓教授才能将谈话里的重点都记下来。

据徐钦尚所说，他之前养过一只白色的小博美犬，名叫十天。十天是徐钦尚用第一个月工资买的，生日比他晚了十天，故此取了这个名字，如果十天还活着，下周一就是它八岁的生日。他还说，十天脾气极好，性格乖巧可爱，见着人总喜欢上去撒娇，特别黏人，所以也招人喜欢。当然，极个别异类除外，呃，这是徐钦尚的原话。十天爱吃蛋糕，所以徐钦尚通常会在生日的时候买蛋糕，然后和十天一起分享。今年他也买了奶油蛋糕，没有点蜡烛，也没有许愿，拆开蛋糕盒，一个人就这么怔怔地盯着蛋糕。其实他不想过生日，也不想吃蛋糕，只是觉得应该买，就像除夕夜会习惯性地打开电视机收看春晚，哪怕只是为了听个响。最终，他还是把蛋糕吃下去了。也不知道从什么时候开始吃的第一口，没有用到刀叉，就用手扒拉着一口一口往嘴里送，然后机械地咀嚼、吞咽，反复如此，等到反应过来的时候，蛋糕已然所剩无几。

邓教授随便找个借口，问出是哪家蛋糕店，回来的途中顺路去店里买了一盒。邓教授特意向老板确认过，蛋糕盒有不同的几种颜色，但只有一种款式，附赠的刀叉、蜡烛也是如此。

"这样一来，是不是基本可以确认你今天见到的这位报案人就是给王先生寄杀人预告信的人？"小妤问。

"八九不离十。接下来，只要拿到徐钦尚的笔迹，与杀人预告信的字迹进行比对，就能证实了。"邓教授回答。

"笔迹倒是简单，只要让警方出面找校方就能拿到。眼下的问题是，王伯焱究竟是不是虐杀动物的凶手？"苏则问。

"这个事情我来想办法，给我一晚上时间，应该足够了。"邓教授信誓旦旦地说，看来他心里已经有了打算。

第二天早上，当我走进侦探事务所的时候，邓教授坐在电脑前，面色凝重，眉头紧锁。我刚想走过去看看，就被苏则拦住了。

"谁都别去打扰他。"

苏则说，这是邓教授的要求。他还说，邓教授已经对着电脑坐了一个通宵，虽然不清楚具体在做些什么，但至少可以确定一件事：要解决的麻烦比预想中多。

接近中午的时候，邓教授重重地从鼻腔里呼出一口气。由于他仰着头，我看不到他的表情。

"有结果了吗？"苏则问。

"嗯。"邓教授简短地应了一声，从他的语气中听不出一丝愉悦，反倒像是强压着心中的情感，而且八成是怒火。

"真的吗？快说说你都查到了什么。"小妤说。整个早上，她都戴着耳机看剧，但是目光时不时会瞟一眼邓教授那边。

"证据找到了，王伯焱虐杀流浪猫流浪狗的证据。如果我没猜错，他杀害十天的证据也找到了。"

"真的假的？给我看看。"

"我劝你们还是别看为好，都是些令人反胃的照片。"

"教授，这些照片你是从哪儿找来的？"苏则问。

"我通过王伯焱的手机号找到了他的社交账号，再以此为媒介打开了他的电脑，这些都存在他一个加密的文件夹里。"教授回答。

"也就是说，你是黑进去的？"

"是啊。"

"你不是早就把黑客技术忘了吗？"我问道。

教授眨了眨眼，说："之前确实忘记了，但有些记忆是很容易被唤醒的，虽然这么说，这还是花费了我一整个通宵的时间。"

小妤突然反应过来："黑客？慢着，也就是说这些照片是你非法获取的，那根本没法当作起诉他的证据嘛。"

"你是不是有些许误会？我什么时候说过要起诉他？除了国家

明文规定的保护动物,虐杀流浪小猫小狗本来就不是违法行为,所以想通过法律途径惩罚他是不现实的。"

"那你打算怎么做?趁他出差的这段时间,往他家塞一百只流浪动物吗?"

"没看出来,原来所长你比我还狠呢。"

"少卖关子,快说你的计划。"

"有句话叫法律是道德的底线,既然法律层面拿他束手无策,我就在道德层面制裁他。我打算拿这些照片找个靠谱的媒体人,揭露他的所作所为,不仅如此,我还要往他们公司的邮箱里发一份。"

"对了,我有个大学舍友是自由撰稿人,主要报道的版块就是社会生活。我这就联系她,让她今晚连夜赶稿,明天一早就发出来。"

"这些都太麻烦了,要我说,就在他下班回家的必经之路上堵他,然后用武力收拾他。"

"必经之路,这个主意好,要挑选一个没有监控、人流量较少的地方,我想想。"

"别想了,教授,阿则不是都把他家附近的街道画成地图了吗?阿则呢,快把图拿出来,我们一块儿研究研究。"

刚才只有我们仨讨论得热火朝天,唯独苏则一言不发,直到小妤提起,我们才不约而同地开始寻找苏则的身影。

他就站在我们的身后,瞪大眼睛直勾勾盯着我们,脸黑得就像暴风雨来临前布满乌云的天空,还有代替滚滚熔岩率先涌出火山口的黑色灰烬。

这是超级危险的信号。

我们仨对视之后，立即明确了一件事：我们闯祸了。

"我错了。"见势不妙，我率先认错。

小妤在旁边嘟哝了一句"好快"，也跟着低下了头。

邓教授刚开口把"我"字吐出来，就被苏则打断了。

"你们三个配合得倒是很默契嘛，一个说话不过脑子，另外两个想都不想就接过去了，明知道是不正当手法，照样踊跃向前是吧？"

接下来苏则的训诫像是数不尽的喀秋莎火箭炮向我们进行了长达五分钟的火力急袭，太可怕了，我竟然想起了学生时代被班主任叫到办公室训话的场面。

"教授，他之前不是你的助手吗？快让他停下，别念叨了。"

"你还是他现在的所长呢，怎么不管管？"

"废话，我要是管得了，至于站在这儿挨训吗？"

耳边小妤和邓教授挨着批评，还不忘斗嘴，结果又让苏则逮个正着。

"你们俩偷偷嘀咕什么呢？"

"没有，我们在反省。"

"对，深刻反省，您继续说。"

"总而言之，眼下比起制裁王伯焱，还有三件更重要的事：第一，无论如何，他都是我们的客户，我们要完成委托，保证他活过明天；第二，他还欠着我们事务所委托费，是死是活，都得等他把尾款先结清再说；第三，也是最重要的事，要在徐钦尚成为杀人凶手之前阻止他。"

说完，苏则率先坐下，然后抬手示意我们也坐下。别说，举手投足之间，还真有些领导的范儿。

我们屁股刚落座，苏则就点了教授的名。

教授也不含糊，"噌"的一下站起来，喊了声"在"，倒把苏则给吓一大跳。

"至于吼那么大声吗？说正经的，你应该已经想到下一步该怎么做了吧？"

"算是吧，不过还得请你那位包打听的三爷帮个忙。"教授说完，咧嘴一笑。

一夜无事。

眼看时间来到周日，我们齐聚在生活区域的客厅里。吃过午饭，邓教授就躲进自己房间，只听见翻箱倒柜的动静，就是不见他出来。又等了半个钟头，他终于重新出现在我们眼前，只是他的造型嘛，一言难尽。

邓教授穿一身深蓝色西装，用食指扶了扶鼻梁上的金框眼镜，左侧嘴角微微朝上扬："万事俱备，只欠东风。"

苏则绕着邓教授转了一周，咂了咂舌："你这造型，真是……"

"你闭嘴，我不想听到那四个字。"

"斯文败类。"

"啊，都说了不想听到。"

"邓教授，你这样面目狰狞的模样更像了。"小妤说，她的嗓音真是甜美，好羡慕。

"你们都闭嘴！"邓教授抱着头大喊。

苏则坐在沙发上，跷起二郎腿："谁让你没事戴个眼镜，明明不是近视。"

"我这是在变装。"邓教授说。

"换身西装加个眼镜就算变装吗？认识你的人一眼就瞧出来了。"苏则说。

"话说邓教授很有知名度吗？有那么多人知道你吗？"小妤问。

"我可以很负责任地告诉你，知名度为零。"苏则毫不犹豫地回答。

"你们理解的变装是为了欺骗他人，而我的变装旨在隐藏自己的心，这样才能更好地扮演新的角色。"邓教授按着自己的左胸口，朝我们 wink。

真是没眼看。

"真恶心，起鸡皮疙瘩了。"

"油腻的四十多岁中年大叔竟然对我抛媚眼，受不了啦，阿则，几年之后的你可不能步他的后尘啊。"

"我保证不会。"

"你们三个别像蛆一样在沙发上滚来滚去了，至于吗？喂，苏则，交代你的正经事呢？"

听到"正经事"三个字，苏则立即恢复正经模样："三爷刚传来消息，徐钦尚每个周日晚上都会出现在他家附近的一家酒吧内，通常都坐在吧台，八点左右进去，直到接近十点才离开。"

"很好，今晚你和诺诺配合我行动。"

7

邱三爷的情报这次依然精准。

晚上八点五分,徐钦尚独自一人走进酒吧,径直来到吧台旁坐下。他的面色凝重,看起来心事重重的样子。

"您需要喝点什么?"调酒师问。

"老规矩,来杯水。"徐钦尚抬起头,看了眼调酒师,"你是新来的?"

"我哥临时有事,找我来替他两天。"调酒师说。

徐钦尚点点头,并没有表现出过多在意。

几分钟后,盛装打扮的邓教授推开了酒吧的门,他看了我和苏则一眼,也向着吧台走来。

"邓教授,这么巧,没想到在这里也能遇到你。"

"徐先生,你也喜欢来酒吧喝酒?你这杯酒的颜色?"

"是纯净水。我向来不喜欢酒,酒量也极差,很久以前被逼着喝过一次,结果两杯啤酒下肚就醉得不省人事了,从那以后,我再也不碰酒。"

"鸡尾酒也不行吗?"

"但凡是带酒精的饮品我都不喝,连酒心巧克力我也不吃。"

"可你现在正坐在酒吧的吧台旁。"

"我喜欢这里的氛围,不知道为什么,身处酒吧的吧台,总能让我平静地思考。"

"真是奇妙啊。我最近正在进行一项学术研究,需要一些生活中真实的实验数据,不知道徐先生是否有意参与?"

"是哪方面的?"

"人类行为学,确切地说是人类做出选择和采取行动的诱因。"

"听起来是一项深奥的课题,我很感兴趣,但是时间上可能不太充裕。"

"不会占用你太多时间,只需要花费几分钟,和我玩一场简单的游戏,赢了还有奖金。"邓教授从公文包里取出一沓百元钞票,放在吧台。

徐钦尚不自觉地提高了声音:"这些都是奖金?"

邓教授笑了笑,将钞票向着徐钦尚面前推近:"这里是两千元人民币,如果你赢了游戏,就可以拿走。"

徐钦尚稍微挺起腰背:"就这么简单?"

"就这么简单。"

"那我如果输了,是不是也有惩罚?"

"当然,原本作为失败者的惩罚是喝一杯酒。"

"喝酒可就是在难为我了,晚点我还有重要的事,可不能在这里醉倒。"

"咖啡可以吗?正好帮你提神醒脑。"

"我看咖啡合适。"

"提前说一句,这个月已经有五位参与实验的勇者,最后无一例外地全部败北。"

"那么就由我来终结你的连胜,出题吧,邓教授。"

"游戏很简单,名叫'数30',游戏规则是两位玩家从1开始按照从小到大的顺序依次交替数数，每轮必须且只能喊1个或者2个数字，最后喊到30的人即为失败。举个例子，第一轮我喊了1。"

"我就得喊2，或者2、3。"

"没错。"

"规则倒是通俗易懂。"

"为确保实验的真实性和公平性，我建议找第三方作为见证者参与我们的游戏。"

"我赞成。"

邓教授的目光越过徐钦尚，落在我和苏则身上。邓教授负责与徐钦尚正面接触，我们从旁协助，这是提前约定好的。

"我想你身后的两位客人可以担此重任。"

徐钦尚也看向我们，然后点了点头。

"两位，我们打算玩一场游戏，能否请你们做个见证？"

邓教授发出邀请，苏则故作为难地回过头来征求我的意见，我点点头："你去吧。"

苏则应允起身，问："你们需要我做什么？"

"首先请你见证我们整个游戏过程，确保游戏公平。另外，我们在玩的游戏名叫'数30'，需要定先后顺序。"邓教授回答。

"如果是定先后顺序，我倒是有个主意。"苏则说，"我会先在手机计算器上输入一个数字，由你们猜是奇数还是偶数，答对的人先数。"

"这方面比起猜拳更有新意，徐先生，你觉得呢？"

徐钦尚似乎已经迫不及待要开始游戏了，确切地说是要赢走桌上的钞票："我同意，开始吧。"

"不急,在我们进行游戏的时候,惩罚也可以同步准备。"邓教授对调酒师说,"一杯爱尔兰咖啡,谢谢。为了避免干扰到我们的游戏,还请你背对着我们准备,十分感谢。"

调酒师是位烫了卷发的年轻男人,他干脆利落地点了一下头,转身开始准备。

苏则输入一个数字后,将手机锁屏放下,紧贴住大腿外侧:"二位谁先请?"

邓教授做了个请的手势,徐钦尚也不客气,开口猜了偶数。

苏则用手纹解锁了手机,向二人展示屏幕:"很遗憾,是奇数。"

徐钦尚不以为意地耸耸肩:"请吧,教授。"

游戏的详细过程这里就不再赘述,因为我当时正被一款名叫 White Lady 的鸡尾酒吸引。总之,结果是邓教授胜利,当然,这也在我们的计划之中。

"可恶,就差一点。"徐钦尚不服气地说。

"真是遗憾啊,下局还有机会。"苏则佯装不知,宽慰他道。

"我们是一局定胜负。"邓教授说完,故意在徐钦尚的注视下放慢手伸向钞票的速度。

"等等,能再加一局吗,不,三局两胜制?"

"这个嘛……"

"三局两胜确实更加公平。"苏则在一旁帮腔。

"也好,那就依你们二位,不过,游戏局数增加,惩罚的力度也要相应加大。"

"怎么加大?"

"两杯咖啡。"

"哎，我以为多严厉，没问题。"

"那么，我们还是用猜奇偶的方式决定先后手。Mixologist，再加一杯爱尔兰咖啡。"

"没问题，开始吧，裁判。"

第二局游戏徐钦尚虽然猜对了奇偶性，但还是没能赢。

"终究还是棋差一着吗？"苏则看似轻飘飘的一句话彻底激起败者的不甘心。

"这局是我大意了，邓教授，能不能……"

我们都知道，徐钦尚咬着钩不打算松口了。

邓教授装作无奈地叹一口气，竖起三根手指。

徐钦尚挺直腰背："三杯？五局三胜？可以，我接受，这局我一定赢。"

第三局，徐钦尚失去先手喊数字的机会，但是在邓教授的安排下顺利扳回一局，比分来到2:1。

徐钦尚开心地大喊："邓教授，你可要当心了，我已经掌握了游戏的技巧，接下来就是我的反击时刻！"

"别高兴得太早，这局只是我一不小心大意了。"

"看来胜负还有悬念啊。"

邓教授和苏则一唱一和配合着，紧接着，我看见邓教授抬起右手清脆地打了个响指，嘴唇微微翕动，似乎轻声说了什么。

第四局，无论是先手还是游戏的胜负都被邓教授收入囊中。

"徐先生，可一可二不可三啊。"

"邓教授，再给一次机会，七局四胜，最后一次。"

"当真最后一次？"

"当真。"

"不再加？"

"我保证不加，这次如果再输，一定愿赌服输。"

"这位先生，你给做个见证。Mixologist，麻烦再加两杯爱尔兰咖啡。"

最后一局，先手属于邓教授。徐钦尚奋力挣扎，他每次喊数字时都倍加谨慎和犹疑，以至于好几次在苏则的催促后，才艰难地喊出数字。

然而，徐钦尚的挣扎全是徒劳，残酷的命运最终还是降临在他身上。当四杯爱尔兰咖啡在吧台上一字排开的时候，他的眼里只有被收进公文包的那一沓钞票。

"徐先生……"

徐钦尚抬手示意邓教授不必再说下去了："不用提醒，我愿意接受惩罚。"

话音刚落，他端起第一杯酒，昂首灌入嘴中，眼看三五秒过去，酒杯见了底。他放下酒杯，做了个深呼吸，伸手想去拿第二杯，只听"啪"的一声，一头栽在吧台上，已然醉死过去。

音乐中止，刹那间，不再有人说话，酒吧内一片沉寂。一直装作客人潜伏在酒吧内的三个人尽量不发出声响，缓缓向徐钦尚靠近。

领头的是个留着平头的中年男子，下巴上留着短胡子，目光锋锐，颇有不怒自威之风。

"怎么样？"

"严队，他睡着了，喏，都能听见鼾声了。"邓教授端起一杯爱尔兰咖啡，对着灯光照了照，饮了一口，"李警官，你这调酒技术有待提高呀，最上层的奶油都下沉了。"

调酒师打扮的年轻警官挠挠后脑勺："邓教授，你就别难为我了，我那点水平哪比得上专业的调酒师，不过是会点皮毛自娱自乐而已，谁能想到真有派上用场的一天。"

"说笑而已，还剩下两杯，感兴趣的话快来尝尝，这酒放凉可就差了味了。"邓教授说。

"我们有纪律，工作时间不能饮酒。"严队说。

"你要这么说那我可得尝尝。"小妤一下子闪到严队身前，端起一杯酒。

苏则看了我一眼，直接将最后一杯酒放到我面前："喝吧，我等会儿还要开车送你们回去。"

我道了谢，连忙捧起酒杯，饮下一大口。咖啡与威士忌融为一体，加上打发后的奶油，口感绵密，味道醇厚，喝完之后，全身都暖和了。

邓教授举起酒杯轻触徐钦尚的空酒杯，打趣道："本以为他说两杯啤酒就醉是撒谎，这么一看，倒是我错怪他了。"

"早知道就不陪他玩这么久了。"苏则伸了个懒腰，说道。

"严队，笔迹鉴定结果如何？"邓教授问。

"刚收到鉴证科消息，杀人预告信上的字迹与徐钦尚的字迹高度吻合，可以确认他就是寄信人。"严队回答。

邓教授轻舒一口气："那么这个案子也算是告一段落了。"

"今晚辛苦大家了，接下来由我们警方接手。时候也不早了，喝完这杯酒，侦探事务所的各位就请早点回去休息。李虎，你可以去把这身衣服换了。"严队说完,又对身后的另一名部下交代:"王哲,通知队里做好准备,等他醒了,就带回去连夜审讯。"

上车的时候,小妤首先占据驾驶座后面的位置,她说这是她最喜欢的座位,因为能给她带来安全感。我跟着坐在她旁边,邓教授坐在副驾驶座。

苏则刚发动汽车,小妤就迫不及待地问:"教授,你很擅长玩'数30'这个游戏吗?"

"与其说擅长,不如说我了解这个游戏的规律。"邓教授解释道。

"这游戏还有规律?"

"如果玩家数量多,就没有确保100%胜率的规律,但是,如果只有两个人,那么只要把3的倍数留给对方喊,就能确保自己胜利。"

"把3的倍数留给对方?每次能选择喊1到2个数字,如果对方不配合,又该怎么办?"

"所以,对于知道规律的人来说,先手就很重要。先手喊1和2,之后对方喊1个数,你就喊2个数,对方喊2个数,你就喊1个数,遵循这个规律就输不了。如果对方并不清楚其中的规律,即便是后手也同样有机会赢。"

"原来如此,那么关键就是如何拿到先手的机会。"

"没错,这就是我需要苏则协助我的原因。"

"你的意思是,阿则刚才的猜奇偶游戏也有规律?"

"倒不是规律,说得直白点,就是我能操控结果罢了。"手握方向盘的苏则回答。

"怎么操控?"

"我首先在计算器里输入一个任意奇数，然后锁屏，等到要公布的时候，我需要解锁手机屏幕，再向他们展示数字，在这个间隙，我就有足够的时间多按个'0'，这样就能将原先的奇数变成偶数。"

"厉害啊。"

"只是个简单的障眼法。"

"多亏苏则想出这个障眼法，我才能准确地掌控哪一局该让徐钦尚拿到先手，哪一局该让他赢。"

"这么说来，第二局的先手也是你故意送给他的？"

"没错，我想确认他是否清楚游戏规律。"

"那第三局让他赢又是为什么？"

"因为我担心两杯酒不足以灌醉他，所以计划用四杯酒，但是如果让他连输三局，正常人都会起疑心，于是决定利用赌徒心理，制造出平分秋色、胜负尚有悬念的假象，引诱他上钩。当然，苏则那几句看似不经意的话语其实也起到了意料之外的效果。"

"只有表现得足够轻描淡写，他才不会怀疑我的身份。"苏则说。

回想起他们今晚的表现，我不禁心生愧疚。

"到头来我只是去喝了两杯酒，什么忙都没帮上。"

小妤突然整个身体面向我，非常严肃地盯着我，然后拍了拍自己的右肩。

我疑惑地看着她的肩膀，又看了看她，她没有说话，只是坚定地点了一下头，这下我更加不知所措了。

"她让你把头靠在她的肩膀上。"苏则说。他没有回头，应该是经常通过后视镜观察我们的举动。

"欸?"我诧异地盯着小妤,不知所措。

小妤撇了撇嘴,直接用力搂住我的肩膀,然后缓慢地将我的身体拉向她,直到我的头完全枕在她的肩膀上。

小小的,瘦弱的肩膀,但是好温暖。

"诺诺,我以所长的名义郑重地通知你,你就是我们侦探事务所的吉祥物,就算什么都不做,只要你出现在我们的视线中,就能精神上为我们提供支持,你们说对吧?"

"我不是这么想的。我认为诺诺是坚实的后盾,今晚让她和苏则一起坐在吧台也是这个原因,因为看到她,我就安心了,我就知道徐钦尚无论如何都跑不掉,即便我和苏则的计划失败,最后还有诺诺帮我们兜底。"邓教授说道。

"诺诺,今晚的两杯酒好喝吗?"苏则问。

"好喝。"我回答。

"我们完成委托开心吗?"

"当然开心。"

"那就足够了,你继续保持最真实的自己,我们也是,继续做自己力所能及的事就好。"

"邓教授,阿则以前也会说出如此充满哲理的话吗?"

"不,以前的他是个富有正义感的热血笨蛋。"

"啰唆。"

"总而言之,重要的是这次凶手无法兑现他的杀人预告,今夜将是平安夜。肚子饿了,阿则,找个地方吃点夜宵再回去,吃什么?我想想,刚才喝了酒,那我们接着去吃肉吧。"

关于案件的记录到此为止。

原本我还打算记录下吃夜宵时发生的趣事,不过,还没在脑子里构思清楚,我就进入了梦乡。等我再次醒来的时候,已经是早饭时间。

邓教授和苏则坐在我对面的沙发上,邓教授端着咖啡,苏则手里捧着平板电脑。对,是我的平板电脑。他们津津有味地看着,听到我坐起来的声音,也仅仅是抬起头看了我一眼。

"写得不错。"

"原来在诺诺的笔下会是这样的故事。"

"早知道会被记录下来,当时我就该多说两句。"

"算了吧,言多必失,万一因为你多嘴露了破绽可就麻烦了。"

"哦,我才不会犯那样的低级失误。"

他们俩就这样一人一句地闲聊着,我只觉得脑子里嗡嗡的。

"那个,是我的平板电脑?"

"是啊,哎呀,诺诺,你的脸好红,该不会是昨晚睡在沙发上感冒了吧?"

我使劲摇头:"你们在看我写的案件记录,太羞耻了。"

苏则眨了两下眼睛,偷偷将平板电脑塞给邓教授:"是他拿给我看的。"

邓教授看着手里的平板电脑,又看了看我,终于意识到问题的关键,慌忙将平板电脑递还给我:"是小妤,我早上起来的时候,她就坐在我现在的位置,是她招呼我过来,说写得特别好,让我一定要认真看完。都怪她,等会儿我帮着你强烈谴责她。"

邓教授的座位背对着餐桌,所以他没看见小妤端着早餐从厨房走来的身影。

小妤冷笑了一声，说："教授，我可都听见咯。"

我盯着她，不满地抗议："小妤，我要生气了。"

她不紧不慢地将我们的早餐摆放在餐桌上，然后走到我身旁坐下："这不是挺好的吗？警方会将案件的过程及细节悉心整理成卷宗妥善存档，方便日后遇到类似或者相关的案件时参考查阅。就像赫尔克里·波洛的秘书莱蒙小姐，夏洛克·福尔摩斯的助手华生医生，他们都以自己的方式参与了过往的案件，并且将案件的经过保留了下来，这是意义非凡的事情。"小妤说，她看向我的目光十分真挚，以至于我无法反驳，"其实，侦探事务所成立之初我就想过这件事，甚至想为此专门找个秘书，但是鉴于事务所的财力实在是捉襟见肘，这事也就不了了之了。所以，诺诺，我诚挚地拜托你，请以你的方式将我们事务所经手的所有案子都记录下来，如果你愿意的话。"

"我愿意。"我立即答应。

并非是脑袋一热，而是终于找到只有我才能做的事情，能为侦探所贡献力量的方式。加入侦探所以来，我始终认为自己是可有可无的存在。我没有邓教授的推理能力，没有阿则处变不惊的大局观，更不能像小妤一样照顾大家的生活起居。虽然大家都夸我身手好，但这是不能轻易使用的暴力手段，本应该保护大家的我，其实是受到最多保护的那个人。

"好，那这事就这么定了，不过，我可没有能力加付第二份工资哟。"小妤说。

我信誓旦旦地保证："不需要工资，我会努力做好记录工作的。"

教授跷起二郎腿，右手轻轻抚摸着下巴："所长，你有点像给员工疯狂洗脑从而减少薪资的黑心企业家了，很危险呢。"

"是吗？那就从教授的工资里扣除一部分，作为诺诺的补贴吧。"

"凭什么呀，我认为应该从苏则的工资里扣。"

"喂，你搞错重点了吧。"

于是乎，他们仨又像说相声似的你一言我一语地打闹了好一会。

这时，我突然想起来有件事情要问邓教授：

"教授，为什么我们不一开始就让警方介入，而是要陪徐钦尚玩一场游戏？"

邓教授听到我的问题，瞬间切换成正经模样："为了争取时间。拿到徐钦尚的笔迹稍微花费了一些工夫，耽误了笔迹比对出结果的时间，在没有确切证据的情况下，警方不方便直接将他带走审问，所以，和严队商量过后，我们一致认为这个办法更为稳妥。"

"不是找学校拿的笔迹吗？"

"不是，准确地说，是不能。如果警方直接找校方，当然可以轻松获取徐钦尚的笔迹，但后续也会给他带去许多负面影响，甚至他会因为这件事被校方开除，这是我们不愿意看到的。"

"我不太理解。"

"这次的情况比较特殊，徐钦尚虽然动了杀心，但是并未实施具体的犯罪行为，单是那封被我们称作杀人预告的信，在刑法中连犯罪预备都算不上，所以，他不是嫌疑人，更不是凶手。换而言之，他还有机会。我们的初衷也就从抓捕他，变成了阻止他走上不归路。"

"原来还有这层考量，不愧是教授，果然聪慧过人。"

"你这么夸奖我都不好意思了,啊哈哈哈!"邓教授仰着头,笑声无比爽朗。

"诺诺,你给这个案件命名了吗?"苏则问。

我咽了口唾液,鼓起勇气开口道:"我想取名叫'无法兑现的杀人预告'。"说完,看向他们,既期待又紧张地等待着他们的反应。

"我认为没问题,但是——"苏则顿了一下,"这并非需要我们共同决定的事情,所以只要你认为适合就是最好的。"

教授也跟着坚定地点了一下头。

小妤莞尔一笑:"我当然赞成。顺带一提,我已经想好了事务所的第五条规则。"

"是什么?"

"切记!爱尔兰咖啡是酒。"

第三章

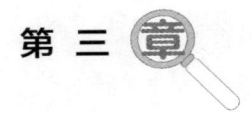

邂逅规则：保持戒心，别被美丽的外表蒙骗

心脏剧烈跳动。

呼吸越发急促。

全身的血液都在急速涌动。

名为恐惧的情绪逐渐席卷全身，额头发麻，汗珠也不争气地冒了出来。

可以确定，现在不是在做梦，一支黑色的手枪就在眼前，不偏不倚瞄准着我的额中穴。

你可能会想，现实世界中哪能那么容易看到真枪，又不是警匪片。说实话，接下这个案子之前我也是这么认为的。

麻烦的是，现在的我有理由相信眼前的就是真枪，因为就在前一天，我亲耳听见枪响。

那是我这辈子听到的第一声枪响。

糟糕的是，我平生听到的第二声枪响，恐怕就要成为我在这个世上听到的最后的声音了。

要说为什么会陷入如此窘境，还得从那个阴天的早晨说起。

1

走进侦探事务所的美艳女人身高大约一米六，身穿黑色皮衣和皮裤，黑色太阳眼镜戴在头顶，棕色长发梳成大波浪，右手的食指和中指捏着一个长长的烟斗，走起路来气场十足。

"哟，阿则，几个星期不见，你看着越来越像高中生了，改天穿上校服和我约会吧……真是讨厌，又着急拒绝我。诺诺呀，最近在看哪本推理小说呀？你知道希区柯克吗？对对对，就是那个著名的悬疑小说家，他的短篇悬疑故事可太有趣了，你也喜欢吧？欸，你们家所长大人呢？在这儿啊，小妤，最近事务所生意怎么样？快把茶水端出来，我给你们带了位客户。"

女人似乎和侦探事务所的其他几个人都很熟悉，最后她看到我的时候愣了一下，然后眼睛快速在我身上扫了一遍，冲我笑了笑："这位莫非就是你们的最后一位侦探？"

小妤走了过来，说："我来介绍一下，她叫姚辰，是个中介，工作、房地产、医药等，基本上各个行业她都有涉足。"

"打断一下，违法乱纪的项目我可不接。"

"或许是吧，总之，就是中介，大家通常喊她一声姚姐。顺带提一嘴,她不抽烟,手上耷拉着烟斗就是装样子用的。"

"这是显得看起来有气势。"

"就当是吧。"小妤转头开始介绍我,"这位是邓钟邓教授,脑子很好用,是我们侦探事务所的王牌。"

"幸会。"我说。

"客气了,今后还请邓教授多多关照。"姚辰说。

"对了,你刚才说的客人在哪儿?"

"哦,在门口呢,差点把他给忘了,你们稍等,我出去领他进来。"

说完,姚辰身子一转,踩着鞋跟至少五厘米的靴子出去了。

我坐在苏则旁边,用手肘捅了捅他:"助手,你刚才是被调戏了吧?"

苏则一脸不服气地反问我:"那叫搭讪,不懂吗?"

"她知道你的真实年龄吗?"我问。

"第一次见面的时候就问过了,她似乎就喜欢阿则这种外表看起来年轻的。"小妤端来了果汁,不过只有五杯,"别看了,她忙得很,不会再进来了。"

还真让小妤说中了,过了大约半分钟,我们的委托人,一位看起来有些紧张的男人缓缓走进我们的视线。他的身高在一米八左右,不到三十岁的年龄,体形微胖,面色红润,双目有神,举止腼腆有风度,一眼看去能让人联想到和蔼可亲的形象。

"初次见面,我叫魏一扬,我有事想委托各位侦探。"说到这里,客人短暂停顿片刻,"在这之前,方才的那位中介有几句话让我转达,她说还有要事需要忙,所以先走一步。"

"预料之中,别管她了。"小妤对着客人做了个请的手势,"魏先生请坐,和我们详细说说你的委托内容。"

"对了,还有一句话。"客人扫视了在场的我们一圈,视线最终定格在苏则身上,有些难为情地说,"她让我给苏先生带句话,约会的时候她愿意配合你穿 JK。"

"果然是在调戏我吧。"苏则说。

"不不不,这种情况完全是向你发出邀请。"小妤说。

"不可能吧?"苏则一副难以置信的表情。

"想不到那位姐姐竟然会主动出击。"诺诺说。

"都说了不是那么一回事了。"苏则还在做着自己都不信的狡辩。

"助手,要不你就答应了吧?"我轻飘飘地说道。

苏则狠狠瞪了我一眼:"闭嘴,都怪你乌鸦嘴。"

客人有些羞怯地说:"那个,打断你们一下,我有事情想要委托你们。"

糟糕,光顾着捉弄苏则了,倒把正事给忘了。

所长煞有介事地清了清嗓子:"魏先生,请坐,这是为你准备的鲜榨橙汁。接下来,请看这边,由我,菠萝包侦探事务所的所长,向你简单地介绍我们事务所的规则。"

说完,小妤走向那块小黑板,亲自介绍自己制定的规则。我们的客人听得聚精会神,偶尔还会点头回应。

"到此为止,都能理解吗?"小妤问。

"大致可以。"魏一扬回答得有些勉强。

小妤满意地笑着说道:"那么请告诉我们,你需要委托我们的具体是什么事情呢?"

魏一扬深思了片刻，像是在思考该从何说起，过了几秒钟，才开口说："其实，就在两天之后，我将回到家族代代相传的别墅，参加事关遗产继承的集会。"

别墅？还有遗产？听起来相当不得了啊。

我们年轻的客人继续说："这么说也许有些像是在炫耀，但我真的不是那个意思，毕竟都是过去的荣耀，与我并无直接关系。"

"魏先生，与委托无关的细节我们会自动忽略，也请你不要介意，最重要的是你能对我们如实相告。"我说。

"我的祖上因为拥立清王朝有功被授予官职，之后平步青云，在朝中担任要职，后来辞官归隐，带着家族开始经商，经过祖孙三代励精图治，最终取得巨大成功，据说一度可以用富可敌国来形容。"

当听到富可敌国的时候，我不禁张大嘴巴，开始重新审视眼前的客人，身旁的苏则和诺诺甚至惊讶地叫出了声。

"冒昧问一句，魏先生现在的职业是？"小妤问。

魏一扬苦笑着说："别误会，我刚才说的是祖上的荣光。而我只是一名普通的商人，两年前家父病逝后，我从家父手中继承一家灯饰店，仅此而已。"

"突然打断你的叙述，真是失礼，我们没见过什么世面，请见谅。"小妤说。

"彼此彼此，我也不是多么了不起的人物。"魏一扬说。

"请继续吧。"我说。

魏一扬继续说："家族的繁荣在历经数代之后也不可避免地迎来了衰败和没落，到了清朝中期，当时的宗家所继承的实际财产就只剩下一栋建在深山里的巨大洋房，也就是我两天后要前往的别墅。洋房是一个欧洲人修建的，后来这个欧洲人急于回国，所以低价出手转卖给先祖。继承洋房的同时，当时的宗家也被告知一个秘密，先祖预见到家族会有衰败的一天，所以为后世子孙提前预留了大量金银珠宝，埋藏在一个风水宝地。而藏宝地的线索则留在别墅的某个房间里，并且留下了一串能够打开别墅所有房间的钥匙，而这串钥匙则与别墅本身一同属于继承者。"

"换而言之，真正的遗产其实是藏宝地的线索。"诺诺说。

魏一扬点点头："可以这么理解，后世的不少家族成员是这么坚信的，但是，也有部分家族成员认为这是祖先的谎言，毕竟直到现在也没人找到藏宝地的线索。"

"我听明白了，你希望我们帮你找到藏宝地的线索对吗？"诺诺问。

魏一扬断然否定："不，我不相信有所谓的宝藏，就算有，经历过战乱和漫长岁月，恐怕也早就被人挖走，甚至几经转手流落海外都有可能。"

我向前倾着身体，好奇地问："既然不是为了宝藏，那么我们该做些什么呢？"

魏一扬低垂着头，来回搓动自己的指尖："其实我想请你们调查十五年前的真相。"

听到这里，我们面面相觑，他们三个人的脸上出现不同程度的惊讶，我的脸上此刻一定也出现了相同的神情，只是比起惊讶，恐怕还有不安和担忧。

"这么久以前？不对，我该先问问当时发生了什么事。"小妤问道。

"十五年前的冬天,差不多也是现在这个时候,当时年仅十三岁的我跟随父亲参加商讨遗产继承的家族内部集会,那是我第一次去那栋隐藏于深山里的洋房。那个时候,家族的一位成员被杀了,而我也身受重伤倒在雪地里,在医院里昏迷了半年之久。"魏一扬低着头,他的声音有些奇怪,像是如鲠在喉。

又是一声惊叹,顾不上思考,小妤立刻接下去问:"你是说有人险些将你们二人全部杀死?"

我们的客人抬起头看向小妤,缓慢地摇了摇头,他的眼神变得茫然,甚至有些黯淡无光。

这个眼神有些似曾相识,我觉得好像在哪里见过。

"也对,如果知道的话,就不必找我们了。"小妤说。

苏则的胸口突然因为呼吸大幅度起伏了一次:"不是这样的吧,魏先生摇头的意思并非不知道,而是想不起来了吧?"

魏一扬轻轻点点头,又舔了舔嘴唇,咽了口唾沫,开口道:"是的,当我从病床上醒来时,身体已经恢复,也没有留下其他的后遗症,唯独那天的记忆不见了,就像厚厚的书籍被撕走一页,完全想不起来。十五年过去了,哪怕是碎片也回忆不起来。但是,苏先生你是怎么看出来的?"

"从你的眼睛里。"苏则笃定地说,"你不必这么惊讶,很长一段时间,我都会在镜中看到同样的眼睛。我也曾经丧失过记忆,如同噩梦般的痛苦记忆。"苏则虽然语气平淡,但是脸上却透露着另一种情绪。

"如同噩梦般痛苦吗?"我们的客人发出了悲痛的低吟。

"我犯了错,并且以为是我的错造成了非常严重的后果。因为恐惧和懦弱,我选择了逃避,逐渐封闭起自己的心门,然后终于被自己的谎言欺骗,以失忆为借口,开始了虚假的新生活。"苏则把声音压低了,我感觉他似乎在顾忌什么。

"所以,我的失忆有可能也是在掩藏错误,或许……"

魏一扬没有继续说下去,但我们都明白其中的意思。

苏则反驳道:"不一样,你从高空中坠落,因此更加合理的解释是受到强烈冲击而丧失记忆。"

"谢谢你能安慰我。"魏一扬挤出一丝笑容,说,"这么多年,我总是被一个噩梦折磨。在梦里,飘着好大的雪,我双手握着刀,眼前是个看不清楚脸的男人。他背靠着栏杆,已经退无可退,而我往前迈了一步,刀尖朝前刺了进去。"说完,他的面庞宛若覆盖着一层阴云。

小妤和我对视一眼后,说:"魏先生,你的委托我们菠萝包侦探事务所接下了。"

魏先生沉默了一会儿,似乎在犹豫,然后说:"如果可以,我还希望你们能够保护我的人身安全。我的意思是……"说着他又停了一下,"只是以防万一,我应该不会再遇到危险。"

"你是担心十五年前的凶手?"小妤问。

"并非如此,而是因为参加这次集会的其他家族成员,他们此行的目的大多是遗产和宝藏,很难保证他们不会做出格的事情。"魏一扬回答。

小妤的脸上多了一丝担忧的神情:"出格的事情是指?"

魏一扬调整了一下呼吸:"我也说不清楚,因为祖上为了夺取遗产发生过许多悲剧,似乎还流传着一个恐怖的传说,或许十五年前我的遭遇也与之有关。"

"传说?具体是什么内容?"我问。

"具体的我也不清楚,两天之后到了洋房,可以问问我三叔。"魏一扬回答。

"不过,传说大多是虚假的故事,不必太在意。"我安慰他说道。

他皱着眉,显然对我的话并不赞同:"除此之外,我二叔两年前也是在集会期间丧生的,至今仍无法确定是意外还是谋杀。"

意料之外的情况接踵而至,这次轮到我调整呼吸了:"无法确定的原因是?"

"当时除了和二叔一同喝酒的两个人,其他人都在自己的房间里睡觉,也就是说都没有不在场证明。而且,二叔当晚喝了不少酒,根据同他一起喝酒的两个人所述,二叔说想睡觉,就独自上楼回房间了,没过多久,就听到他从楼梯摔下来的声音。"魏一扬说。

"有可能是醉酒之后失足摔下去的,所以解释成意外也说得过去。"苏则说。

"魏先生,我记得你刚提到令尊也是在两年前离世的?"我试探性地问。

"没错,父亲从那座洋房回来后一直情绪低落,没过多久就病倒了。"魏一扬说,然后像是意识到我的言外之意,接着解释道,"按照医院给出的检查结果,父亲主要是因为积劳成疾,加上自身情绪影响。我的父亲还有二叔、三叔并非亲兄弟,而是年纪相仿,从小就经常在一起玩耍的挚友。我想,父亲是因此受了刺激。"顿了一秒,他接着问我们,"由于路途遥远,我建议把出发的时间定在两天后的早晨，如果你们愿意陪我一同前往洋房，到时候我还来这里与你们会合，可以吗？"

看见他略显紧张的神色，我笑了笑："当然没问题。"

听到回答后，他看起来很高兴，依次与我们握手后，稍显安心地离开了。

2

出发前夜洋洋洒洒落了一夜的雪，好在当魏一扬出现在事务所的时候，与我们一起迎接他的是灿烂的阳光。

坐着魏一扬的车，我们一头扎进了没有手机信号的深山中，随后又沿着山路直行了半个多小时，终于来到了此行的目的地，那栋被魏家世代视为遗产的巨型洋房。

洋房建在半山腰处相对平缓的雪原上，三面环山，无数苍翠高大的松树在其四周拱卫着，仿佛在守护着某种古老而神圣的秘密。然而，当风涌进幽深的树林，严密的枝叶又会回应风发出的声响，那是一种沉闷、厚重，压得人喘不过气的可怕声音。

下了车，我抬头仰望着洋房，这座建筑具有鲜明的中世纪欧洲风格，就像一座远离尘世的城堡，沉默地屹立在眼前。肉眼可见的是，长久的岁月虽给它的外墙刻下了沧桑的印记，但是依然无法影响它在阳光的映衬下，在洁白的雪地中央向每一位来访之人宣示自己的威严。

但是，不管怎么看都是个让人心情不爽的地方。

"好可怕的地方。"小妤倒是直言不讳,然后她的目光看到了魏一扬,连忙解释道,"抱歉,我一下子没忍住。"

"没关系,"魏一扬苦笑着说,"无论是十五年前,还是现在,我看到这个洋房,都会不自觉地脊背发凉。过去的荣耀和显赫我丝毫感觉不到,相反,我只看到缠绕在每一位家族成员身上的怨念和诅咒。"

"说得没错。"

在我们身后出现了一位中年男子,他的双眼细长,略带笑意,流露出温和与善意。

魏一扬转头看见那个男人,十分开心:"三叔,好久不见。"

他注视着魏一扬,用有些担忧的语气说:"你终究还是来了。"

"十五年前的阴影,无论真相如何,这次都必须做个了断了。"魏一扬坚定地说道。

他无奈地苦笑着,随后看向我们,问:"这几位是你的朋友?"

"介绍一下,他们是我请来的侦探,这位是我三叔,魏度。"魏一扬说道。

"侦探?"魏度的苦笑凝固在脸上,他抬起左手,用掌根托起眼镜,"你带着外人前来参加集会,只会让他们更加不待见你。"

"我不在乎。"魏一扬露出讽刺的笑容,"我不是冲着遗产来的,不需要他们任何人的支持,反倒是他们更需要我的帮助。"

魏度的目光又在我们的身上停留了片刻:"诸位,我无意冒犯,但是为了你们的安全考虑,有句话还是要提醒你们,如果你们只是想找出十五年前的真相,那么,就专注于这一件事,不要过多探究其他事情,生活在这座洋房里的人并不好客,尤其是眼下这个时间点。"

让我不舒服的感觉又增加了。

"三叔，你的好意我们心领了。这外面怪冷的，快带我们进屋吧。"我说。

魏度深深地吸了一口气，率先走上台阶，按下门铃。

为我们开门的是一位头发花白的老人，后来听魏一扬说，他是这里的管家，名叫马原奕，来到这座洋房已经三十多年了，侍奉过三代魏家家主，现在，他即将迎来自己在这个家的第四位主人。这位管家的神情严肃，不苟言笑，头发整齐地梳理在脑后，没有一丝杂乱，身上的西装也熨得笔挺。

管家没有立即让我们进去，他身材高大，健硕魁梧，像一尊冰冷的雕塑立在我们面前。他首先看向魏度，微微点头致意，接着目光扫向魏一扬，他先是皱起眉头，然后逐渐睁大眼睛。

"您是十五年前的那个少年？"

"是，没想到你还能记得我。"

管家脸上的皱纹稍稍舒展开，目光也变得柔和了许多："当年的那件事……不，都过去了，能再看见您平安无事真是太好了。"最后，他的视线落在我们四个人身上，又立即恢复成刚开始那般冰冷和锐利。

"他们是我请来的侦探。"魏一扬说。

"这恐怕不合规矩。"管家的语气不太坚决，倒像是在提醒。

"我来这里的目的不是遗产，具体的事宜我会亲自向其他人解释，不会干扰他们的争斗。"魏一扬说。

管家闭上眼睛思索了半秒钟，然后退到一旁，稍稍弯下腰，朝我们做了个请进的手势："请跟我来，我先带几位去房间休息。"

洋房的内部装潢充满传统欧式风格，置身其中仿佛走进一部二十世纪的欧美老电影中，目之所及，每一处精妙设计似乎都在述说着它曾经的富丽堂皇。但这些只是曾经，漫长的时光给洋房留下了一道道独特的伤痕，加上许久未经修缮和翻新，现在已经被一种沉闷和压抑的气氛笼罩着。

一楼的大厅里已经有人先我们到达，一个是化着浓妆的女人，另一个人始终背对着我们，看背影应该是个男人。

二楼有一条长长的走廊，走廊的一侧可以俯瞰楼下，另一侧则是一幅巨大的魏家祖先的肖像画，画像很高，几乎占据整面墙体，另外，画框并非挂在墙上，更像是直接嵌在墙体里。

画像中是个壮年男子，身着清代官服。男子神采奕奕，面露喜色，仿佛慈爱地看着他的每一位子孙后代，但是，即便如此，仍然给我一种沉重的压迫感。

三楼是为魏家人准备的，不过魏一扬却摇头拒绝了，他说自己此行的目的不在遗产，还是和我们住在一起更合适。马管家没有过多劝阻，领着魏度去他的房间。

魏度无奈地冲魏一扬摇了摇头，魏一扬则是轻松地耸耸肩，与三叔挥手作别。

预留给客人的房间在四楼，一人一间，魏一扬、苏则和我的房间紧挨着走廊的一侧，小妤和诺诺的房间在另一侧。打开房门，扑鼻而来的是古老的气味，并非难闻的臭味，而是年代久远的木头独特的气味。房间被精心打扫过，肉眼可见地干净整洁，只是家具看着暗沉沉的，给人一种沉闷的感觉。

"晚饭时间是六点半，用餐地点在一楼。"留下这句话，马管家礼貌地鞠了一躬，退出了房间。

放下行李后，我走到窗前，看着外面宽阔的雪地和远处的山脉，不禁开始感到不安。

3

十分钟后，我们一行五人聚集在魏一扬房间。

"我觉得这里的气氛有些压抑。"小妤说道。

"没错，我也这么觉得。"诺诺深有同感。

"不过，既然我们已经来了，就好好调查吧。"苏则说着，拿出了笔记本和笔，"让我们一起揭开十五年前的谜团。"

"对了，我把父亲的笔记本也带来了，其中详细记录了十五年前和两年前，父亲在这座洋房里的所见所闻。"说完，魏一扬从背包里找出黑色的笔记本。

可以看得出来，笔记本是被主人妥善保存的，所以经过长久的岁月依然完好无损。当然，纸张泛黄是不可避免的，但并不影响我们阅读其中的内容。

笔记本的内容只有两部分，前二十六页是关于十五年前的记录，两年前的则从后半本开始写，不过，只有断断续续的几段话，中间全是空白纸。魏一扬说，父亲之所以这样做是为了方便随时补充新的内容，这是他的习惯。这点从笔记本里新旧不一的字迹也能得到印证。

这本回忆录的描述十分详尽，可以说执笔之人竭尽全力想要将自己所见之物用文字的形式呈现，连早餐吃了几片面包、午后下了多久的雪这样细枝末节的事情也特意备注出来。然而，回忆录的内容并不是一个连贯完整的故事，更像是零散的拼图碎片般杂乱无章。

我说："恕我直言，这笔记本里东一句西一句的，看得我头都晕了。"

魏一扬苦笑着说："抱歉，我父亲向来啰唆。这些天我也抽空翻了翻，每次看一两页就有相同的想法。"

"魏先生，你父亲和你说过笔记本里所记述的内容吗？"

"十五年前的事情父亲一直对我三缄其口，或许是不希望我回忆起不好的画面，我不确定。每当我向他询问的时候，他总是告诉我不该被过去的阴影束缚，要学会放下。就连这本笔记本也是几天前才找到的，父亲将它和我儿时的相册集藏在一块儿，如果不是最近突然有了断舍离的想法，我估计这辈子都不会想到翻开那些相册。"

"那么你对令尊记录的这些事情有印象吗？"

"很遗憾，即便对照着父亲的笔记本，我能回忆起的也只是些模糊的画面，甚至无法确定是记忆还是我的想象。"

小妤问："接下来我们该做什么？和洋房里的其他人谈一谈吗？"

"话说我们连十五年前参与集会的有哪些人都还不清楚呢。"

"还有一点，他们之中又有几人会出现在今天的集会中。"

"晚饭时候，参加集会的所有人都会露面。我记得，十五年前还有一位戴着眼镜的律师，主持并作为遗产继承的见证者。"

"还挺正式的嘛。"

"毕竟每一代继任的宗家对这栋洋房的使用权是受到法律保护的。"

"宗家？真是古老的说法。"

"继承遗产的人成为宗家，其余人则成为分家，本该是迂腐错误的旧习俗，却被家族毫无保留地延续至今，真是悲哀。"

诺诺说："魏先生，如果方便的话，笔记本可以先放我这儿吗？我想可以按照时间线将十五年前的故事整理排序后，再告诉你们。"

魏一扬立即答应："如果这样，那真是再好不过了。"

"那么我先回房间，尽量在晚饭之前整理出来。"诺诺说完就站起身，可是，刚打开门她就愣在了原地，然后回过头看着我们，"有人找，大概是来找魏先生的。"

我们走过去，只见走廊上站着一位身材肥胖的中年女人，她的年龄应该在四十五岁左右，长得慈眉善目的，从穿着打扮看，像是这个家里的仆人。

她的双手交叉垂在身前，神情有些紧张，目光在我们几个人脸上来回跳动，最终在魏一扬那儿停下："你就是十五年前的那位小少爷吧？"

魏一扬很快也认出了对方，吃惊地张大了嘴："你是那个陪我打雪仗的胖姐姐。"

"对，对，不过现在该叫胖阿姨了。"女佣一脸欢喜，但很快又露出关切的眼神上下打量着魏一扬，双手微微抬起又立刻缩了回去，"我听老马说你来了，所以连忙来看看。我听说你昏迷了很长一段时间,现在身体都好吗?没有哪里不舒服吧?"

魏一扬似乎也注意到了,他主动握住对方的手:"都好着呢,除了想不起来那天发生的事情外,其他都挺好的。"

胖女佣有些激动,眼中湿润:"今天见到你健健康康地站在我面前真是太好了。两年前你父亲来的时候我就想问来着,但始终没敢开口。当年你出了那样的事我也有很大责任,要是我一直跟着你,不让你一个人到处乱跑,你也就不会……"

"不怪你,胖姐姐,不是你的责任。我那会儿也不是三岁小孩,哪还需要有人时刻跟在身后照顾。"

故人久别重逢的画面是那么温馨,但总有些不解风情的人从中打断,恰巧我不介意做这样的人。

"冒昧问一句,案发的那段时间,你在哪里?"我问。

对于我的提问,她没有表现出丝毫不悦,只是好奇地侧着头,问魏一扬:"这几位就是你带来的侦探?"

"是的,我希望他们能帮我找回十五年前的记忆。"魏一扬说。

我们依次说了自己的姓名,接着,女佣也做了简单的自我介绍。她叫谢明芳,作为仆人,和马管家一同照顾洋房里的主人已经有十六年了。

"你们问的是小少爷出事时,我在哪里对吧?"可能是被问过很多次相同的问题,她毫不犹豫地回答道,"当时家族成员们在一楼大厅商议遗产继承的事情,我和马管家不方便露面,但是又怕有个万一,所以都在厨房待命。"

"万一?什么样的万一?"

"因为到了最后一天,讨论得很激烈,这种时候往往容易发生一些状况,不好的状况,你们知道的,对吗?"她反问道,脸上掠过一阵痛苦的抽搐。

我猜到了她的意思,索性直接挑明:"你是说他们起了冲突。"

"是的。听老马说,几乎每次集会都会发生,今年大概也不例外。"她说,"当然,我希望不会再发生,到时候你们就会知道了。"

"你能确定当时参加集会的所有人都在大厅吗?"

"确定,除了死去的魏舒炳,其他人都在那儿了,我们在厨房门口都看着呢。"

"魏舒炳是中途离开的吗?"

"不,那天他就没出现在大厅里,吃早餐的时候他突然宣布放弃遗产,也不会支持任何人,因此,其他人也没等他就开始了最后的集会。"

"那么你们是什么时间发现魏一扬和死者的?"

"我想,我们应该是在他从露台掉落的第一时间,那时候外面没有下雪,很安静,屋子里的争吵也没有太激烈的时候,突然传来小少爷的尖叫声,我们都听到了,但是不明显,只有他父亲一下子听出了这个声音,立刻顺着声音的方向跑了出去。我们也都跟在后面,然后就在后院里露台下方的雪地上找到了他,所幸有厚厚的积雪保护没有受伤,可是,怎么也叫不醒。我们抬头向上看,那一侧的窗户都是紧闭的。我们起初猜测他应该是在露台玩耍时不慎掉落下来的,后来他父亲觉得奇怪,就叫上老管家去露台看看,结果看见魏舒炳坐在那儿,已经没了气息。"

五楼的中间是一条铺着红地毯的走廊,左侧是洋房主人的卧室和书房,当然现在都是锁上的。右侧像是博物馆里的陈列室,摆放着各种珍珠玛瑙、字画文玩，都被小心翼翼地保护起来了，只是我们不是鉴赏的行家，难以分辨真假。

走廊尽头的右侧有扇向内开的木门，门外边就是露台。露台的面积不大，只能勉强挤下三个正常体形的成年男性。石质的栏杆高度不到一米，每根上面都雕刻着精致的花纹。

露台处于整栋洋房背后的凸出部位，是个不错的观景台，可以远眺四周的山麓和树木，却不是一个适合行凶后逃离的地方。露台没有专门可供上下的阶梯，左右两侧也没有其他平台，距离屋顶有大约三米高度，虽然可以踩着栏杆向上跳，可是，屋顶是斜面状，尤其是在下过雪之后变得更加湿滑，即便凶手到了屋顶也是十分危险的。

几乎可以说，这个露台就像是断崖，无路可逃。

说到断崖，露台的正对面还真有一个断崖。断崖很高，只有站在露台上才能看清楚它的全貌。洋房的背后有一小块后院，而断崖和后院被一个二十米宽的山谷隔开。

胖女佣说，站在断崖处往下看，山谷深不见底，估摸着得有百十米深，所以，他们更习惯叫它悬崖。

她还指着后院边缘的一圈护栏告诉我们，那是防止有人掉下山谷特意修建的。

我问："谢姐，当时死者的状态是怎样的？"

"这个嘛，具体的我也不是太清楚，当时我守在小少爷身边，没有亲眼看见，也不敢去看，只是听看见的人回来说肚子上插着一把刀。还有就是那天赶上暴风雪，特别冷，又不知道过去了多久，身体都冻得硬邦邦了，掰都掰不直。"胖女佣低着头，实在是不忍心继续说下去，最后她又嘀咕一句"太惨了"。

"或许那本笔记本里有记录。"诺诺突然说，随即开始快速翻阅笔记本，过了一小会儿，她高兴地叫了一声，"有了，死者坐在露台，背靠着栏杆，下腹部插着一把利刃。"

"等一下。"胖女佣打断了诺诺，脸皱巴着，看起来有些痛苦。

"谢姐，你怎么了？"魏一扬关切地问道。

当我们都看向她时她又难为情地低下头。"不，我只是……"她看了眼手表，惊呼道，"哎呀，都这个时间了，我得赶紧回厨房准备晚餐，今天人特别多，算上你们几位足足有十四个人呢。"

临走前，她说这天气看着像是要下雪了，叮嘱我们也早点进屋，注意安全。

"十五年的悲剧也在她的心里留下了创伤啊。"小妤说。

"亲身经历过那种事情，换作谁都无法轻易从中抽离，即便是凶手本人，恐怕也做不到吧。"诺诺说。

本来是一句很平常的话，可由于是从天真的诺诺嘴里说出来，而且她的语气也不像是复述小说里的原话，着实让我有些诧异。苏则似乎也有同感，我看向他的时候，刚好他也在看我。

只不过是心思细腻或者共情能力比我们更强而已，没什么大惊小怪的，我一笑置之。

这期间，魏一扬站在露台上，双手扶住栏杆，身体朝前倾，俯视着下方的洁白雪地。

"魏先生，站在这里你是否能回忆起什么？"我问。

"回忆……不，我想算不上回忆。"他回头看着我们，欲言又止，双手更加用力地扣住栏杆，"我记起了那个反复出现的噩梦，我觉得它变得越来越真实，就像是真实发生过一样。"

苏则走上前，一只手搭在他的肩膀上，宽慰道："冷静下来，魏先生，你应该能够分辨出记忆和梦境，是的，你要明确地相信自己，不要被噩梦影响。如果你想不起来那就停下来，没必要心急，你的身边还有我们，帮你找出十五年前的真相，不正是我们来这里的原因吗？"

魏一扬脸上的表情很痛苦："苏先生，我担心如果，我是说如果，真的出现最坏的结果。"

"现在谈论结果为时尚早。"苏则语气强硬，坚决地斩断了委托人的假设，也让委托人的肩头微微颤抖了一下，片刻之后，苏则又恢复了柔和的语气，说道，"目前仅仅是丈量土地面积的阶段，你却已经开始想象高楼轰然倒塌的场景，未免操之过急了。"

因为羞愧，魏一扬脸颊泛红："抱歉，我刚才太害怕了，心脏也在不受控制地跳动。"说完，他搓了搓双手，放进上衣口袋。

我说："低温也会使人心跳加速，进来吧，这里很难再留下别的什么线索了。"

"我觉得我们需要找机会和魏度谈谈。"苏则说道，"他似乎知道很多事情。"

"好主意。"小妤点头同意，"我们可以找他问问关于十五年前发生的事情，还有那个传说。"

"那么我们可以现在就去。"魏一扬说。

"别着急，等诺诺将你父亲笔记本的内容整理完再说。"我说。

"你们怀疑我三叔？"

"说不上怀疑，但也未必能完全相信，凡事都不能只听一面之词嘛。"

"我相信他。"魏一扬说，他的语气像一个赌气的孩子。

我撇了撇嘴，不多做辩解。

"现在距离晚饭时间还有将近四个小时，诺诺，辛苦你整理笔记本。"小妤摆出所长的架势，开始发号施令。

诺诺应允："放心，交给我吧。"

"趁着这段时间我们其他人也稍微休息一会儿，有什么事等晚饭过后再视情况而定。"停顿一秒钟，她继续说，"好，就这么定了，不准反驳。"

回到四楼，一个陌生男人的背影出现在走廊。男人身高与我相近，即便穿着毛茸茸的灰色外套依旧遮掩不住他消瘦的身材。听见我们的脚步声，男人转过身。关于他的容貌，我不愿意过多描述，用一句话概括，就是苏则在我耳边脱口而出的一句话：多么美丽的人啊。

男人主动走过来，面带笑容和我们打招呼。男人说自己复姓司徒，是作为魏家其中一位成员的代理人前来参加集会的。

"奇怪，我们是不是在哪里见过？"小妤问。

司徒优雅又不失礼貌地后退半步，微微鞠躬："能和您这样美貌的女士邂逅自然是十分幸运的事，但是恕我直言，我确实不记得我们曾经见过。"

小妤尴尬地笑了笑："是吗？大概是我记错了，真是失礼啊。"

司徒微微一笑，道了声告辞，走进房间。他的房间在我的隔壁。

"真是奇怪。"小妤依然低声嘟囔着，同时一副绞尽脑汁回忆的样子。

我一只手搭在她的肩膀上,调侃道:"丢人呀,所长,虽说人家长得好看,也不至于用这么拙劣的方法搭讪吧?"

小妤冲我狠狠翻了个白眼:"搭你个头,我是真的在哪儿见过他。"

"记错了吧?或者和哪个明星长得像,所以记混了?"魏一扬问。

"怎么可能弄错?那张脸,我还是第一次见到素颜如此美丽的男人。"小妤反驳道,因为害怕房间里的人听到,所以刻意将声音压得很低。

"说起来,以他的脸庞和身段,若是换上女装,再打扮一番,应该也是迷倒众生的存在。"我"脑补"了司徒穿上女式礼服的画面,不禁感叹道。

小妤咬着牙,嘟着嘴,说:"不是我自夸,本小姐自打踏入校园的那天算起,到大学毕业为止,论美貌就算不是校花,也至少是全校前三,没想到竟然会有忌妒男人容貌的一天。"

苏则搭着小妤的另一边肩膀:"那个男人还是不要接近为好,虽然只有很短的瞬间,但我在他的身上感受到了危险的气息。"

"气息?"小妤问。

"具体的我也说不上来,总之,让我心里觉得不舒服,有种接近窒息的压迫感。"苏则回答。

"太夸张了吧。"我说。

"确实有些危险,从他下意识的动作和步伐我可以确定,他是个练家子,而且水平不低。"诺诺说,眼中少有地露出警惕的目光。

"比你还强吗?"小妤问。

"不确定,得打过一次才知道。"诺诺的眼神又变得清澈起来,转头看向我,带着笑容,说,"但应该比两个邓教授强。"

"等等,什么叫两个我?我什么时候成为战力计量单位了?"我立即发出抗议,但显然没有人理会。

小妤朝司徒的房间哼了一声,说:"算了,只要他不妨碍我们的工作,本小姐就不和他计较。"

"所长大度。"苏则说。

4

六点半,餐厅。

餐桌的主位是空着的。

坐在主位对面的是一个戴着眼镜的男人,表情漠然,同样漠然的还有他的目光,对于我们的到来他仅仅是挑动了一下眉毛,就将视线移到手中厚厚的牛皮纸袋上了。魏一扬在我们耳边轻声说,他就是十五年前的那个律师。

律师左手边坐着一个长着络腮胡的粗犷男人,他的胡子没有精心打理,像是任其恣意生长的,衣服领口也是乱糟糟的,看起来是个不修边幅的。另一个则是魏一扬的三叔魏度,他脱去了之前的黑色羽绒服,换上了一件更加轻便的皮夹克。

这三人的对面,也就是律师的右手边同样也坐着四个人,依次是:不久前见过的司徒,他注意到我们之后,眯起眼睛对我们微笑;他的身旁坐着一个棕色短发的漂亮女孩,羞怯地低着头,偷偷抬起眼观察我们,在和我对视之后又慌乱地转头看向别处;女孩的座位离司徒稍微远些，紧挨着她的是个涂着艳丽红唇的女人，我们刚进洋房的时候曾经在一楼见过她，女人高傲地仰起头，手指在嘴唇下方轻缓地滑动，用耐人寻味的表情打量着我们；最后是个染着金发的轻浮男人，我并非对金发怀有恶意，而是眼前的这个男人正对着我们事务所的两位女士眨眼和吹口哨，即便小妤向其投以鄙弃的目光，他依旧不死心地冲她们招手。苏则朝我递了个眼神，径直走向他旁边的座位，落座之前刻意脱下大衣用力抖动，卷起了一波灰尘，惹得那个轻浮的男人又是摆手又是打喷嚏，苏则这才重新穿上大衣。

闹剧结束，律师站起来，故意干咳了一声，接着用不带任何感情色彩的语气说："魏家的诸位，晚上好，我负责主持本次遗产继承集会，同时也作为见证者，最重要的是，我是即将为新任宗家办理财产变更的律师，我叫唐智。今天到场的人数要比前两次多出不少，我先问一句，在座的都是具有遗产继承资格的魏家人吗？"

我们四个人交换了个眼神，举手示意，司徒则干脆站起身，得意地笑着。

"这位先生您是？"唐智问。

"我的名字是司徒十方，是魏嫒女士的代理人。"司徒说。

"代理人"三个字一出，立刻就有人露出不满的表情。律师皱着眉头，显然有些不悦。

话说司徒的身份与我们相比简直是小巫见大巫，若是听到我们是侦探，岂不是得当场将我们撵出去？

唐智板着脸，用略带恐吓的目光看着司徒，说："我还是第一次听说魏家的遗产继承集会上出现代理人，由代理人参加是否符合规定稍后交由其他候选人共同决定，在此之前，你这个代理人的身份是真是假总得有个令人信服的证明。"

司徒迎上律师的目光，同时从口袋里取出一张身份证，展示给在座的其他人，最后递给律师。

"这是魏媛的身份证，为了打消诸位的质疑与无端猜测，她特意将证件交付于我，这样可以证明我的身份了吧？"

化着浓妆的女人依旧不依不饶，说："本人不亲自到场，随便找个人来充当代理人，唐律师，我建议立刻剥夺魏媛作为候选人的资格。"

"我也赞成。"那个粗犷的男人也立即附和。

唐智问了句"其他魏家成员你们的意见是什么"，过了半分钟，只有那个轻浮的男人明确表示无所谓，其余几位都选择了沉默。

"既然只有两位反对，那么我宣布，你有权作为魏媛女士的代理人参加继承集会，但是我还需要确认一件事，你是否能够全权代理她做出所有决定，并且对此负责？"

"可以。"司徒收回证件，从容回答道。

"请坐。"说完，唐智看向我们，"那边的四位刚才举起了手，是想表达什么意思？"

"我们四个人是菠萝包侦探事务所的侦探，受魏一扬先生的委托前来调查十五年前的真相。"小妤说。不知道是不是受了司徒的刺激，她直接拍案而起，气势十足地看着所有人。

然而，其他人的反应与我预想中完全不同，现场一片寂静，他们只是表现出不同程度的震惊，并没有人反对我们的到来。最后，他们将目光汇聚到那位闭着眼睛、面部肌肉轻微抽搐的律师身上。

过了一会儿，他重新睁开眼睛："你们是侦探？"

"是。"

"来调查十五年前的那件命案？"

"不完全是，还应该包括我们的委托人魏一扬先生从露台掉落的真相。"

"与本次的遗产继承事项无关？"

"无关。"

"确定无关？"律师再次确认道。

这时候，魏一扬也站了起来："我此次来到这里只是为了找回十五年前失去的记忆，这点困扰了我太久，所以我才寻求他们四位侦探的帮助。至于遗产继承的事情，与我无关，我不会参与，也不会干涉，这是我的最终决定。"

"希望如此。"律师摸着油亮的额头，重重地叹了一口气，"那么按照往年的流程，请在座的其他几位也依次做简单的自我介绍。就从我右手边的这位女士开始。"

那位羞怯的女孩抬起头，露出了精致的五官，似乎是鼓足勇气后才用力喊了出来："我是魏舒莹，十五年前在露台被杀的魏舒炳是我的哥哥。"有些用力过猛，好在她自己也及时发现了这个问题，又减小了音量，"我来这里的原因和他一样。"说完，她缓缓抬起手，指向魏一扬。

餐厅里鸦雀无声，大约持续了半分钟。律师示意女孩坐下，然后说了句"下一位"。

化着浓妆的女人靠在椅子上，点起一支香烟，慢悠悠地吐了几口烟后开始说："我是魏菁，我只对遗产和宝藏感兴趣，至于其他事情就别来烦我,我说完了。"

轮到那个轻浮的金发男了,他在椅子上动了动,好让自己坐得舒服一点:"本少爷是魏先登,你们的前任家主魏觉维是我家老头子。遗产由谁继承对我而言不重要,不过,如果哪位有需要,欢迎随时来找我。"

律师扶了扶金框眼镜,抬手示意魏度开始介绍。

魏度的介绍很简短,简短到只说了自己的姓名,然后像是思索般沉默了一两秒钟,又补上一句"我没什么要讲的"。

最后是名叫魏章标的那个粗犷大叔,他重重拍了一下桌子,扯着大嗓门喊道:"我看在座的几位似乎都对宗家的位置不感兴趣,那不如你们就选我,到时候少不了你们几个的好处!"

律师的脸上闪过一丝烦躁,但毕竟见惯了形形色色的人,他再度扫视了一圈在座的人,仅仅皱了一下眉头,又恢复了冰冷的表情。

"遗产继承集会将在后天晚上七点举行,在此之前各位可以依照自己的意愿自由行动。"稍作停顿后,律师用略带恐吓的语气继续说,"想必各位都有自己的心思,说得不客气些应该叫各怀鬼胎,但具体是什么我就不多过问了。眼下对我而言,最重要的是这场遗产继承集会,所以,我希望你们在达成自己目的之余,不要干扰本次集会的正常进行。还有谁有疑问吗?没有问题最好。"

说完,律师摇了摇餐桌上的铃铛。过了几秒钟,面无表情的管家走了进来,女佣跟在他的身后,他们各自推着一辆餐车,然后恭敬地在每个人面前放下今天的晚餐。晚餐是西式风格,有包裹着黑椒酱汁的牛排、炸土豆块和冒着热气的摩洛哥汤。

管家还耐心地逐一询问是否需要红酒,不过,除了那个轻浮的少爷要了酒,其余人都纷纷拒绝了。

用餐期间倒是十分和睦,没有争吵,甚至听不见交流,只剩下银质刀叉相互碰撞和口腔中咀嚼食物发出的声音。

餐桌上的人一个接着一个起身,最终只剩下我们一行五人和魏度,准确地说是早已放下刀叉的我们,耐心等待着魏度。

"你们有话想对我说是吗?"魏度问道。

"不是由我们来说,是有事情想向三叔您请教。"魏一扬回答。

魏度放下汤匙,用毛巾擦了擦嘴:"那就到我房间来吧。"

我们跟着魏度到了他的房间,各自找地方坐下后,他开门见山地问道:"你们想问的无非是十五年前的事情,对吧?"

魏一扬用力点了一下头:"没错,关于那天的记忆我依然记不起来。"

"什么都想不起来吗?"魏度再次确认道。

"我的记忆只停留在前一天晚上睡觉之前,那天的记忆就像是书页从书籍中被完整地抽离出来,荡然无存。"魏一扬微微睁大了眼睛,诚恳地说,"三叔,请你再仔细回忆当时的事情经过,越详细越好,拜托了。"

"已经过去十五年了,"魏度抬起头,发出无奈的叹息,"我一直希望能够将那天的记忆彻底抹去,你却拼命地想要回忆起来。也罢,我就把还记得的都告诉你。"

魏度闭上眼睛,沉思了片刻,当他再次睁开眼,目光和表情都蒙上了一层悲伤的阴影。

由于事情过去太久,他也无法清楚地还原整个过程,但将记忆碎片拼凑起来大致能得出以下几点:

1. 那次集会的时间是傍晚五点，午饭过后，几位家族成员就陆陆续续地聚集在一楼大厅，除了魏一扬和死者魏舒炳。

2. 可以确定的是，魏一扬从露台坠落时，其他人都在一起，可以互相证明，包括马管家和女佣谢明芳，因为听到动静后，他们俩是同时从厨房跑出来的。当然死者除外。

3. 当年参与集会的共有八位家族成员，然而实际上的竞争者其实只有两个人，一个是魏舒炳，他原本斗志昂扬，但不知道出于什么原因，那天早饭时他突然宣布自己放弃继承遗产。另一个就是后来的宗家，他给所有支持者分别开了无法拒绝的条件，并且也确实兑现了，作为回报，他理所应当地收获了全票支持。出于这个原因，那天下午聚在一楼的大家只做三件事：聊天、打牌、喝咖啡。气氛格外融洽，除了之后发生的悲剧。

苏则停止记录，把笔靠在嘴唇下方："也就是说，当年的遗产竞争其实早就失去了悬念。"

魏度动了一下肩膀："没错，所以如果真的存在杀死魏舒炳的凶手，动机一定不会是因为遗产。"

"你的意思是私怨？"苏则的目光从笔记本上抬起，直盯着他。

"我想不到原因，也许只是意外，"说到这里，魏度的目光瞥向魏一扬，又立即移开，"或者为什么不能是自杀呢？"

"不无道理。"苏则眨了眨眼睛，说道。

我背靠着窗户站立，刻意不去看窗外漆黑的景色。这时候，我突然想起魏一扬此前提到的恐怖传说，便问出了口。

"每一个古老的家族都会有离奇诡异的传说，其目的不过是为了掩盖某段骇人听闻的往事。"他说，嘴角泛起一抹嘲弄似的微笑。

"三叔，你就别卖关子了。"魏一扬催促道。

"如果你们仔细观察，就会发现洋房的部分地方还留有被火灼烧过的痕迹，"魏度的笑容消失了，取而代之的是嫌恶，"许多年前，为了争夺遗产发生过一起蓄意纵火案，不用说，犯人就是当时参加集会的魏家人之一。那场火灾，最终虽然没有人丧身火海，但是有一个人的面部被严重烧伤，在医院接受治疗期间，他消失不见了，并且留下一句话，声称要向所有参加集会的人复仇。据说，之后每次的遗产继承集会，他都会出现在洋房周围，并且伺机报复参与集会的魏家人。他的脸上缠着厚厚的白色绷带，因此被称作绷带怪人。"

话音刚落，身后的窗户竟然嘎吱作响，我不禁倒吸一口凉气，下意识地转过头察看。只是风吹在玻璃上，虚惊一场，但是，不知不觉，窗外已经飘起了鹅毛大雪。

"放心，我可以保护大家，前提条件是他得是人类。"诺诺站起来，双拳紧握，看起来是想让我们安心，但从她的语气里实在听不出多少底气。

魏度做了个安慰的手势，语气柔和地说："你们不必这么紧张，我刚才说的仅仅是个传说，不存在真正的绷带怪人。"

诺诺呼地吐了一大口气，这才重新坐下。果然每个人都有弱点。

小妤看着倒是不怕，她一边摸着诺诺的头安抚她，一边向魏度提问："三叔，我从刚才就一直想问，你们家族选出新继承人的方式是什么？"

"投票表决。"魏度回答。

"投票？总不能是家族成员互相投票吧？"

"如你所言。到场的每位家族成员给自己支持的候选人投票，以此选出新任宗家。"

"可是，来这里的人不都是冲着遗产吗？既然如此，他们应该是竞争者才对，又怎么会支持别人呢？"

"道理很简单，各取所需。还不明白吗？比起遥不可及的巨额宝藏，有些人更喜欢能够尽快兑现的可观收入。"

"我懂了，将票数明码标价卖给竞选者。所以魏先登刚才说有需要可以找他，原来是这个意思。"

"没错。"

苏则忽然发问："那么，魏先生你是竞选者还是支持者？"

"我？视情况而定吧。"魏度回答。或许是我的错觉，他的姿态似乎要比之前任何时候都更加放松。

"三叔，十五年前参加集会的那些人里，除了你之外，今天还有谁在这里？"魏一扬问。

"只有马管家、谢姐和律师唐智，魏家人都不在了。"魏度的声音有些低沉，"还有别的问题吗？"

我们相视一望之后，摇了摇头。

"时间不早了，都早点回去休息吧。"魏度说道。

我们与魏度道了晚安，离开了他的房间。

回到四楼之后，我向诺诺询问笔记本整理的进度。

"还有一些零散的碎片，不过，那天发生的事情大致能够还原了。"她回答。

"太好了，找个地方你给我们说说。"我说。

"去我房间吧,我带了些零食来,边吃边讨论。"小妤说。

与我们的轻装简行不同,小妤带来一个大型行李箱,打开之后才知道,里面至少三分之二都是零食。

诺诺撕开薯片包装,犹豫了一秒,又放在桌子上:"算了,还是先说正经事吧。笔记本的内容看似很多,实际上大部分都是魏叔叔的猜想和自证,他应该是想以他本人的视角,将当天发生的事情经过都尽可能地还原,所以,从提出推论到彻底否定推论的步骤重复了许多次。"

"那我父亲最后成功还原了吗?"魏一扬问。

"是的,那天发生的事情,大致上已经听魏度和谢姐说过了,我就不赘述了,只补充一些细节。"诺诺稍作停顿,深吸一口气后又缓缓吐出,"首先,魏度提到过案发当天下午魏家人都集中在一楼大厅,关于这个时间,魏叔叔记录的是:下午三点半,除开死者和一扬,魏家其余人包括唐智都已聚在一起,直到集会开始,其间没有人上楼,马管家和谢姐也始终留在厨房。"

听到这里,小妤露出灵机一动的表情说:"我有一个假设,凶手先在露台杀害魏舒炳,接着将一扬打晕,再利用某种延时装置控制他从露台掉落的时间,最后回到一楼与众人会合,给自己创造不在场证明。"

"恐怕只有一半是存在可能的。"诺诺看向小妤,脸上的表情仿佛在说抱歉,"魏舒炳午饭过后就没在众人眼前出现过,但是一扬不同,他是集会即将开始的时候才离开一楼大厅的,据魏叔叔回忆,一扬当时说要去找魏舒炳玩。"

小妤叹了口气:"如此说来,凶手是参加集会者的概率就更小了。"

"并不是这样吧，恰恰相反，我认为是提高了，正如小妤所说，凶手完全可以先杀死魏舒炳再回到一楼。"苏则反驳道。

魏一扬疑惑不解："可是凶手要怎么把我从露台推下去呢？"

我代为解释道："苏则的意思是，魏舒炳的死和你的坠落应该分开讨论。"

苏则接着我的话说下去："教授说得对。之前我们一直以为凶手只有一个人，但是如果把它拆分成两件事，或许就能找到更合理的解释。"

"魏叔叔似乎也想到了这点，关于将一扬推下露台的凶手，他在笔记本里给出的答案是——绷带怪人。"诺诺说。

魏一扬愣了一下，惊讶地问："我父亲认为真的有绷带怪人？"

诺诺模棱两可地动了动脑袋："倒也没有那么肯定，他在这条推论后面打了个大大的问号。"

魏一扬挠着眉角："看来父亲也只是怀疑，并不能确定。"

"但这确实能成为一个新的调查方向。"苏则依旧不放弃。

"除了这些还有其他补充吗？"我问。

诺诺刚把薯片放进嘴里，听我这么问，只好加速咀嚼，等到咽下去后，她开口说："对了，还有一处特别的记录，是关于魏先生和十五年前的死者的。"

魏一扬指着自己问："我和魏舒炳之间发生了什么事吗？难道是不愉快的冲突？"

"原文是这样记录的：'出事的前一天夜里，一扬睡觉前曾经告诉我一件奇怪的事，他说那晚自己下楼倒茶时刚好看见魏舒炳独自在二楼的楼梯处，看样子是往走廊方向去，一扬也跟着下楼，但就是他下楼梯这几秒钟工夫，对方就不见了踪影。我想兴许对方脚步快，已经到一楼了，但是一扬坚定地摇头，他说没有在一楼见到对方，下楼梯的过程中也没听到有人奔跑的声音。'"诺诺回答。

"就没了？"

"下一行又写了四五个字，但又被划掉了，还特意在后面打上了叉号。"

"父亲认定划掉的几个字是错误的，这是他的习惯，末尾打上叉号的内容就不会再浪费时间看。"

"我整理出来有价值的信息就这些了。"诺诺最后说道。

苏则敲了几下桌子，稍稍提高音量说道："那么我来总结一下目前获得的线索。首先可以明确的是，关于案发当天所发生的情况，魏度与那位女佣所说的，和一扬父亲笔记本里所记述的大体相同，因此这两个人的嫌疑度暂且降低。其次，是关于一扬坠落之时，除了死者以外的所有人都具备不在场证明，前提是他们没有共同撒谎。再者，关于魏舒炳之死，真正的凶手有可能在集会开始前就杀了魏舒炳，以此来为自己制造不在场证明。最后，根据魏度所说，今天在座的这些人里，十五年前也出席集会的还有马管家和律师，明天还得抽时间和他们聊聊。"

"最好抽空和其他人也接触一下，说不定他们知道些别的信息。"小妤补充道。

"对了，两年前的案子应该只是意外吧？"我问。

"笔记本里关于两年前的内容不多，但基本上和一扬叙述的一致,没有提到什么疑点,给出的结论是'应该是意外'。"诺诺回答。

"二叔去世后,我父亲的身体就每况愈下,没过多久就病倒了,所以关于两年前的事情,他根本没时间整理。"魏一扬说。

这时候,诺诺打了个哈欠,受她的影响,我们也跟着张大了嘴。

"时间不早了,我宣布就此散会,大家各自回屋休息吧。"

小妤一声令下,我们也只好遵照执行,然而,走出房间一看,才发现有人在走廊等着我们。

走在最前面的苏则突然停下脚步,导致跟在后面的我和诺诺都被迫"追尾",三个人纷纷喊疼。

"发生什么事了?"小妤也从房间走了出来,"啊,你是魏舒莹?"

"他在吗?"魏舒莹看着我们,有些胆怯地问。

苏则指了指房间,说道:"你是指一扬吗?他正在里面系鞋带。"

魏一扬听见动静,也顾不上鞋带就出来了,他见到来的人是魏舒莹,很是诧异,大概他以为对方是来问责的,所以主动低下头道歉:"十五年前的事情我很抱歉。"

听到这话,魏舒莹也吃了一惊:"哥哥的死真的和你有关吗?"

"我不确定是否有直接关系,我记不起来了。"

"既然如此为什么要急着道歉?"

"因为我是最清楚当时发生什么事的人,如果不是我失去记忆,就能知道杀死你哥哥的凶手是谁。"

魏一扬始终没敢抬头看对方,魏舒莹也一副欲言又止的样子,气氛突然变得尴尬起来,尴尬得让人难受。

我挠了挠头发,走上前拍了拍魏一扬的肩膀:"抬起头来,我的朋友,你不是已经委托我们揭开真相了吗?"

魏舒莹说:"既然你们是侦探,请告诉我,你们眼中的真相究竟是什么。"

"很遗憾,目前还无法回答你。但是,我想只是时间问题。"我说。

"时间?多久?"魏舒莹大步向我们靠近,气势汹汹地逼问。

她的勇敢完全在我意料之外,让我不由得想把身体往后缩。就在这时,苏则走到我们身前,用一种平静但又带着无法拒绝的口吻说:"在集会结束之前,我保证。"

魏舒莹咬着下唇,似乎找不到反驳的话。她避开苏则的目光,随即又被苏则手中的笔记本吸引,那是他自己的笔记本。

"我能看看你们的调查进度吗?"魏舒莹突然问。

苏则愣了一下,但还是大方地把笔记本递了过去,甚至热心地翻开。

魏舒莹受宠若惊,脸开始微微泛红,但目光依然咄咄逼人。她接过笔记本,迫不及待地翻阅起来。过了几秒钟,传来一声失望的轻叹。

这是意料之中的结果。我的这位助手向来严谨,他只是忠实地记录目前已知的信息,却不着急做出揣测。

"只有这些吗?"魏舒莹问。

"或许你能给我们提供新的线索?"苏则反过来问她。

魏舒莹摇摇头,将笔记本还给苏则:"无能为力,说实话,我所知道的还不如你们多。"

"真是遗憾。"苏则简短地应和着,便不再打算说些什么,看来他在等魏舒莹先开口。

"我期待你们的答案。"魏舒莹说,然后转身准备离去。

我立即叫住了她:"魏小姐,你知道那个恐怖的传说吗?"

下一秒,她的身体仿佛被电流击中般剧烈地抖动了一下。她缓慢地转过身,恐惧地瞪大双眼:"你是说脸上缠着绷带的那个人吗?"

"果然你也听说过。"

"那是个可怕的故事。"

"你相信他是真实存在的吗?"

"我……"她犹疑了,美丽的大眼睛慌乱地转动着,"是的,或许吧,但是我没见过。"她朝我们点头示意,说了句告辞之后,匆忙下楼。

"她好像很害怕那个传说。"小妤说。

"希望那只是传说。"诺诺不安地说。

我的内心多少有些起伏,也谈不上是恐惧,毕竟没有人亲眼见过绷带怪人。

为了转移话题,我问魏一扬:"你和那个女孩关系怎么样?"

"你说魏舒莹吗?在此之前我只见过她一面。十五年前,父亲参加过她哥哥的葬礼,之后,父亲似乎和她家里保持着联系,但也谈不上密切,应该只是过年时简单地问候一句,平常也极少提起过,我只知道她好像是手工艺人。两年前,她特意从外省赶来参加我父亲的葬礼,那是我和她第一次见面。"魏一扬说。

小妤打了个哈欠,发布了解散的命令:"时间不早了,都各自回去休息吧。"

目送他们关上房门之后,我也走进房间,顺手反锁了,想了想还是决定拧开锁。

突然，窗户被风吹得发出响声，我走过去拉开窗帘才发现，正如谢明芳所预料的，暴风雪真的来了。

5

巨大的古钟沉闷地响了一声，已经是深夜一点钟了吧。我翻个身，终于昏昏沉沉地睡了过去。

然后，我在新的地方醒来，一个四周都是纯白的，仿佛看不见边际的空间。空间十分干净，是真正意义上的干净，没有灰尘，没有垃圾，甚至连可以称得上是物品的东西都没有，这里只有人，我，和远处的另一个人。

是谁？

我们之间有大约二十米的距离，我却怎么也看不清那个人的容貌，奇怪，那个人的脸是模糊的，我努力睁大双眼，视线却更加模糊了，逐渐连身形也不再清晰，像是被虚化的边缘。

那个人也在看我吗？

我们之间的距离没有缩短，为什么？因为我们都没有靠近对方，在这里，移动和靠近仿佛是两个不存在的概念。

就这样平和地，微妙地，我们保持着，僵持着，没有觉察到危险、不安，甚至有些理所当然的安逸。

一秒，一分钟，一个小时，时间的概念在这个空间里似乎也是模糊不清的。

就这样停留了不知道多久，不和谐的声音响彻整个空间，紧接着,脚下在震动,空间开始破裂,那个模糊的人影也被粉碎得无影无踪。

是梦。

我睁开眼睛,呼吸逐渐恢复平缓。然而,吵闹的声音开始传入耳朵,越来越多,开门的声音,急促的脚步声,敲门声,苏则的声音,他在呼喊我。

我立刻起身开门,苏则站在门口,神色紧张,胸口因为呼吸高低起伏着。

"你刚才听到了吗?"他问。

"不,我做了个奇怪的梦。你听到什么动静了?"我反问他。

"好像是枪声。"司徒从房间走出来,不安地看着我们。

"声音是从楼下传来的。"苏则说。

"你们确定吗?"我问苏则,他不确定地看着我,然后又看向司徒。

"错不了。"司徒笃定地说。

诺诺和魏一扬也相继出现在走廊上,他们似乎是被我们的动静吵醒的。

"小妤呢?"苏则问了一嘴,然后立即走到小妤的门前。

门没开,也没人应答。

这时候,一声女人的尖叫划破空气,同样是来自楼下。

"怎么回事?"司徒惊呼道。

"糟糕,是小妤的声音!"苏则大喊,然后立刻朝楼梯跑去。

我们也立即追了上去,其间,洋房里的其他人陆陆续续加入,但我根本顾不上确认都有谁。

我们到一楼的时候，小妤正好从厨房方向跑过来。她见到我们后长舒一口气，虽然不知道她刚刚经历了什么，但是看起来心有余悸。

诺诺一把抱住她："小妤，怎么样，有没有受伤？"

"别担心，我很好。"小妤回答。

"你怎么一个人在这里？"我问。

"因为我收到了阿则的字条。"小妤看着苏则说道。

苏则看着毫不知情，吃惊地问："我给你的字条？什么时候的事情？"

小妤也是一脸诧异："大概十一点半，这张字条不是你从门缝底下塞给我的吗？"

字条一直被小妤牢牢攥在手心里，已经满是折痕。苏则接过字条看了眼，立刻摇头否认。

"当然不是，如果是我直接敲门不就好了，何必搞得这么麻烦。"他说道。

小妤嘟着嘴，说："我还以为房间被安了窃听器之类的设备，所以你不方便说话才给我写字条的。"

苏则将字条举到小妤面前，来回晃了晃："就算是这样，这怎么看也不像是我的字迹吧？"

小妤只是瞥了眼，又看向别处，调侃道："你这么一说，倒是确实比你写的更端正些。"

"这不是重点吧？"苏则反问道，看架势是准备发起一轮贴脸输出。

眼见这种情况，我抢先按住他的脸，用力往旁边推开："你们俩差不多得了。小妤,你先说说刚才为什么尖叫?"

"啊,对了,因为字条上写的时间是两点整,所以我提前十分钟从房间走出来。我原本想过敲你们的门确认一下,可是转念一想,你们说不定已经在厨房等着了,所以就直接下楼了。一路上我都小心谨慎,所以走得很慢,到达厨房的时候我看了眼手机,刚好是两点,紧接着就听到砰的一声,像是……"

"枪声。"司徒说。

"对,像是枪声。"小妤说。

"继续说下去。"我催促道。

"听到枪声之后,过了几秒钟,我看见窗户外边闪过一个黑影。"

"黑影?什么样的黑影?"

"是……是一个脸上缠着绷带的人。"

听到这里,身后的谢明芳吓得将手电筒掉在了地上。

"哪个方向的窗户?"我暗暗在心里打了个寒战,但还是强装镇定问道。

如果以洋房的正中心处作为原点,正门朝南,后院在北,厨房则位于西南角上,两扇窗户分别朝向洋房的西面和南面,小妤现在指向的正是西面的窗户。

窗户是从内部锁上的,锁完好无缺,也没有遭到破坏的痕迹。我推开窗户探出头观望,除了漆黑的岩壁就只有白茫茫的雪,而且雪地上也没有发现脚印。

"你会不会是看错了?"我问。

"怎么可能?他就在窗户前,我看得清清楚楚。"小妤坚持己见。

"可是,雪地上没有留下脚印。"我说。

"都过了好几分钟了,说不定又被雪覆盖住了。"苏则说。

我看着漫天飘洒的雪花,或许吧。我关上窗户,特别留心上了锁。

看来只是虚惊一场。

众人怀揣着不安各自离开,苏则拉着我走在最后面,他的表情还算镇定,声音却充满不安。他凑近我耳边低沉地说了句:"这里的氛围变了,我有种不好的预感,刚才的事情只是个开端。"

6

从厨房回到房间后,我又勉强在床上睡了会儿。

天终于亮了,但是雪也越下越大,基本上可以用暴风雪形容。

早餐时,每个人的脸上都挂着疲倦,无精打采地将食物塞进嘴里,没有人讨论遗产,更没有人谈及关于绷带怪人的话题。昨天晚上还笃定绷带怪人不存在的魏度,这时候也显得精神恍惚,甚至失手打翻了整杯咖啡,直到魏一扬提醒,他才回过神来。

早饭过后,我和苏则决定先找唐智谈谈。关于每个人所住的房间,今天早晨我们已经询问过马管家,他虽然不情愿,但最终还是告诉了我们。

三楼中间是一条长走廊,尽头是一扇窗户,左右两侧各有六个房间,如果从走廊开始为头、窗户为尾开始数,唐智的房间就在左边第一间。能够住在魏家人专属的三楼,说明他的地位着实不一般。

看样子唐智已经从深夜的恐慌中恢复了精神,他虽然邀请了我们进屋,却仍是面无表情,一副公事公办的态度。

他对我们的来意心知肚明,所以干脆抛出话题:

"你们来找我无非是因为十五年前的那场悲剧,我能告诉你们的只有两件事:第一,我没有动机,我到这里来只是完成本职工作,至于谁是候选人,最后谁又能继承遗产,对我而言都没差别;第二,我有完美的不在场证明,应该说我和其他几个人都有不在场证明,除非我们合谋编织出一个荒谬的谎言,否则那就是无懈可击的。"律师一口气把话说完,其间总是保持一副不想被任何人打断的架势。

"我相信你没有嫌疑。"我坦言道,"对于十五年前的死者,你了解多少?"

律师的嘴角向一侧微微扬起,说:"那是我第一次见他,是个还算开朗的人,其他方面不好说,我就没和他说过几句话。如果非要问我对他有什么印象,依我看,他不具备继承遗产的胜算。"

"说到遗产,所谓的宝藏真的存在吗?"我问。

"本事务所与魏家签订的合同里只提到我们身处的这栋洋房,至于魏家的其他财产我一概不知。"他的回答十分严谨。

"唐律师,我们还想听听你对绷带怪人的看法。"苏则说。

"我没见过,我这人只相信眼见为实。"唐智露出讥讽的笑容,说,"你们是魏一扬请来的,所以你们的工作就是想方设法证明他的清白,我没说错吧?"

我懒得和他辩解,索性直接瞪着他反问道:"有什么问题吗?"

唐智推了推眼镜,眼里的寒光透过镜片笔直地射向我们:"说实话，我一直怀疑他才是十五年前的凶手。虽然那个时候他只是个十二三岁的孩子，但是我认为这个年龄段的孩子刚好处在懵懂无知的年纪，看似什么都不懂，实际上埋藏着各种心思，即便是坏的他们也未必知晓。你们瞪着我也没用，作为律师，这样的例子我见得多了。"

从唐智的房间出来后，我们又找了魏先登，最后回到魏一扬房间与小妤他们会合。

"有什么收获？"小妤问。

"唐智像块钢板密不透风。"我说。

我们大致复述了刚才的谈话内容，当然，他对魏一扬的怀疑除外。

"另一位轻浮的公子哥呢？"小妤接着问。

"一问三不知。"苏则说。

"他也不愿意搭理你们吗？"魏一扬问。

"恐怕是字面意义上的解释，他应该真的不知道。"我说。

接着，苏则将魏先登的话又重复了一遍："十五年前的事情？我哪会知道。遗产？宝藏？我倒是无所谓，反正轮不到我，不过，我手上的选票倒是能卖一个好价钱，到时候谁出价高我就支持谁呗。绷带人？你们家的可爱小妹妹不是亲眼看见了吗？那你们应该去问她，我也头一回听说。你问我来这儿的目的？两个月前老头子自感死期将至，所以主动联系我，要我在他死后回来参加集会，完成他未竟的事业。听起来是不是很滑稽，竟然真的有人把寻找宝藏当作事业看待。别误会，我回来是为了狠狠嘲笑老头子，看看他一辈子心心念念的遗产究竟长什么样子，现在看来也不过是一栋不值钱的破房子,他果然是瞎了眼了。你说我恨他?我当然恨,如果你的父亲抛妻弃子就为了追求虚无缥缈的宝藏,你能不恨吗?人渣!"苏则的描述到此戛然而止。不得不感叹他的记性真好,而且情绪足够饱满,没当个演员真是可惜了。

"阿则,你的表情怎么像是欲言又止?"小妤问。

"之后的几分钟是魏先登愤怒的咒骂和歇斯底里,骂得太脏了,所以我就不重复了。"苏则无奈地撇了撇嘴,"说说你们那边的情况吧。"

"很遗憾,毫无收获。"小妤失落地摇着头,"马管家和谢姐在地窖里清点库存,但是地窖里温度太低,我们根本没法待在里面,他们看起来也很忙碌,没工夫搭理我们,所以只能另找时间。那个叫魏章标的大叔实在过分,连门都没让我们进,直接就把我们撵走了。魏菁不在房间,我们敲了半天门也没见人应答,一楼也找过了,没瞧见她。"

"魏度和魏舒莹昨晚已经问过了,那就只剩下司徒,但他只是个代理人,应该不必考虑在内吧?"诺诺问。

"他看起来只对遗产感兴趣,问了应该也是白问。"我回答。

然而,说曹操,曹操到,司徒竟然主动找上门来,他的目标很明确,就是我们的委托人——魏一扬。

司徒开门见山地说:"我想和魏一扬谈谈。"说完,他看着我们,眼神传达的意思不言而喻,他希望我们能够回避。

魏一扬站起身,向前迈了一步:"司徒先生,你有话不妨直说,他们都是我的朋友,没有什么话需要避开他们。"

"我以为接下来的话和你单独谈是最合适的,不过,如果你坚持……"司徒故作姿态。

"我坚持。"魏一扬不假思索地回答。

司徒耸耸肩，用更正式的语气说："我谨代表我的委托人魏媛女士，和你做一笔交易。"

"你希望我支持她。"魏一扬说。我们的这位朋友说话时总是如此简单明了，这是他的优点，也是我最欣赏他的地方。

司徒扬起嘴角，干脆地承认道："是的，我的委托人想继承遗产，需要你的支持。当然，凡事都有一个价码，为此，魏媛女士愿意向你支付这个数。"他伸出右手，张开五根手指，"而且，如果她最终找到宝藏，你还将得到其中的5%作为奖金。"

"恕我拒绝，我对加入这场纷争毫无兴趣，你们开出的条件很丰厚，你应该尝试打动其他人，祝你成功。"说完，魏一扬又往前迈了半步，算是委婉的逐客令吧。

像是早已预料到魏一扬的回答，司徒不慌不忙地说："金钱无法打动所有人，这在我的意料之中，但是人是充满欲望的生物，所以必然有弱点。既然你对我开出的条件不满意，那么不妨换一个，十五年前的真相你似乎很在意。"

"是又如何？"魏一扬反问道。

"我来帮你找出真相。"司徒用手指轻轻敲击自己的太阳穴，"凭借这里边躁动的、饥渴的灰色小东西。"

啊？来了个抢活儿的？还是当着我们的面堂而皇之地抢？太嚣张了，这我可忍不了。

我"噌"的一下站起来，正要反驳，可是小妤抢在我前面，义正词严地说：

"真遗憾,这个委托我们菠萝包侦探事务所已经接下了,就不劳烦他人费心了,司徒先生还是专心做好代理人的工作吧,请回吧。"

司徒依然死乞白赖地站在原地:"多一个人帮忙总归不是坏事,再说了我又不另外收取费用。"

我撸起袖子说:"你这家伙真是听不懂好赖话是吧?非得要直截了当地把你撵出去是吧?诺诺,准备动手。"

诺诺动了动脖子,一副摩拳擦掌的姿态:"教授,我一个人就够。"

司徒朝我们做了个安抚的手势:"慢着,诸位请先冷静,这样吧,我们各退一步,我有一个折中的小想法。"

我大喊一声:"折个屁!"

眼见着诺诺朝司徒靠近,可是刚走了两步就被苏则拦了下来。

"你最好言简意赅地说完,否则我可拦不住。"苏则用警告的口吻说道。

司徒狂妄地夸下海口:"一天时间,不,明天零点之前,我就能解开十五年前的谜团。如果解不开,那么谈判破裂,可如果解开了,就请你支持我的委托人。"

魏一扬的表情说明他显然是犹疑了,他回过头看了我们一眼,神情复杂,嘴唇微微翕动,似乎在说抱歉。

"我答应你。"他最终说,"但是,时间截止到明天零点,如果超过这个时间,请你不要再纠缠我。"

"一言为定,届时我会给你一个满意的答复。"

司徒说完,向我们彬彬有礼地鞠了个躬,但是在我眼中,这无疑是对我们的挑衅。随后，他又觍着脸继续说道：

"那么，首先告诉我你所知的一切。对了，几位侦探在我之前就听过了吧？想必有些想法了吧？稍后不妨都说出来，我们大家集思广益，说不定难题很快就能迎刃而解呢。"

接下来的时间里，先是魏一扬将十五年前的事情复述了一遍，内容和他此前告诉我们的相差无几，只有个别措辞和语序有细微变化，但不影响结果。

"你只记得这些吗？是吗？你失忆了啊，真是遗憾。"听完之后，司徒感叹道，接着又用富有感染力的声音说了几句安慰的话。片刻思考后，他又提出了各种问题，他问得很细致，到了刨根问底的程度，因此让人觉得有些烦琐，不过，魏一扬都耐心地给出了回应。

整个过程中，司徒频频点头，还装模作样地做出各种夸张的反应，甚至想方设法地从我们嘴里套话，然而都被小妤名为"不知道"的铜墙铁壁挡下了。

最后司徒只能无奈地眨眨眼睛，说："情况我大致了解了，接下来请带我到十五年前的案发现场，我需要亲自确认细节。"

"既然如此，我们也必须在场，保护委托人的安全也是我们的工作之一。"我说。

"我不介意，不过，时间紧迫，魏先生请你带路吧。"司徒催促道。

我们再次来到五楼，看到露台的实际大小后，司徒建议我们在走廊等候，理由是露台容不下这么多人。另外，他还是希望能和魏一扬单独谈谈，当然他再三保证不会愚蠢到在这个时候做出不利于我们委托人的事情。在魏一扬点头同意后，我们也只能就此作罢。

等待的时间不算漫长，只过了不到半分钟，通向露台的木门再次打开，魏一扬和司徒神色慌张地向我们跑来，显然在外面受到了某种惊吓。

"发生什么事了？"我问，内心已经做了最坏的打算。

司徒用颤抖的声音回答我："对面悬崖边上躺着一个人。"

"什么人？"苏则问。

"风雪太大看不清楚，但是身上穿着红色的衣服。"司徒说。

诺诺快速回忆了一下："红色？我们之中应该只有魏菁穿着一件红色大衣，难道是她？"

魏一扬打断我们，焦急地说："别猜了，还是先赶过去，那人躺在雪地里一动不动，看样子怕是凶多吉少了。"

我们立即跑下楼，在一楼遇见了老管家和女佣。简单说明情况之后，那位面无表情的管家再次露出惊恐的神色，谢姐也吓得捂住了嘴。在这期间，陆陆续续有人来和我们会合，不过，我也顾不上仔细确认都有谁，总而言之，在老管家的带领下，我们开始朝着悬崖前进。

超过十五米的山谷将洋房与悬崖彻底断绝，想要到达悬崖首先必须进入树林，再从树林里绕行一大段路。好消息是路面平坦，不需要上下攀爬；坏消息是在暴风雪的干扰下，这段路我们花费了不下二十分钟。

就在快要接近悬崖的时候，走在最前方的管家发出了一声惊呼，随即向着左前方一棵树跑过去，我们也围了上去。

只见雪地上趴着一个人，双手越过头部，似乎在努力向前爬行，而且保持这个姿势应该有一段时间了，身上落满了洁白的雪。但也不尽然，在那个人的头部位置，雪已经被染成了赤红。

魏一扬和管家立刻跑了过去，将那人从雪里挖出来，随之而来的是魏一扬近乎哀号地喊了一声"三叔"。

魏度的皮肤被冻得苍白，毫无血色，他的双眼微微睁开，还保留着一些意识，不过，也只是勉强维持着。他用尽全力张开嘴唇，挤出一句话：魏菁，绷带，绷带……

话音刚落，他又再次昏迷不醒。

"难道是绷带怪人干的？"管家惊呼道。

"怎么会这样？"魏舒莹发出了痛苦的低吟，随后身体一软跪在了雪地上。

我下意识地先观察四周，悬崖的尽头就在前面不远处，只是在风雪的遮掩下有些模糊，对面的洋房已经完全看不见了。深黑色的树木矗立在我们身边，将我们团团包围。

我们？我们都有谁呢？我看向身边的这些人，苏则、小妤、诺诺、魏一扬四个人都在。还有昨天在洋房里见过的人，这些人都在吗？他们是从洋房一路跟随我们过来的吗？还是有人中途加入或者掉队离开？不，这些都无法确定，万幸的是，我可以确定，其中没有哪个人的脸上缠着绷带。

绷带……

不可能，缠着绷带的怪人只是传说，不应该真的存在。

"我们要小心点，他手上可能有枪。"司徒提醒道。

昨晚的枪声依旧在我的脑子里回响，我看了眼魏度的伤口，不像是遭受过枪击，不，我在想什么，如果后脑勺被枪击中，也不可能活到现在。我又看了看周围的雪地,没有发现疑似凶器的东西。不过,这里到处都是树木,随便捡起一根树干就能充当凶器。

想到这里,我的目光被魏度身后的那棵树吸引,准确地说是被树干上的血迹吸引。

这时候,苏则靠了过来,问:"魏菁呢?"

"应该还在悬崖边上。"司徒说。

"苏则,司徒,我们再往前看看,其他人留在这里照顾魏度,诺诺,他们的安全就交给你了。"我说。

我们三个人一边警惕四周,一边朝悬崖小心移动,然而一直走到了悬崖尽头,也没有看到魏菁或者穿着红色衣服的人。

司徒苦恼地四处张望:"奇怪了,从露台看过来,她就躺在树林与悬崖之间,差不多就是这附近。"

苏则伏下身子,探出头向悬崖下方看去:"会不会在这底下?"

"有可能,我和魏一扬看到魏菁的时候,说不定那会儿绷带怪人就在附近观察洋房的动向,只是借着树林的掩护,所以,我们看不见他。他发现我们开始向这边靠近之后,就将魏菁丢下悬崖,然后逃之夭夭。"

我问:"目的是什么?隐藏尸体吗?既然如此,绷带怪人为什么不将魏度一起扔下去?我们赶到这里花了接近半小时,他完全有足够的时间做这件事。"

司徒抿着嘴唇思考:"也许他搬不动魏度,啊,一定是因为怪人身材瘦弱,没有足够的力气,所以才从背后袭击了魏度,对了,是偷袭,这也正好解释了魏度的伤口为什么在后脑勺。"

我说:"你没注意到树干上的血迹吗?凶手是从正面袭击魏度

的，后脑勺的伤口是撞击树干造成的，而且魏度口中念叨着绷带，应该是因为他看到了凶手脸上缠着绷带。"

"我赞成教授的分析。"苏则说，"还有一点，来的途中我一直在观察四周，没有看到树林中有其他人，当然这仅仅是在我目所能及的范围内，假设绷带怪人是凶手，那么他是与我们擦肩而过了吗？还是说他的栖身之处就隐藏在树林深处？"

"擦肩而过,与我们擦肩……"司徒低声念叨着，突然大惊失色，"万一绷带怪人趁我们不在之际，偷偷潜进洋房里怎么办？我们再回去岂不是非常危险？"

"问你脑子里聪明的灰色小东西吧。"虽然眼下的情形不适合和司徒起冲突，但是一想到他之前嚣张的嘴脸，我还是忍不住调侃道。然后我瞥了一眼对面的洋房露台，隐隐约约间我好像看到了什么："喂，你们看那边，洋房的露台下方是不是有什么东西？"

"好像是有东西挂在那里，在晃动，红色的……"苏则没有能够继续说下去，他的手指已经深深抠进雪地里。

"是她，刚才看到的就是她。"司徒跌坐在地上，惊慌失措地指着悬崖对面，"但是，但是怎么会在那里？"

双脚开始不听使唤地后退，直到后背撞上坚硬的物体，我立刻用手摸了摸，是树。倚靠着树干，我终于能够冷静一些。虽然自诩为侦探，说到底我还是怕得浑身发抖，仔细想想，这是我第一次亲睹惨死的尸体。尸体……说到尸体，凶手呢？此刻会躲在哪里？

我不安地观察四周，除了纷乱的白雪就是漆黑的树木，突然身后出现一个跃动的黑影，逐渐向我们靠近。

"是谁？"我壮着胆子用力吼道。

"是我，是我。"老管家踩着雪，他的身姿矫健，很快就到了我们面前，"魏度的情况不太好，和你们一起的小姑娘说需要立刻带回洋房处理伤口。你们这边什么情况，没找到魏菁吗？"

司徒指着对面的露台，艰难地喊着"那儿，在那儿"。

老管家顺着司徒手指的方向看去，他先是疑惑，随后眯起双眼，几秒钟后，他总算看清楚了，于是，悬崖边上又多了一个面如死灰的人。

7

魏菁的尸体已冻得僵硬，被残忍地吊在露台下方。

"应该是缢死。"我们把尸体拉上来后，司徒对其做了粗略的检查，说道，"现场没有留下剧烈挣扎的痕迹，虽然不排除痕迹被大雪覆盖的可能，不过尸体的指甲缝很干净，面部表情也不算太过狰狞，说明魏菁感受痛苦的时间不长，这点与被勒死不符。因此，我猜测凶手是先将她弄晕，然后用绳子一端系在露台的柱子上，另一端缠住她的脖子，从露台推下去，利用自由下落时产生的力杀死她，就像是古代的绞刑。"

我将信将疑地盯着他："你好像很了解的样子。"

"不算了解，只是懂点皮毛。"司徒耸耸肩，"我曾经是学医的，但是实在受不了解剖尸体，所以不到半个学期就转专业了。"

"那真是难为你了。"我说。

"现在怎么办，总不能就这么把尸体丢在外面被暴风雪摧残吧？"苏则问。

眼下的情况已经不是我们这些半吊子侦探能应付得了的，想到这里，我立即说："马管家，这里应该有能联系外界的电话吧？请你立即联系警方。至于尸体，苏则，司徒，来搭把手，我们先把魏菁搬到她自己的房间。"

简单安置好魏菁的尸体后，我们来到魏度的房间。

诺诺正蹲在魏度身边查看伤口，看见我们进来，她愁容不展地说："他的伤势严重，需要尽快处理，否则可能会引起一系列更麻烦的并发症。"

听到这里，魏一扬心急如焚："这里有医生吗？"

没有人回答。过了几秒钟，诺诺站了出来。

"我会简单包扎和伤口处理。"诺诺对谢姐说，"麻烦把医药箱拿来，顺便打盆温水来。其他人请先退出房间，你们都围在这里也帮不上忙。"

我们拉着魏一扬到大厅等候。

半小时后，诺诺也来到了大厅。

魏一扬连忙上前问道："诺诺姑娘，我三叔怎么样了？"

诺诺轻舒一口气，表情凝重："血已经止住，我的能力有限，只能做简单的应急处理，目前来看暂时没有生命危险。不过，他仍旧处于昏迷状态，而且开始出现发烧的症状，情况还不好说。"

小妤走到诺诺身边，安慰道："辛苦了，你已经做得很好了。"

诺诺沉重地点了一下头，随后看向魏一扬："魏先生，伤者现在需要休息，你还是不要去打扰他比较好。"

魏一扬说："我只是安静地陪在他身边，而且，我不放心三叔一个人在那里，万一绷带怪人再度对他下手怎么办？不行，我必须在他的身边。"

小妤说："让他去吧，他留在这里也不会安心的。"

"是啊，绷带怪人有可能已经潜入洋房了。"魏一扬低声说着。

这次没有人反驳他，其他人心里大概也有相同的顾虑，只是不愿意说出口罢了。

"报警吧，各位，在凶手切断电话线，把我们彻底困在这里之前通知警方，这是我们最安全、最正确的选择。"唐智摘下眼镜，双手揉了揉疲惫的眼眶，向众人提议道。

同样也没有人提出反对。

"马管家，请你立即将这里的情况告知警方……奇怪，马管家呢？"律师不安地问道。

"我已经让他这么做了。"我说，"瞧，他回来了。"

马管家耷拉着脑袋，缓缓向我们走来："该死的暴风雪让信号变得极差，我费了好大劲终于联系上警方，也将这里的情况大致告诉了他们，但是，由于外面的暴风雪，警方现在无法到来。"

"那要等到什么时候？"唐智问。

"警方说，最快要到明天，可能要等到后天早上，但是他们保证，风雪一减弱就会立刻过来。"马管家说。

"还要一天吗？可是我们随时都有被绷带怪人杀害的危险！"魏先登焦急地喊道。

"既然提到了绷带怪人，我倒是有事情想问问在座的各位，"我已经顾不上是否失礼，直截了当地问，"早餐过后到我们发现魏度的这段时间里,你们都在哪里,做什么?"

"你这是什么意思?你在怀疑我们吗?"魏章标瞪着我,一脸不可思议的表情。

"是的。"我坦然地瞪了回去,坚定地回答。

"你疯了吗?袭击魏度的明显是绷带怪人,你竟然怀疑我们。"唐智质问我,声音绷得像是尖利的刀刃。

"绷带怪人是一种可能性,却并非唯一的可能性,况且如果想要洗清你们的嫌疑,最直接的办法就是证明你们没有作案的可能。"苏则说。

"你非要在我们之中找出凶手吗?"魏章标从椅子上"噌"地蹿起来,高声怒喝道。

"我不是这个意思,也不是这么希望的,但是如果事实恰好如此,那就糟糕了。"苏则一动不动,依旧平静地说。

眼看气氛越发微妙,谢姐出来打了圆场:"算了,我先说。早上我和老马都在地窖,按照惯例,我们每周都要清点一次地窖剩余的食材量,顺便再取一些这两天需要用到的食材出来。具体时间我没注意,在你们都吃过早餐之后,我们简单收拾了一下,然后就去了地窖,大概用了一个多小时吧。"

马管家接着说:"从地窖出来后我们先把食材送到厨房,就回房间换了身衣服,再次去往厨房的时候正好碰见下楼的魏度,他问我们有没有见到魏菁,我们回答早饭过后就没见过,他说约好了和魏菁在洋房外见面,估计对方先行一步了。然后他就着急地出了门,我正好看了眼挂钟,十点四十八分。再之后我们都在厨房忙碌,彼此都能做证。"

"你们亲眼看见他出门吗?"我问。

"是的,我们还提醒他小心绷带人。他笑了笑,说哪有什么绷带人,都是以讹传讹传出来的谣言。没想到转眼间他就被袭击了。"马管家说。

"他出门后回来过吗?"

"应该没有。"

"那还有其他人进出过吗?"

马管家和谢姐对视了一眼:"我们没听见开关门的声音,"然后又谨慎地补充了一句,"不确定,如果动静很轻,我们有可能注意不到。"

"明白了,其他人呢?"我问道,目光扫视了一圈在座的所有人,然后耐心等待下一个发言的人。

"哎呀,都不说那就本少爷先说了。"魏先登烦躁不堪地撇着嘴,看着我说,"本少爷一直都在酒室,酒室就是你身后摆着很多酒的那个房间,吃完早饭我就去那儿了。"

魏先登说的酒室在洋房一楼最右侧的那个房间,里面有个吧台,还有不少玻璃橱窗,摆满了各式各样的酒。

"一大早就开始喝酒吗?"我问。

魏先登哼了一声:"本少爷酒量好,怎么了?有规定说早上不能饮酒吗?"

"那么你和谁碰过面吗?或者听到什么动静吗?"

"不知道,喝了两杯我就睡着了,直到被你们的声音吵醒,就是你们几个跑下楼找老马,说魏菁躺在对面悬崖上的时候,听完给我吓了一跳,手上的酒杯都掉地上了。"

真有脸提酒量两个字,可是转念一想,如果酒量好也是两杯下肚就睡着,那我也就没那么丢人了。

"还记得你出来的时候都看到了谁吗?"我问。

"看到了谁?不就是你们几个吗?"魏先登先是扫了一圈在座的人,然后歪着头,眯起眼睛,"等等,我没看到唐智,魏章标也不在。"

"可是我从楼梯上看见你了。"唐智不紧不慢地说,"我确实是最晚下楼的,你们两位侦探找过我之后,我一直都在自己的房间看书,因为听见走廊吵吵嚷嚷的才被迫走出房间,正好碰见准备下楼的魏舒莹,于是问她发生了什么事。"

魏舒莹用力点头:"是这样的。当时我也不清楚情况,只是见你们一大帮人都往楼下跑,感觉又出什么事了,所以立刻跟在你们后面。啊,在那之前,我也在自己的房间里,哪儿都没去过。"

"你们别看我,我虽然不在房间,但是我在停车场。"魏章标说,"吃完早饭后回到了房间,后来你们就来了。你们走之后,我原本想睡一觉,但是翻来覆去总觉得心里硌硬,于是干脆去车里听CD。大概是十点半吧,啊,对了,我刚坐进驾驶座,就看见魏度从洋房出来,往树林方向走去。"

"你没叫住他?"

"我叫他做什么?他爱去哪去哪,和我又没关系。"

"他看见你了吗?"

"应该没有,我看他走得挺着急的,好像压根儿没往我这边看。"

"那你看见魏菁了吗?"

"也没有。"

我看向苏则,他正专心地在笔记本上记录着:"最后是司徒,你在哪儿?"

司徒用手指着自己,诧异地问:"我也要说吗?喂,当时我和魏一扬就站在露台上面,这点你们不是心知肚明吗?"

"我们可以为你证明的时间线只有你来找我们之后,在那之前你在哪儿,做了什么事,我们可是一概不知。"我解释道。

司徒带着一副完全无法接受的表情勉强开口说道:"昨天晚上我找过一趟魏度,不用说,聊的当然是支持我的委托人继承遗产这件事。当时他说需要时间考虑,所以找你们之前我先去了他的房间,不过,他依旧没给我明确答复,我原本打算继续劝说,他却说已经约好和魏菁见面,恕不奉陪。对此,我也无能为力。眼看着他下楼,我心想拉拢他估计没戏,于是决定游说魏一扬。"

"还记得具体的时间吗?"我接着问。

"我去找魏度的时间吗?十点半?或者再晚些,记不清了。在他的房间里只待了五分钟不到,就被他赶出来了。再之后就在魏一扬的房间见到了你们,时间嘛,没注意看。"司徒说,他微微瞪大了眼睛,"你们不会真的在怀疑我吧?我根本没有时间作案啊!"

"说实话,目前除了始终出现在我视线范围里的我们五个人,剩下的诸位,我无法排除你们任何人的嫌疑。"我说。

"如果你坚持认为凶手在我们之中,"唐智抬起脚压在另一只脚上,身体向后仰,语气强硬地质问我,"那就先请你解释一下我们是怎么把魏菁的尸体从悬崖上搬到这里,并且吊在露台的。"

"很遗憾,我还无法破解凶手的手法,但那只是时间问题。而且,比起有个躲在暗处监视我们的绷带怪人,我更希望他是不存在的，至少这样一来，我能知道自己该提防的人在哪里。"此刻，我没有具体的怀疑对象，我的视线在每个嫌疑人的脸上快速扫过。

接下来的几分钟里，没有人反驳我，也没有人与我四目相交。

像是为了打破沉默，谢姐说："不知不觉都这么晚了，老马，我们去给大家做顿简单的午餐。"

小妤也跟着站起身说道："谢姐，我也来帮忙。"

午餐是加了煎蛋和烟熏火腿的三明治。

吃过午餐，我提议几位女性留在魏度房间，一来可以照看魏度，二来有诺诺在，应该能保护她们。同时，我们这些男人分成两队，带上称手的扫帚、拖把作为防身工具，将洋房里所有可能藏人的地方都检查一遍。

这次，没有人提出反对，也许是出于对绷带怪人的恐惧，大家都积极配合。令人欣慰的是，我们最终没有在洋房里找到绷带怪人。

8

魏度恢复意识是在傍晚时分。

他依旧发着低烧，不过好在意识清晰，也没有出现脑震荡的症状。

"是绷带怪人，绷带怪人真的存在。"见到我们之后，他战战兢兢地说，眼里满是无助，"魏菁呢？"他接着问道。

"被杀了，尸体被吊在露台下。"我说。

魏度发出痛苦的低吟，五官也因为惊恐而扭曲在一起。魏一扬就坐在他的身边，尽可能地安抚他的情绪。

"魏先生，你是近距离接触绷带怪人的目击者，有些事情我们不得不向你了解，如果你的身体允许……"小妤小心翼翼地问道。

"我明白，你们想问什么就问吧。"魏度说。

"请尽可能详细地描述你看到的绷带怪人。"我说。

"他，"魏度犹豫了，皱着眉头稍作思考后，再次开口，"其实我也不确定自己看到的是不是人类。太快了，只是发生在瞬间的事情，从我的眼前一闪而过，抓住我的脖子，紧紧抓住，我感觉自己快要不能呼吸了，然后后脑勺就撞上了什么东西，痛得失去了知觉。昏迷前的最后一秒，我看到魏菁在往前跑，绷带怪人在追她。"

"所以，你并没有看清楚绷带怪人的脸？"我问。

"我没看到整张脸，但是我看见了他的眼睛，从未见过的恐怖至极的目光，我实在太害怕了，只注意到他的眼睛周围缠着绷带。"魏度说，满脸写着惊恐。

"魏先生，今天早饭过后，你都做了什么？"

"早饭前魏菁找到我，约我十一点在悬崖边见面。吃完早饭我回到房间等待，差不多十点半左右，魏媛的代理人，就是那个姓司徒的男人来到我的房间。他的意图很明确，就是来游说我给他们投票的，我随便应付了两句就把他赶走了，然后就出门了。其实，从走出洋房开始，我就觉得自己被监视着，很诡异，我能感觉到树林里有什么东西存在，却看不到。"

"之后呢？你见到了魏菁？"

"是的,她说好像有人在跟踪她,她也和我有相同的感觉,加上深夜发生的事情,让我倍感恐惧,所以我提议立刻返回。然而话还没说出口,就被袭击了。"

"除了司徒,你早上还见过谁?"我问。

"临出门之际,在一楼遇到了马管家和谢姐,他们说刚从地窖出来。除此之外,就没有见到其他人了。"魏度的眼珠突然转动了起来,惊讶地问,"你们刚才说魏菁的尸体被吊在哪里?"

"露台下方。"我说。

看魏度的表情,他也无法相信尸体竟然从悬崖移动到了露台:"可是,当时她和我都在悬崖附近。难道绷带怪人进到了洋房里,那他现在说不定还在這屋子里面?"

"下午我们把洋房能藏人的地方都检查了一遍,什么都没发现。我们顺便把门窗都从内部锁上了,暂时应该是安全的。"苏则说。

魏度勉强安下心来,他舒缓地吐了一口气,看起来已经十分疲惫了。

诺诺建议让他继续休息,于是,除了魏一扬留下来照看,我们四人回到了小妤房间。

"我觉得这里的人都很可疑。"小妤说道。

"我认为司徒的嫌疑可以排除。"苏则说,"魏度离开洋房的时间是十点半左右,而司徒来找我们的时间是十点三十六分,当时我正好低头看了眼手表,之后他都和我们在一起,也就是说他应该不具备犯罪的时间。"

我赞同苏则的意见:"他的嫌疑暂时可以排除,至于其他人……"

"我觉得凶手应该是绷带怪人。"诺诺说。

"如果真的有绷带人,此刻会躲在哪里呢?"小妤问。

"现在外面冰天雪地的,绝对不会在室外。"诺诺说。

"方圆几里只有这栋洋房了吧,难不成在这里?"苏则问。

"可是,洋房里虽然房间多,但要么住着人,要么上了锁,地窖我们也检查过了。再说了,零下十几摄氏度,马管家和谢姐进去时都得换上加厚的衣服,普通人不可能长时间藏身其中。"小妤说。

沉默片刻后,诺诺突发奇想:"如果绷带怪人不是真正的人类呢?"

我忍不住看向她:"你想说什么?"

诺诺抿了一下嘴唇,继续说:"只是面部缠着绷带,但未必能确定就是人类吧。"

"但是魏度和小妤都看到了不是吗?而且从魏度后脑勺的伤势和现场的痕迹看,他是被凶手抓住后用力撞击树干导致的。"苏则说。

"那个,当时一片漆黑,我看到的可能只是缠着绷带的黑影一闪而过,是不是人还真不好说。"小妤挠了挠脸颊说道。

诺诺接着说出更大胆的想法:"会不会是动物?比起人类,动物更适合被圈养,而且也容易听从人类的命令行动。你们记得福尔摩斯里的巴斯克维尔的猎犬吗?"

"你的意思是凶手带来一只训练有素的动物,替自己杀人?"我问。

苏则立刻反驳我:"不对,如果这个假设成立,这个动物应该不会是从外面带来的:第一,外来的动物不适应这里的温度;第二,外来的动物不清楚这里的地形。所以，能够替凶手完成杀人的，只有长期饲养在洋房里的动物才能办到。"

"如果饲养在洋房里，那不就只有马管家和谢姐能做到？"小妤刚说完，又摇了摇头，思考了一会儿，说，"不对啊，如果凶手是他们，那杀人动机又是什么呢？"

无法回答。

如果从动机的角度思考，那么凶手杀害魏菁和魏度最有可能的动机只能是遗产，昨晚在餐桌上，对遗产明确表现出兴趣的除了魏菁，还有魏章标，以及作为代理人的司徒，但是，真的是因为这个理由吗？如果是私怨呢？不对，单从动机考虑只是徒劳，最有力的还是确凿的证据。

"看样子，还得回案发现场一趟。"我说。

"你是说对面的悬崖？"苏则问。

我看着窗外，说："当时太混乱，根本顾不上留意现场的情况。"

小妤立即阻止我："别呀，教授，现在外面一片漆黑，太危险了，指不定绷带怪人就躲在暗处等着偷袭我们呢。"

"再等下去，线索都要被暴风雨破坏殆尽了。"我说。

"那也不行啊，你别忘了，绷带怪人手上可是有枪的，深夜，我们都听到了枪声。"

小妤的话提醒了我，我不禁倒吸一口凉气。是啊，凶手还有枪，可是，为什么凶手不用枪射杀魏度和魏菁，而要采用更麻烦的方式？难道是不想让我们听到枪声？不对，如果是这样，那么深夜的那声枪响又该作何解释？那么，是为了给自己制造不在场证明？但是，有明确不在场证明的只有司徒一个人，会是他吗？

"教授，你在发什么呆？"苏则问。

"我在思考凶手为什么不用枪杀人，而要大费周章地用这么复杂的手法。"我说。

"应该是怕我们听到，增加自己暴露的风险。"诺诺说。

"如果有枪的不是凶手呢？"苏则突然灵光闪现，"杀人的是绷带怪人，有枪的是另一个人，而深夜的那声枪响，是因为持枪者看见了绷带怪人，一时惊慌或者出于自保被迫开枪，绷带怪人在逃跑过程中正好被小妤撞见。"

"有道理，那么那张给我的字条又是谁留的呢？"小妤问。

"会不会是有人想把你约出来表白？"诺诺问。

"嗯？"

"那就是私会？"

"难道是魏先登？"

霎时，整个房间陷入沉寂，我们面面相觑。这时候，头顶的灯泡开始忽明忽暗，闪了几下后突然灭了。我们下意识跑出一片漆黑的房间，走廊的灯还是亮的，看来只是灯泡坏了，我们不禁松了口气。

没办法，只能找谢姐拿新灯泡了。

谢姐和马管家的房间在二楼走廊的尽头。我轻轻敲了两下门，报了身份，门很快就开了。她一脸疲倦，同时有些紧张地看着我，我简要地道明来意后，她才稍微露出笑容。她说备用灯泡在一楼的仓库里放着，于是就带我去了。

仓库是一间将楼梯下方空间改建的三角形小屋，没有上锁。谢姐轻轻往外一拉，门就打开了。

"谢姐，仓库平常都不上锁吗？"我问。

"说是仓库，其实就是杂物间，里面的东西也不值钱，再说了，往日里这房子里就我们三个人，哪有上锁的必要。"谢姐回过头打量着我，说，"里面地方小，你个子高，进去了也不方便，还是在外面等着，我进去拿就好。"

没过多久，谢姐拿着新的灯泡出来了，不过，嘴里嘟哝了一声"奇怪"。

"发生什么事了吗？"我问。

谢姐指着里面的一个角落说："不知道是不是我记错了，似乎少了一样东西，原本就堆在那儿的，或许之前被我丢了吧。"

"难道是被老鼠叼走了？"

"老鼠可叼不走，太重了，而且也不是食物。"

"那总不能是被绷带怪人偷走的吧？"

听到"绷带怪人"四个字，谢姐下意识地后退了两步，脸色惨白，看来被我的戏言吓得不轻。

我连忙安慰她："别紧张，我就是随口开个玩笑，你别当真。"

"邓教授，你说是不是真的有绷带怪人？"

"那只是个传说。谢姐，你先告诉我究竟丢的是什么东西。"

原本只是出于好奇随口多问一句，没想到谢姐的回答竟然让我瞬间起了鸡皮疙瘩。

"谢姐，这件事请你暂时保密。"

"可是我不太擅长说谎，每次我撒谎，其他人一眼就能看出来。"

"不，并不需要你说谎，别担心，没有人会向你打听这件事，只要你不主动对其他人提起就好，任何人都不行。"

"任何人？"

"是的，在真相大白之前，谁都不行，包括那位与你共事多年的老管家。"看见谢姐还有些举棋不定，我接着说，"这很重要，说不定能成为指证凶手的关键证据。"

"真的吗？"她双手捂住嘴，沉思了片刻后终于点头答应。

离开杂物间，我喜出望外地一路小跑上楼，到三楼的时候，正巧看见魏舒莹从魏度的房间里出来。她也注意到我了，表情有些不自然，与昨晚逼问我们时的气势汹汹完全不同，此时又变回了那个羞怯的女孩。

她转身准备离去，我快步走上前，叫住了她。

魏舒莹转过身，向走廊两边看了看，像是在警惕什么，然后小声对我说："邓教授有话想问我？这里不方便，还是到我的房间说吧。"

看来她也有话对我说。我点点头，跟了过去。

与我习惯一进房间就把行李全部搬出来归类放置相反，魏舒莹的桌面上只有手机充电器、水杯等几样常用物品，而且摆放得十分整齐，但也正因为是这样，墙边孤零零的大型行李箱多少显得有些突兀。

"邓教授，你在看什么？"可能是我盯着行李箱的时间太久，魏舒莹看我的眼神又多了些许紧张。

糟糕，她不会把我当成了奇怪的人吧？

我赶忙解释道："失礼了，我只是在想女生出趟门真不容易，还要拎着这么大的行李箱。"

她的神情稍显放松，不好意思地笑了一下："因为收拾东西的时候总觉得哪样都不能落下,不知不觉就变成这样了。"

"理解,小妤这次过来就往行李箱里塞了小半箱零食,再加上衣服和枕头大小的化妆包,塞得满满当当。"

"她真有趣。"这句话应该是发自内心的夸赞,同时,我注意到她放在膝盖上的双手不再握成拳状,而是自然地舒展开。

差不多该说正题了,我问:"魏小姐,两年前的集会你也在场吗?"

"没错。"她立刻回答。

"那么你回忆一下,当时有可疑的事情发生吗?"我接着问道。

她闭着眼,修长的手指灵活地上下活动,这似乎是她思考时的习惯动作:"我不记得有什么可疑的事情,除了那个不幸的意外。"突然她诧异地看向我,"你为什么这么问?难道是在怀疑白天的命案和两年前有关?"

"毕竟魏度和魏菁都参加了那次集会,或许凶手的动机是替两年前的死者报仇。"我说。这是我的真实想法。

她用力摇头:"我不这么认为,除了你们和魏先登,其他人都参加了那次集会,而且,如果要说谁最有可能为两年前死去的魏旭复仇,恐怕只能是魏度,其次就是魏一扬。"说到魏一扬的时候她愣住了,大概是联想到十五年前的事,眼神变得复杂了起来。

"魏一扬不是杀害魏菁、袭击魏度的凶手,我可以保证。"我郑重地说。

"那么十五年前呢?"她终于还是问出来了。

"抱歉,我的任务是调查今天的案子,十五年前的答案得让苏则来回答你。"我说。

在她的眼中，我的话应该像是在逃避，所以脸上浮现出不悦的表情。

我真挚地说："你大可放心，那家伙是个正义至上的热血笨蛋，不会因为魏一扬是我们的客户就偏袒他，请再给他一些时间。"

魏舒莹的手指又开始快速地动着，过了一小会儿，她不甘心地说了句"我知道了"，就把目光转向了别处。

"你喜欢弹钢琴？"我问。

她有些诧异："为什么你会……"

我学着她动了动手指，她低头看向自己的膝盖，脸颊微微泛红："喜欢，但是弹得不好。"她顿了顿，再次开口，"邓教授，你为什么拿着灯泡和手电筒？"

哎呀，如果不是她提醒，我都快把这事给忘了。我立即说明原因，然后匆匆离开。

其他三个人都聚集在苏则的房间，当然，我刚进门就听到了他们的抱怨。不过，我一笑置之，因为我有更重要的事情要说。

我有意咳嗽了一声，说："我知道凶手是如何移动魏菁的尸体了，一个廉价的诡计。"

"真的吗？快告诉我们。"诺诺立刻放下手中的零食，兴奋地说道。

我谨慎地摇摇头："现在还不行，我还有些事情想不通。"

小妤双手叉着腰："可恶，又在卖关子，我要扣你这个月的工资。"

"他向来如此，忍忍就习惯了。"苏则朝我翻了个白眼，"如果实在忍不了，我建议你直接一枕头拍他脸上。"

"嘿，你这家伙，别净出馊主意。"

我话音刚落，一个洁白的枕头径直朝我飞来，好在我身手敏捷，及时躲开。

听信逸言的小妤不依不饶："你刚才卖关子的时候挺得可直了，现在怎么想起弯腰了？"

"废话，我又不傻，不弯腰难道等着被你白打吗？"我捡起枕头，轻轻抛给坐在床边的苏则，说，"说回正经事，助手，我刚才突然想到一件有趣的事。"

"什么事？"他没有伸手接住，而是顺手将枕头挡向床头方向。

"当然是实验呀，好久没做实验了。"我把眼睛眯成一条缝，笑着说。

苏则愣了一下，问："在这儿做啊？"

我举起刚才向谢姐借来的户外探照灯："不，是去我们发现魏度的地方。"

"不行啦，教授，刚才不是说过了，外面很危险。"小妤立刻阻止道。

"绷带怪人是不会在这时候出没的，我保证。"我认真地说。

苏则向我投来担忧的目光："喂，你没事吧？冻感冒了？发烧了？还是精神压力太大魔怔了？诺诺，快过来，要是邓钟再说一些奇怪的话，你就立即打晕他。"

我迎上他的目光，笑着继续说："我虽然知道凶手的手法了，但是证据怎么办？还是得做实验。"

苏则下意识地往后缩了缩："慢着，你不要用那种眼神看着我，我有种不好的预感。"

他的预感很准，我一声令下："诺诺，小妤，快抓住他，他就是最重要的实验道具。"

9

人到中年确实经不起通宵熬夜。

我看着天边泛起的微红，忍不住打了个大大的哈欠。风暴在半夜逐渐平息，雪也在减弱，得益于此，我们才能在寒冷的树林里与凶手留下的诡计彻夜对决，并且，我可以自信地说，胜利属于我们。

回到洋房后，我们首先去了魏度的房间，魏一扬始终守在他的身边。令人欣慰的是，魏度的伤势没有恶化，魏一扬也因此长舒一口气。

距离早餐还有一个多小时，我认真地洗漱，脸上的胡子也仔细刮干净，之后伫立在窗前。此刻我完全感觉不到睡意，精神异常亢奋，思维在碰撞，脑子里不停地闪过画面，都是我想象中的凶手行动的画面。

上午十点，我们将所有人召集到一楼大厅。

全员到齐后，魏一扬首先发问："邓教授，你说知道谁是杀害魏菁的凶手，这是真的吗？"

我朝他肯定地点了一下头，说："当然，我已经解开了所有谜团，凶手现在就坐在我的面前，是的，我再说一遍，真凶就在你们之中。"

人群开始骚动。

"凶手难道不是脸上缠着绷带的人吗？"

"对呀，你们的所长不是亲眼看到了吗？绷带怪人就在厨房的窗户外边。"

"绷带怪人，哈，如果有人愿意跳下几十米的山谷，就能找到早就摔得粉碎、披着黑色的布、缠着绷带的人偶。"

"人偶？"

"制造出绷带怪人的凶手，不，暂且就用人偶师称呼吧。首先，这位人偶师打开走廊的窗户，再回到房间，取出准备好的足以承受人偶重量的线，预留出需要的长度，从房间里的窗户拉住线的一端，将剩下的线团固定好，从洋房外面扔进走廊。之所以要这么做，是因为接下来的步骤需要在走廊上操作。然后在自己房间组装好人偶，装扮成绷带人的样子，再给人偶绑上线，简单固定在窗户边缘，有多简单呢，大概就是确保它可以在人偶师到走廊进行下一步操作期间不掉下去，同时又能在走廊窗户轻松拽动的程度。最后，人偶师只要抓住线团站在走廊的窗户旁边，静静地等候，等到了时间，就拽动手中的线，伪装的绷带人就会在受到重力和惯性的作用下，以人偶师手中的线团位置为圆心，在空中做半圆周运动，如此一来，便有了小妤看到的一闪而过的绷带人。"

"按你所说，如果是做半圆周运动，那么人偶在到达最高点后，应该会再一次沿着原来的运动路径返回，难道……"

"你也该明白了吧？人偶师放开了手中的线团，人偶借着惯性带着线团一起飞向了深不见底的山谷。当然，这需要精确测量与计算房间窗户到走廊窗户的距离、人偶的重量、洋房到山谷的距离，还有天气因素。其中，最重要的就是房间的位置。为了完成这个计划,人偶师所住的房间必须在走廊靠近厨房这一侧的尽头,同时,与山谷不同侧的房间。"

说到这里,所有人的目光都往那个人身上集中。那个低垂着头,遮住自己精致五官的女孩及她的双手放在膝盖上,手指向内扣紧,身体微微颤抖。

我接着说:"魏舒莹带了个大型行李箱,当我问起的时候,她告诉我说因为要带的东西太多。可事实上,昨天下午搜查绷带怪人的时候,我进过她的房间,虽然没有打开行李箱,但是我提起来之后发现很轻,显然没有装什么东西。这有可能是因为她把行李箱里的东西都拿出来了,然而事实并非如此,她房间的桌面上只摆放了几样常用的小物件,衣柜里也是空的,所以我只能认为行李箱里曾经装过某样东西。我想起魏一扬说过她的职业是手工艺人,再加上前天晚上她听到绷带怪人时极其不自然的反应,于是,一个大胆的猜想出现在我的脑海里:绷带怪人其实是魏舒莹制造的人偶。"

就在众人惊诧之际,小妤举手提问:"为什么她要让我看见绷带怪人呢?是因为我看起来胆子小,最容易吓唬吗?"

"不是这样的,恐怕她的目标是魏一扬,至于最后出现在厨房的竟然是你,我想她也非常震惊吧。"我说。

"目标是我?"魏一扬先是露出诧异的表情,很快又像是恍然大悟般长出一口气,"只能是我了。"

小妤快速眨动着眼睛,还是不明白:"可是,那张字条是从门缝塞进我房间里的。"

"这就是问题所在。仔细回想一下那天晚上她到四楼来找我们的画面,当时,我们都站在走廊上,唯独一扬因为鞋带开了,最后从你的房间里走出来,我想就是这个细节让她搞错了你和一扬的房间。"我看了一眼魏舒莹,她沉默不语,只是把头垂得更低了。

我继续说:"至于为什么字条上的署名是苏则,因为仅凭一张字条就能在半夜把一扬骗出来的人可不多,你们的第一反应是魏度吧,但不能是魏度,因为魏舒莹担心自己模仿的笔迹会被一扬识破。那么剩下的就只能是与一扬同行的我们,还是因为笔迹,前天晚上,魏舒莹翻看了苏则的笔记本,所以,这是她唯一能试着去模仿的笔迹了。"

"你想杀了我给哥哥报仇吗?"魏一扬缓缓走到魏舒莹身边,温和地问。

"我没想过杀人。"女孩抬起头,看着魏一扬连连摇头,"我只是,只是怀疑你是不是真的失忆了,我想吓吓你,说不定这样能让你说实话,对不起。"

魏一扬笑了,笑得很无奈:"实话……果然你还是认为我是杀害你哥哥的凶手。"

"我不知道。"魏舒莹抿着嘴唇,沉默着低下了头。

大厅陷入了短暂的安静,直到魏先登叫了声"哎呀"。

他指着魏舒莹,叫嚷着:"这么说来杀死魏菁的凶手该不会也是她吧?"

魏舒莹大惊失色,眼睛一下子就湿润了:"啊,不是的,我没有杀人,你们相信我,我不是凶手,邓教授,你一定知道的对吧?"最后,她站起来,哀求地看向我。

我立刻帮着澄清,说:"她是无辜的,杀害魏菁的凶手另有其人。"

唐智向后仰，直至身体完全陷进沙发里，然后用一副准备看好戏的目光盯着我："那么你先说说凶手是如何将魏菁的尸体从悬崖搬运到洋房，并且吊在露台下方的？"

我扶着魏舒莹，让她重新坐下后，开口说："如果我说是从山谷上方运过去的，各位相信吗？"

这次提问的是倚靠在楼梯处的司徒："跨越接近二十米宽的山谷吗？要怎么做到？"

"利用滑翔伞，或者利用铁索连接悬崖和洋房的后院。"我说。

司徒失望地摇着头，反驳道："顶着狂风暴雪用滑翔伞未免有些不切实际，利用铁索倒是更加安全，但是铁索需要在两端架设坚固的支点，凶手要如何在洋房后院回收悬崖这端的支点呢？"

"答案是做不到。"我说。

司徒显然不满意我的回答，继续追问："做不到？既然如此，凶手究竟是如何做到的？"

"有个最简单的办法，就是不用搬运，没错，你们没有听错，凶手不用考虑如何搬运，因为根本没有需要搬运的尸体，换而言之，尸体从一开始就不在悬崖那端。"

"不在悬崖，那在哪里？"

"当然是在我们发现尸体的地方，一直都在那儿，安静地、孤独地等待着有人能发现它，不幸的是，这恰巧是凶手刻意安排的。"

我的话又引起一轮骚动。

魏一扬与我对视一眼，犹疑了一下，才开口说："邓教授，你可能记错了，我和司徒都看见了悬崖上的尸体，而且三叔也说当时他和魏菁都在悬崖。"

"你们真的亲眼看见了魏菁的尸体吗？"我说，重音刻意放在"亲眼"两个字上。

"没错，我们都看见了。"司徒说。

"我记得你们的原话是，看见一个像是穿着红衣服的人，对吧？"我问。

魏一扬和司徒对视一眼后，怔了一下，随即低头陷入思索："当时暴风雪影响了我们的视线，只能看到大概的轮廓。难道说我们看见的不是魏菁？"

"当然不是，如果是的话，那才是真的见鬼了。"我像悬疑剧里的侦探慢条斯理地说着。我开始享受这样的感觉，吊足人们的胃口，被他们渴望的目光注视着，也包括惶惶不安的凶手。同时，我也紧盯着凶手，以防对方在我的眼皮底下溜走。

苏则轻轻咳嗽了一声，提醒我说："教授，差不多就行了。"

我转头看向谢姐，说："在此之前，谢姐，请你将杂物间那起离奇的失窃事件告诉他们。"

"是昨晚你让我务必保密的那个吗？终于可以说出来了吗？"这位诚实的女佣看来是因为秘密而被憋坏了，她长舒一口气，脸上的表情瞬间明朗，"昨天晚上，我发现杂物间里的桌布不见了。"

"谢姐，麻烦你把桌布的样子说得更详细一点。"我说。

"啊，好吧，那是一块破旧的红色桌布，长宽都在一米五左右。"谢姐说。

"会不会是之前被我们扔掉了？"马管家问。

"不会的，昨天早饭过后，我把魏度打翻咖啡弄脏的那块桌布暂时丢进杂物间时，它还在角落里，我确定。"谢姐说。

魏一扬深吸一口气,说:"所以,是凶手偷走了那块红色的旧桌布盖在自己身上,伪装成魏菁躺在悬崖上,让我们误以为那是魏菁的尸体。"

"正确。因此凶手必须满足两个条件:第一,知道魏菁当天的穿着;第二,知道桌布被换下来丢进杂物间。也就是说,凶手只能是在座的我们中的一员。"我说。

"到此为止是合理的,但是在那之后凶手又该如何逃脱?跨越山谷是行不通的,而我们又从另一侧赶来,迟早会迎面撞上,除非凶手先是躲在树林间,等我们路过之时趁机加入?"唐智问。

"不可能,之前已经讨论过,我们所有人都是从洋房里一同出发前往悬崖的,每个人都能为左右两边和前面的人做证,走在最后的还是你们侦探所的这位年轻小哥,如果非要说谁最有可能是凶手,只能是走在最后的他了。"魏章标说。

苏则镇定自若:"魏一扬和司徒在露台发现假尸体的时候,我和侦探所的同伴们就守在五楼的走廊,而且出门的时候我是故意走在最后面,一方面是为了确认面前都有哪些人,另一方面如果真的有绷带人,最后的那个人是最危险的。"

"既然如此,凶手怎么可能在我们之中?"魏先登问。

"我再说一遍,凶手只能是在座的我们中的一员,而且你犯了一个致命的错误,你刚才的话偏偏把凶手排除在外。"我说。

"胡说八道,这里除了我们就只剩下死去的魏菁,还有……"

魏先登的话戛然而止,想必他也想到了最后的可能性。在座的其他人也意识到了,大家的目光都逐渐聚集到那个人身上。

魏一扬激动地大叫:"不可能!三叔因为被凶手袭击,头部受了重伤，险些丧命，他怎么可能会是凶手？"

"我不得不承认，这是一个相当冒险的计划，不，这个手法的每个环节现在回想起来都相当冒险，稍有疏忽恐怕就会提前败露。但是，杀人本身就是最冒险的行为。"我说。

10

魏度始终一言不发，像是睡着一般紧闭双目，但仅仅是像，他的手掌正在大腿上不安地摩挲着。

我把目光从他的身上收回来，继续说："按照魏度所说，当时他站在树下，突然出现的凶手从前方抓住他的脖子，往身后的树干狠狠撞去，由此产生的巨大冲击力致使他陷入昏迷。在现场，我们也确实看到了他的脑部后侧有伤口，并且在树上找到了血迹，从而证实了他的后脑勺曾经与那棵树发生过猛烈撞击。"

"那还有什么问题呢？"魏一扬问。

"伤口和血迹仅仅能证实发生过撞击的事实。"我说。

"你到底想说什么？"他问。

"留在树上的血迹高度有出入，如果是被人抓住撞向树，血迹留在树上的位置距离地面的高度，应该与他直立时伤口的距离高度一致，或者至少相差无几，但是现场的情况却并非如此。"说完，我环视一圈观众的反应，却发现他们大多一脸茫然，"理解不了？"我问道。

果然，观众们纷纷摇头。

"早就说了你这样讲解是行不通的。"苏则说。

不知道他从哪里找到一块白板，总而言之，他把白板推到众人对面，然后寥寥几笔，一幅人背对着树站立的侧面示意图就完成了。

接着，他指着白板开始说明："就以这幅图来简单模拟当时的场景。魏度的身高是175厘米，伤口位于头部后侧，距离颅顶向下2厘米的位置，也就是离地面173厘米的高度。按照他自己的说法，他是被凶手抓住脖子撞向身后大树的，那么，留在树上的血迹高度就应该是173厘米左右，上下应该不会超过1厘米误差。关于这个误差的数据我们已经做过严谨的实验，我可以用我依然隐隐作痛的后脑勺担保，绝对真实有效。"

说到隐隐作痛的时候，我清楚地感觉到一道可怕的目光锁定了我。"都是为了找出真相"，我把这句从昨晚开始说了无数遍的话，又在心里默念了一遍。但也没办法，谁让他和魏度一样高呢。

"这样解释，大家能明白吗？"苏则问。

这次观众们纷纷点头。

可怕的目光消失了，取而代之的是苏则充满挑衅意味的笑容。

"那么有可能是凶手将他拎起来，再撞向树的。"魏一扬反驳道。

苏则继续说："不对哟，请你设身处地地想象一下，当你将人举起来，应该是顺势向斜上方推或者是平直向前推更加容易发力，对吧？那么血迹的位置应该在伤口上方，也就是高度大于173厘米才合理，然而，现场留下的血迹却截然相反。"

"相反？难道血迹高度比173厘米低？"

"我们测量过，血迹的中心高度为165厘米。"

众人目瞪口呆，他们完全没想明白这8厘米的误差究竟从何而来。

然而，苏则没有给众人留下太多时间思考，他继续说："总不能是凶手将他拎起来，再往下砸吧？对方可是一个身高175厘米，体重超过80千克的成年男性，普通人是做不到的，更何况那不是设计变量进行的实验。当时是真实发生的袭击，凶手只有极短的时间完成整个过程，所以这个设想成立的概率接近于0。"

魏章标越听越糊涂："既然如此，那么到底是怎么回事？"

"其实很简单，教授。"

苏则抬起右手将众人的目光都指引到我的身上。很好，到我表现了。

我先是转身侧对着观众，然后朝前低下头，最后猛地快速向后仰，顿时，周围再度陷入沸腾。正当我左右晃动脖子，准备继续讲解的时候，却被苏则抢了先：

"正如教授方才演示的一样，当人的头部向后仰时，后脑勺与树的接触位置也会相应地向下移动。至于为什么会出现8厘米如此夸张的差距，原因很简单，为了更好地发力，魏度往前迈了一小步，增加了与树的距离，同时也增加了施力的有效空间，教授，请再示范一次。"说完，苏则再次抬起右手，朝我做了个请继续的手势。

又是我？

与此同时，观众们竟然齐刷刷地看向我，眼里全是求知欲。那一刻，好像数道追光照在我的身上，驱使我不由自主地行动起来。

在苏则的指挥下，不，我凭什么听他指挥，应该说凭借我出色的眼力见儿，我走到白板旁，同样是侧面对着观众，后背贴近白板的侧边。第一次我直立后退半步，后脑勺刚好碰到白板的左上角；第二次我往前迈出一步，然后减慢速度缓缓向后仰，这次触碰到白板的位置要比左上角低了大概9厘米。

我的演示在观众们恍然大悟般的感叹声中再度落幕，聚光灯重新定格在苏则身上。糟糕，我彻底成了工具人。

"这个计划的确很冒险，同时也很精妙，其精妙之处就在于利用头部的伤口消除自己的嫌疑，讽刺的是，伤口的位置最终也成了计划的破绽。"苏则说。

此前一直保持沉默的魏度突然开口："破绽吗？为什么？"

我抢先说道："因为伤口的位置太接近颅顶了。而正常来说，头部后侧发生撞击的部位应该在枕骨隆突偏上的位置，枕骨隆突就是我们后脑勺凸起的骨头，是每个人都有的正常骨骼结构。"

"看来是我画蛇添足了。"魏度说，嘴角挂着无奈的笑容。

魏一扬无力地坐下，双手抱着头，痛苦地怒吼着："三叔，为什么要做到这种地步？为了遗产吗？你说过从来不相信宝藏，你心里也对家族继承遗产的方式深恶痛绝，不是吗？"

"当然不是，我是为了替魏旭报仇。"

"难道说两年前不是意外？"

"对，两年前是谋杀，那个女人和已经病死的家主联手将魏旭灌醉，再从楼梯上推下去，这是魏菁亲口告诉我的。愚蠢的女人这次竟然邀请我与她合谋，一同将别的候选人除掉，然后支持我继承遗产，条件是与她共享遗产。"

"都结束了，魏度，去自首吧。"我说。

"是啊，该结束了。"魏度笑着说道，带着一副释然的表情。

随后，他的视线开始缓慢移动，从每个人的脸上到洋房的每个角落，我不知道他在找什么还是在看什么，或许只是在回忆吧。最后，他的目光停留在通往二楼的阶梯处，那是两年前魏旭倒下的地方，他好像叹了一口气，是在缅怀吗？或者是？

"别让他往楼上跑。"

司徒十方突然大喊了一声，我们下意识地看向他，随即立刻反应过来，再去看魏度的时候，他已经跑向了楼梯。司徒立刻追赶，诺诺也紧随其后，没跑出几步，他们和魏度之间的距离就大幅缩小。

见到有机会，司徒纵身扑上前想要抓住魏度，眼看手指已经触碰到他的衣服，却就是抓不住，更糟糕的是，司徒倒下的身体反而将楼梯完全堵住。

幸运的是，我们正在追击的毕竟是身体虚弱的患者，这样的失误并没有使得他从我们的视线中逃离。然而，事实并非如我所担忧的那样，魏度在走廊奔跑，在经过画像不远的地方，打开了一扇我们所不知道的暗门。

暗门里只有一条通道，里面是一间巨大的暗室，在数不尽的烛火照耀下，我们看清楚了暗室的每个角落。这里只是一个普通的房间，白色的墙壁，红色的地毯，一张座椅，一张茶几，一个燃烧着火焰的壁炉。

原来这里是画像的背面。

我们追逐的人就站在画像下，他的眼前是纪念家族辉煌荣耀的画像，画像里的男人昂首挺胸，目光柔和，仿佛在对着他的后世子孙露出慈爱的笑。可是从背面看，更像是高傲地居高临下，笑容也变得轻蔑与戏谑。

"早就该结束了。"

魏度反复说着这句话，先是痛苦低吟，然后是歇斯底里地啜泣的声音，最后仿佛用尽全身力气地咆哮，同时，身体奋力撞向巨大的画像。

下一秒，镶嵌在墙上的画框倾倒了，玻璃支离破碎，刺进他的身体。强风从外部席卷而来，瞬间吹灭了所有烛火，取而代之的是走廊的灯光，装满了整间暗室。

魏一扬说，三叔的心愿是打破世世代代受到的束缚，某种程度上，他做到了，只是付出了生命的代价。

但是，实际上他没能做到，而且失败得很彻底。当天傍晚，遗产继承集会依旧有条不紊地进行着。

11

将魏度送回他的房间后，我们六个人回到了魏一扬的房间。魏舒莹也在，她是来道歉的，也是来询问我们的调查结果的。

"请再给我一个晚上思考。"苏则用郑重的语气开口说道。他的面色凝重，表情也有些挣扎。

魏一扬以求助的目光看向我，我闭上眼睛，摇了摇头。

因为十五年前的事件全权交给苏则负责，我才得以专心解决这次的命案，即便如此，案子尚有未解之谜，而这些谜题似乎也随着魏度的纵身一跃变得支离破碎。

不久之后，司徒再度敲响了房间的门。

"你来做什么？"小妤问，她的语气毫无波澜。

司徒的语气中带着与这个房间格格不入的活力："作为新任宗家的代理人，出于礼貌特地来打个招呼，当然主要是和两位魏家人，"紧接着，他的目光快速转向我，"顺带有些话想和邓教授单独聊聊。"

"正好，我也有问题需要你解答。"我说。

"那还真是巧了。我在外面等你。"说完，司徒转身走了出去。

"要不要我陪你去？"苏则问。

我摆摆手拒绝了他的好意："只是闲聊几句而已，助手，你身上还有未完成的重任呢。"

苏则看了眼委托人，用力点了一下头。

"诺诺，其他人的安全就交给你了。"我顺嘴交代了一句，虽然心里清楚这句话完全是多余的。

我跟着司徒来到了五楼的走廊，灯光将走廊的每个角落都照得透亮，连同瘆人的死寂也暴露无遗，尤其是陈列室里冷冰冰的老东西，仿佛都在对着我散发寒光。

司徒也在看着陈列室，他突然转头看我，开口说："你不觉得这个房间里的东西对现在的魏家就是一种讽刺吗？虚无缥缈的荣耀和支离破碎的家族，真是可笑。"

"你带我来这里，不会只是想让我听你的吐槽吧？"我问。

他耸耸肩膀，报着嘴笑着说："反正时间充裕，先说些轻松的废话也不要紧，难道教授你是一上来就火力全开的类型吗？对了，你有迫不及待想问我的话吧？那就问吧，我会尽可能诚实地回答你。"

我毫不犹豫地给了他一个白眼，开始问："刚才我们劝魏度认罪自首时，你的那句'别让他往楼上跑'，看似是在提醒我们，实则是在引导他往楼上跑对吧？"

"我怎么就不能是因为注意到楼梯那里没人才这么说的呢？"

"当然不会有人，因为最开始靠着楼梯扶手站在那里的人就是你。'这是我的位置，谁都不要过来'，虽然你没有把这句话说出口，但是你站在那里的举动本身就是最直接的暗示。"

"暗示？那你认为我为什么要帮助杀人凶手？"他的表情很轻松，看不出急于为自己辩解的慌张，语气也像是在讨论一个无关紧要的话题。

我缓慢地吸了一口气，不是因为紧张，而是即将说出推理的兴奋："因为你是魏度的同谋者。现在想想，你来找魏一扬的时候，正好是魏度出门的时间，你以谈判为借口，将魏一扬带到露台，目的是让他亲眼看见对面悬崖上魏度伪装的尸体，同时洗清你的嫌疑。是的，露台是这座洋房可以看到悬崖全貌的唯一区域，你和魏度合谋，所以，魏度告诉了你关于魏一扬的过去，你知道露台对于他的意义，你知道他的弱点不是财宝，而是遗忘的记忆，因此，你确信可以用帮他找出十五年前的真相为诱饵，吸引他上钩。我说了这么多，你不反驳吗？"

司徒冲我咧嘴一笑："反驳，为什么？你说得很对，如果不是出于立场，我甚至想为你献上掌声。"

"立场？对，是立场，你是魏媛的代理人，名义上替她争取遗产，实际上却在帮着魏度杀人，你到底是谁？你到底是以什么身份出现在这里？你到底在这个杀人案里扮演了什么角色？"

"以你的智慧不是已经猜到答案了吗？"

"是你想出这个手法的,你才是幕后黑手。"

"别把话说得那么难听嘛,我只是热心地向有需要的人提供了一些便利。不过,有一点需要申明,关于洗清自己嫌疑的办法,我给他提供了上、中、下三条计策,是他执意选择了下策。即便如此,我给他的方法是背部贴紧树干,低头,再用力向后撞,偏偏他又自作聪明,擅自篡改我的计划,这才被你们看出了破绽。"

"他当时说的画蛇添足原来是这个意思。"

"大概是在后悔吧,可惜为时已晚。"司徒耸耸肩,说得云淡风轻。

真是让人不爽的家伙,剩下的话还是等到把他绑起来再说吧。我紧紧盯着他,双拳紧握,等待着一招制敌的最好时机。

"你喜欢喝咖啡吗?"我问。

司徒愣了半秒钟,不解地笑道:"不算讨厌,怎么,邓教授打算邀请我喝咖啡?"

"也不是不行,我很擅长泡咖啡,不过是速溶咖啡。"

"速溶咖啡无论谁泡不是都一个味道吗?"

"错,不同的水温,不同的水量,味道自然也会存在差异。"

"受教了,你说得我都有些期待能够和你一起喝咖啡闲聊的那天了。"

"或许会是个愉快的午后。"

"我想是的。"司徒眯起眼睛,笑容格外真挚。

机会来了。

我立刻两个大跨步向前,眼看我们之间的距离缩短到三米以内,有戏,只要能够再接近一点,我就有信心压制他。

就在我以为自己占据上风的下一秒，形势彻底逆转了。

心跳剧烈。

呼吸越发急促。

全身的血液都在急速涌动。

名为恐惧的情绪逐渐席卷全身，额头发麻，汗珠也不争气地冒出来了。

不是在做梦，一支黑色的手枪就在眼前，不偏不倚瞄准着我的额中穴。

你可能会想，现实世界中哪能那么容易看到真枪，又不是警匪片？说实话，今天之前我也是这么认为的。

麻烦的是，现在的我有理由相信眼前的就是真枪，因为就在前一天，我亲耳听见枪响。

那是我这辈子听到的第一声枪响。

糟糕的是，我平生听到的第二声枪响，恐怕就是我在这个世上听到的最后的声音了。

幸运的是，呃，勉强算幸运吧，司徒并没有立即扣动扳机，他似乎还打算和我闲聊几句。不到最后一刻就不能放弃，说不定我还有反败为胜的希望。

"你究竟是谁？"我率先出击。

司徒轻蔑地笑着："这话应该我来问才对。邓教授，你究竟是谁？大学教授？复仇者？私家侦探？或者警方的特勤？总不能是未对外公开的秘密安全部门人员？不可能存在那种机构吧？"

他稍稍向右偏了偏脑袋，始终直视我的双眼，他的黢黑瞳孔衬托着明亮的双眸，闪烁着月亮般清冷的光芒。我不清楚他能从我的眼睛里读出什么信息，反正我只看见虚幻的静如止水，如同被囚禁在封闭的水牢之中，而四周是波浪滔天的幽暗海面，随时都会被海浪吞噬的未知恐惧刺激着身体内的每一根神经。

他的嘴角向两侧上扬，保持在微笑的角度，看似亲切却又生硬，仿佛是被雕刻在脸上般一成不变。说起来，他的五官俊秀端正，确实像是戴了一层假面，美得令人捉摸不透。

"不会的，我此前的策划都是恶作剧级别，充其量就是小孩子扮家家酒的游戏，不足以引起警方的注意，那么，是为什么呢？真的是巧合吗？你真的是在无意间搅和进最近两次的计划吗，邓钟教授？"

"既然发问，就表述清楚些，别一个劲地在那儿自言自语。"

他的脑袋还在往右侧偏，接近与脖子形成七十五度夹角："是缘分吗？"

"你有在听我说话吗？等一下，两次？"

我记得事务所成立至今共接了五次委托，可是能正儿八经称之为案件的只有最初的两次。

"天桥案，还有杀人预告案，难道都是你在背后捣鬼吗？"

"既然你这么问了，看来还真是无意间妨碍到我了。"

"你到底做了什么？"

我的内心燃起了无名火，甚至忽略了被手枪瞄准脑袋的处境，气势汹汹地朝他迈了半步。但也只是一两秒钟而已，他只是晃了晃手中冰冷的枪，就浇灭了我的心火，迫使我又后退了一步。

"真是奇妙的缘分呢，但是八成是孽缘呢。"他感叹道。微笑的假面换成了苦笑。

这话该是我说才对。

"第二天深夜的枪声是你制造的？"

"没错，那是我的A计划，具体的计划就没必要让你知晓了，反正已经被突如其来的绷带人彻底打乱了。"司徒苦笑着说，"无奈之下，我只好花费几个小时制订新的计划，恰巧绷带人的出现给了我灵感，于是，一个崭新的，对魏度而言有些粗暴的计划诞生了。"

"你不担心绷带人真的存在吗？"

"只是个传说而已，逗逗你们的，你不会真的相信了吧？"

他挑衅般看着我，可我懒得搭理他。就这样，微妙的僵持在我们之间持续了数秒钟，然后被凌乱的脚步声打断。

随后，背后传来了小妤的声音："原来你们在这里呀。"

"都别过来，他手上有枪！"我大喊道。

"哟，菠萝包侦探事务所的各位，你们果然还是找过来了。"司徒抬起右手和苏则他们打招呼，目光却始终盯着我。

"教授，你们……到底怎么回事？"苏则问。

我用尽全力吼了出来："快逃，他手里有枪！"

话音刚落，我的左膝盖外侧就遭到一记猛踢，身体因为突然产生的疼痛失去平衡。就在我以为要倒地的时候，有人拽住我的脑袋，强行旋转我的身体，紧接着，我膝盖后侧又挨了一脚。太快了，我几乎没有时间做出反应就已经跪在地上，眼前是侦探事务所的同伴，他们距离我十多米远，先是目光呆滞，然后终于像是看清了局势般，露出惊慌的神色。

"别激动嘛，教授，绝对不会对女人和小孩动手，这是我今天的信条。"声音是从脑后传来的，同时传来的，还有手枪坚硬冰冷的触感。

苏则挠着鬓角："慢着，我难道被算在小孩的行列里了？"

司徒打趣地说道："真遗憾呀，苏则同学，你不算。如果你身上穿着校服，我倒是觉得有以假乱真的可能。"

"那我现在去换身衣服还来得及吗？"

"不必如此大费周章了，今天我也不打算杀你，至于邓教授嘛……"

我的心一悬，问道："我也是安全的吧？"

司徒将枪从我的后脑勺拿开，但是又立刻抵住我的后脖颈处："你有点过于碍眼了。总而言之，先来正式地做个自我介绍吧，我是犯罪策划师，Shadow Magician，翻译过来就是暗影魔术师，名叫司徒十方。"

"名字怕也是假的吧？"我问。

"谁知道呢？反正姓名只是方便互相之间称呼的工具，是真是假重要吗？"司徒反问道。

"所以代理人的身份也是瞎编的。"

"我只能有一种职业吗？"

"那犯罪策划又是什么意思？"

司徒意味深长地从鼻子中呼出一口气，说："简而言之，就是为有需要的人提供精妙高明的犯罪手法，某种层面上和侦探也差不多，都是为客户服务，只不过你们得感谢我为你们带来更多客源。"

"我们是侦探，和你这种杀人犯完全不一样。"小妤反驳道。

"话说，有些事情我是不是应该澄清一下呢，免得在警方的通缉令里，我成了教唆杀人的恶徒。当然，最重要的是，我不想在两位美丽的女士眼中留下坏印象。"司徒说。

虽然看不到司徒的表情，不过，我从小妤和诺诺的脸上看出了一丝厌恶。

司徒接着说："关于天桥案和杀人预告案，你们似乎是这么给这两起案子命名的，那么我也这么说好了，你们心里应该在想我真是怪体贴的吧？我向来如此。好了，言归正传。首先，天桥案的杀人行为与我无关，那个女人找到我的时候，人已经死了。不要摆出一副怀疑的样子，如果是我策划的，怎么可能会是如此丧失美感的犯罪手法呢？所以，她只是诚心诚意地问我脱罪的方法，于是，我就告诉她，反正没有证明你杀人的证据，那就把罪推给你最讨厌的继母吧。没有证据？对啊，就是因为没有证据，那就让别人想办法制造，找谁呢？警方是不可能的，私家侦探我看就挺好，找那种看着就像是缺业绩的又名不见经传的，只要稍加暗示，他们就知道该怎么做了。"

听到这里，小妤指着司徒，愤愤不平地说："什么叫缺业绩又名不见经传？真让人生气，诺诺，给我狠狠地揍他。"

诺诺刚跨出一步就退了回去："慢着，教授还在他手里做人质呢。"

小妤看看她，又看看我，抱怨道："也是啊。邓教授，这种关键时候你怎么拖后腿呀？"

"你以为我是心甘情愿跪在这里的吗？我比你还想打他好吗？"我刚准备破口大骂，后脖颈处就感觉被硬物撞了几下，然后就只好把语言消散在深呼吸中了。

司徒咳嗽一声，又把话题扯了回去："我们接着说第二起案件，杀人预告案，简单明了，因为压根就没有死者，我也不了解委托人想用什么手法复仇，他只说想杀一个人，但是又不想那个人不明不白地死去，要让那个人反思自己犯下的所有罪孽，在回忆中怀疑、恐惧、受尽折磨，就是这样。现在回想起来，其实我什么都没做吧，只是好心地回答了委托人的问题，不是吗？"

小妤倒是无所顾忌，直接就骂了出来："浑蛋，你到底还想做什么？"

"想做的事情可太多了，只是现在还不能告诉你们。"司徒不怀好意地笑着，"闲聊到此为止，时间差不多了，我该赶飞机了。今天就算是和诸位打个招呼。不过嘛，教授，你算是个例外。"

"喂，你非得针对我一个人是吧？"

"没办法，你看起来不像是会老实待着的那种人。"

"我绝对不会放过你的。"

"你看看，我就说没看错你吧，没办法，那也只能如此了。晚安，教授。"他说，依然是轻声细语，带着笑意。

我还没来得及再争辩两句，就听见脑后响起"砰"的一声，只是一瞬间的震撼，甚至连疼痛都感受不到。我看见苏则他们向我跑来，眼前出现重影，视野逐渐收窄，连声音也听不清了，身体不受控制地往前倒下。

无能为力，到此为止了吗？

奇怪的触感传来，从我的正面，脖子以下，胸腔以上，这种感觉像是被人揪住衣领，前后用力猛甩。头晕目眩，讨厌的感觉。

"没有效果吗？"是苏则的声音？

"怎么办？"还有小妤的声音。

"不会要人工呼吸吧？"诺诺的声音也出现了，难道是回光返照？

"事已至此，只能动用那个了。看招，秘术·额间一闪！"

伴随着苏则的怒吼，无以言表的痛楚在额头中心爆炸，然后迅速通过神经元或者突触还是别的我记不清的生物学名词，总之，疼痛传遍了全身，痛到让我眼冒金星的程度。

后来我才知道，我那无聊又酷爱整活儿的表哥曾经在酒店举办过一届弹脑门比赛，而凭借无可比拟的力道和打击精度，最终脱颖而出摘得桂冠的正是眼前这位屏气凝神，摆好架势打算对我造成二次暴击，我曾经亲切的助手。

"第二发，破天……"

在苏则念完奇怪的招式名称前，我及时伸手拦住了他。

"住手，已经足够了，再弹一次你就要成为杀人凶手了。"

苏则一本正经地看着我说："不至于，我们天蝎座是很仁慈的，在感受完全部十五发弹击之前，你是不会死的。"

我信你个鬼，虽然我想这么说，但眼下我还有更想说的话："怎么回事，我明明听到了枪声，竟然还活着吗？"

小妤毫不客气地掐了一下我的大腿："有感觉吧？所以说，你何止是活着，分明是毫发无损，除了额头肉眼可见的红。阿则，你刚才下手是不是重了点？"

苏则说："别紧张，只是局部充血而已，不严重，过几分钟就好了。"

我伸手摸了摸自己的后脖颈，确实没有伤口："可恶，被他耍了。"

苏则嘲弄似的看着我："你是笨蛋吗？犯罪策划师怎么可能轻易弄脏自己的手，你就是被他吓晕过去了而已。"

我没好气地质问他们："那你们不早点冲过来救我？"

苏则解释说："话虽如此，可要是把他逼急了，万一他真的从口袋里掏出刀子，那就不好办了。"

小妤还不忘落井下石："没想到教授这么胆小，诺诺，这段一定要记下来，记得着重渲染他刚才的表情。"

诺诺甚至往井里倒砒霜："放心，我已经写好腹稿了。"

我攥紧拳头，已经开始想象把司徒踩在脚下的画面："竟然让我这么丢脸，那个浑蛋人呢？"

"跑了，趁着你被吓得失去知觉的这段时间。"苏则轻描淡写地说。

"闭嘴。"

我站起身，看向背后。司徒十方就是朝这个方向逃走的，沿着脚下的走廊直行，那里只有一个出口，通往室外，就是无路可逃的露台。

我信心满满地拉开通往露台的木门，刹那间，冰冷的风夹杂着雪席卷而来。然而阳台上此刻却空无一人，只有一根绑在石质栏杆上的黑色钢索，钢索的另一端连接着远处的森林。

身旁的苏则似乎踩到了什么东西，他弯下腰，扒开积雪，从里面取出一支黑色的手枪，攥在手里，然后"噌"的一下站起身，举枪瞄准森林，或许没有瞄准，他只是顺着钢索的方向，扣动了扳机。

雪花在空中起舞，在这片银装素裹的世界里，突然呼啸而来的风声无情地抽打着我的自尊心。只有风声，没有子弹出膛时沉重的那一声"砰"，原因很简单，那是一把玩具枪，那个浑蛋甚至连空包弹都不屑于装上。

至于此前听到的两次枪响，当然也是司徒十方的拙劣伎俩，提前准备好的录音，调好时间就能自动播放。这不是我的猜想，而是推理，证据就是和手枪埋在一起的，像白雪公主般沉睡在洁白的积雪中等待被唤醒的那支黑色录音笔。

我不知道司徒是如何在这冰天雪地中全身而退的，反正当我再次见到他时，他依旧面色红润，没有一丝被冻伤的痕迹，不过，这都是后话了。

小妤看着远处的树林，咂了咂舌，她又想到了一条新的规则。

规则6：越美丽的人越危险，无关性别。

12

第三天早上，暴风雪已经减弱许多，我们再次与当地警方取得联系，说明了目前的情况，得到的答复是，最迟下午，他们就会到来。

时至中午，出乎我们意料的是，在警方到达之前竟然又来了一个拖着行李箱、素面朝天的中年女人。无论是脚步声，还是行李箱摩擦地面发出的巨大响声都在向我们传达一个信息，此刻她很愤怒，而且是怒不可遏。她的嘴不住地翕动着，像是在低声咒骂着什么。

唐智扶正眼镜，定睛看去："魏媛，你怎么这副模样出现在这里？"

魏媛撒泼似的怪叫着："废话，还不是为了来参加这个该死的遗产继承集会！"

一旁的魏章标跳了起来："你在说什么，你不是已经委托那个叫司徒十方的男人全权代理吗？"

"司徒十方。"引发她暴怒的源头找到了。她恶狠狠地反复默念这个名字，脖颈处的青筋一条接着一条浮现，脸上各处的皱纹交错，眼睛也瞪得老大，仿佛下一秒就能冒出火光，何其可怕呀，丑陋又难得一见的画面，"那个连禽兽都不如的浑蛋在哪儿？给老娘滚出来，不就是长着一张漂亮脸蛋吗？我要把你的脸皮扯下来，撕成碎片！"

"他已经离开了。"魏先登说。

据这个中年女人所说，为了搭乘最早一班航班，她在机场附近的酒店住了一晚。也是在那里遇见了司徒，司徒端着酒，慢悠悠地走过来向她搭讪，两个人相谈甚欢，气氛十分微妙，原以为能共度一个难忘的美妙夜晚。可是，美妙是不存在的，只剩下终生难忘。她在酒吧被司徒灌醉，又在司徒的指挥下被酒吧服务员拖回了房间，最后，司徒趁乱将她的身份证、机票和化妆包全部偷走，甚至在酒吧服务员离开房间前就消失不见了。

"照你这么说，那个叫司徒的并非受你委托，作为你的代理人来到这里参加遗产继承？"唐智仓皇失措，因为司徒已经以代理人的名义在转让合同上签了字。

魏媛迫不及待地问道："当然不是，等等，遗产继承结束了吗？

结果如何？"

"结果由你继承。"其余的潜在候选人都不甘心接受这个结果，十分默契地共同保持沉默，只有魏一扬站出来，落落大方地说道。

听到是自己继承遗产的消息，那个女人立即喜笑颜开，竟然开始夸奖司徒能干，不愧是她看上的男人。

魏章标重重拍打了一下桌子："等等，既然不存在代理的事实，我认为昨天决定的继承合同也应该取消，我要求重新选举。"

魏先登也跟着搅和进来："我赞成。按照此前定下的规则，缺席者理应直接剥夺继承权。"

魏媛哪能让到手的遗产跑了，大声嚷了起来："你们给我闭嘴，遗产是我的，你们谁都别想抢！"

两个潜在继承人和资格存疑的继承人你一言我一语吵得不可开交，又是丑陋纷乱的场面，眼看着就要拳脚相向了。

魏一扬摇摇头，走出了别墅，我们也随后跟上，走在最后的苏则顺手关上了门。世界顷刻间安静了许多，只剩下眼前的一片洁白和雪花触碰肌肤时的片刻冰冷。

"我们回去吧。"我们的委托人背对着象征财富与荣耀的巨大洋房，如释重负说道，"侦探事务所的各位，现在可以告诉我了吧，我所遗忘的真相。"

我从背后推着苏则往前走了一步："助手，把你设想的结论说出来吧。"

苏则回过头看着我们，脸上久违地流露出挣扎的表情，曾经丧失过记忆的他，要比我们三人更加清楚其中的感受，失去记忆的茫然，好奇未知的期待，重拾记忆瞬间的欣喜，抑或面临恐惧。

"阿则，我命令你代表菠萝包侦探事务所解答客户的疑惑，圆满完成客户的委托。"小妤拍了拍苏则的肩膀说，诺诺也朝他笑了笑。

"请让我也知道真相，拜托了，关于哥哥死去的原因，无论如何我也想知道。"魏舒莹也跟着跑了出来，她深深地鞠了一躬，再次抬起头的时候，我发现她脸上的神情比之前任何时候看起来都更加果敢。

苏则换成一种公事公办的语气问道："在此之前，容许我再度确认，魏一扬先生，关于那天，你真的一点细节也回忆不起来了吗？"

魏一扬绞尽脑汁，仍然坚定地摇了摇头："我尝试过躺在曾经落下的地方，站在这座别墅的每一寸地面上，结果都无济于事，关于那天的记忆就像是从来没有存在过一样。"

"十五年前发生的事情已经无法用证据证明，所以接下来我所说的全部都是我的猜想，没有冒犯的意思，也没有针对任何人，一切都是基于我对现场的观察，以及你所阐述内容的分析，由此得出的结论。"

"阿则，你有话不妨直说，我已经做好了所有心理准备，再糟糕的结果我也能承受。"我们的客户表现得镇定自若，也有可能是在强装镇定，因为他对我这位助手的称呼第一次从苏先生变成阿则。

苏则用郑重的语气开口道："根据你父亲在笔记本里记录着的现场情况，死者坐在露台，背靠着栏杆，下腹部插着一把利刃。"他表情温和，但面色凝重，"究竟是基于什么样的动机我无从得知，但是，我认为那不是一起谋杀案，而是自杀。"

"自杀？"魏一扬和魏舒莹异口同声喊道。

"没错。魏先生，你记得我问过你十五年前的身高吗？"苏则笃定地说。

"哦，昨天晚上你确实问过，你还顺便问了死者的身高，可是，身高和这个案子有什么关联呢？"魏一扬疑惑地问道。

"身高可以解释为什么你不是凶手。"苏则顿了顿，"因为笔记本里还有另一句话，利刃刺入死者的角度是自上而下的。根据你的记忆，当时你的身高只到死者的胸口，对吧？"

魏一扬点点头："是这样的，没错。"

"大概就是小妤和教授这样的身高差，不妨就让他们来做个直观的演示吧。"苏则看着我和小妤，继续说，"小妤，你想象手里握着短刀，刺向教授的腹部。教授，你不用做动作，站着不动就好。"

小妤眨了眨眼，来回看着我和苏则，我笑了笑示意她随时可以开始，她才犹豫地点了一下头，然后摆好架势，向我扑了过来。完成整套动作之后，她停下来看向苏则。

"刚才是右手持刀对吗？那么，接下来换成双手持刀，再来一遍。"苏则不顾魏一扬和小妤困惑的表情，冷静地说。

小妤退回原处，重新摆好架势，这次她双手握在一处，再次刺向我。

"你们看出两次动作的相同点了吗？"苏则问。

魏一扬先是摇头，随即又迷茫地点了点头："除了单手和双手握刀，其余的都一样啊。"

"那你注意到小妤手腕的变化吗？看起来是没有。小妤，单独做一次刺出去的时候手部的动作。"

无论是单手,还是双手,小妤都照做了一遍。

"手腕向上抬了?"

"对,关键点就在于刺出去的时候手腕上抬了。"

小妤更加纳闷了,她问:"我只是下意识地抬起手腕,这样做不对吗?"

苏则笑了笑:"完全正确,应该说这本身就是人下意识会做的选择。"

魏一扬也是一头雾水:"苏先生,你到底想说什么?"

苏则收起笑容,沉稳地说:"如果按照小妤刚才的演示,刀应该以自下而上的角度刺入教授体内,但是,笔记本里明确写着,当年刺入死者体内的利刃恰好相反,是从上向下刺进去的。"

"可是刚才是小妤在演示,如果是我,未必会是相同的结果。如果我握刀的时候高举双手向下扎呢?"魏一扬问,他的眼中开始出现期待的目光。

"不对,是下意识的动作。自下而上是最容易发力的方式,所以在攻击时会下意识选择这样的动作。"诺诺走上前,对小妤说:"小妤,你试着从上向下扎我。"

"又是我?"小妤嘟囔着,但还是照做了。

这次,她高举双手向下扎,可是却扎在了诺诺的胸口处。当她退后一步,打算再做一次的时候,发现诺诺其实是踮着脚的。

"诺诺,你犯规。"小妤抗议道。

诺诺后脚跟重新着地,解释道:"不是犯规,是为了尽量还原身高差距。魏先生,你刚才应该看见了吧,如果是从上往下扎,由于你们存在的高度差距,刀子是不可能刺中死者腹部的。而且,这样的攻击方式,很容易被高个子轻易防御化解。"

"那么如果我是在他坐在地上的时候攻击他的呢?"魏一扬的情绪激动,嘴里大口大口地呼出白气。

苏则已经保持镇静:"坐着的状态下,身体会自然弯曲,这种情况下腹部基本会被双腿遮掩住,假设你是站着攻击他,那么他的伤口应该在肋骨高度;假设你是摔倒在地,那么刀子刺入也应该是平行的或者自下而上的。"

魏一扬用力吞咽了一口唾液,无比期待这个答案的男人用几乎是哭腔的声音,断断续续地问:"所以,我不是凶手,真的不是我杀的,对吗?"

"也许你当时是想阻止死者自杀,可是,因为力量悬殊,在与他争执的过程中,你意外从露台掉落下去。"苏则的眼神中闪烁着坚定而认真的光芒,郑重地宣布道,"如果你没有隐瞒,如果笔记本所述是真实可信的,如果十五年前在场的其他人没有撒谎,那么我的结论是,你不是凶手。"

听到这里,魏一扬仰起头,放肆地呼吸着,太阳照在他豁然开朗的面庞上,我看见一颗晶莹剔透的水珠从他眼角涌出,滑落,凝结,最后挂在他扬起的嘴角上。

与他形成鲜明对比的是,从刚才开始就一言不发的魏舒莹,脸上的表情非常复杂。我想,无论她的内心是否接受,比起绷带人的传说,她一定更多地想到过哥哥自杀的可能性。

"苏先生,你能不能告诉我哥哥自杀的原因?"她抓住苏则的手臂,而且抓得很用力,以至于手指深深陷进苏则的外套。

苏则被女孩的气势吓得不轻,脱口而出先说了抱歉:"我实在想不到自杀的理由,但是,教授应该已经想到了吧?"

话音刚落,我就感受到女孩炙热的目光,我连忙对她做了个冷静下来的手势,然后将心中的设想说了出来:

"我有一个大胆的猜想,你哥哥寻死的原因,大概是他进到了那间暗室,看到了那幅画的背面,那张朝他露出轻蔑笑容的丑恶嘴脸。我之所以这么想,是因为一扬父亲的笔记本里提到过,前一天晚上你哥哥突然消失在二楼走廊,我猜测,他就是在那时候走进了暗道。"

不久之后,警方如期而至,我们与司徒的第一次正面对决也在冰雪的见证下黯然落幕。

第四章

饮食规则：夜宵禁止椰子鸡

1

年关将至，又到了要对过去一年进行大盘点的时候，盘点通常需要三到五天，这是让姚辰期待又紧张的重要时刻，为此中介事务所甚至会暂停营业。

事务所是她本人独自管理经营，不需要向任何人定期汇报盈利或财务状况，因此她只确保每笔款项支出都清晰地记录在 Excel 表格，从来不着急汇总计算盈亏，哪怕只需要再输入一串简单的运算代码，电脑就会自动计算出结果。然而这不是她想要的，她喜欢惊喜，大大的惊喜。

姚辰端起杯子，还剩下大半杯的咖啡早已经凉透，她的眼角余光瞥见电脑屏幕的右下角，八点四十九分。换作平常，事务所还没开门，今天却已经盯着密密麻麻的数字超过一个半小时，头皮发麻。核对数字什么的太折磨人了，惊喜也需要付出代价啊。

这时候，门外传来急匆匆的脚步声，很快门就被粗暴地推开。

"欢迎光……"

经验丰富的中介下意识说着，但是还没等她把话说完，办公室就涌进来两个男人。

走在前头的男人年纪在四十五岁左右，瘦高个，接近古铜色的皮肤给人一种健康的印象。两只厚实的手掌用力拍在桌子上，弯下腰，身体朝前，神情严峻，如同雕刻般棱角分明的五官仿佛一柄利剑指向姚辰，但是，垂在耳边的一小撮辫子又给他的形象增添了几分可爱。

与他的表面强势不同，站在他身后的男人则是一副人畜无害的模样，甚至给人如沐春风的错觉。身高一米七五，不胖不瘦，浓眉大眼，皓齿红唇，身穿一件白色休闲外套，扑面而来的少年感完全掩盖了他已经三十出头的事实。

姚辰认出是菠萝包事务所的侦探，前几天才刚刚给他们介绍了一起委托，据客户反馈，案件顺利解决，而且对于事务所的表现十分满意。按理说，今天应该是其乐融融的气氛，但是此情此景，办公室里的气氛如同沿着教授发丝滴落的雨水一样低落。

滴落？低落？又想到个不错的押韵。中介满意地点了点头，今天又算开了个好头。

她热情地打招呼："哟，侦探来敲中介的门，倒是稀客。就是不知道两位这一大早冒雨来寒舍,有何贵干?"

"我们……两位?"邓钟回头看了看苏则,诧异地问,"诺诺呢?"

"在这儿呢。"

伴随着慵懒的声音,走进来一位含着棒棒糖的女孩。诺诺今天穿着毛茸茸的连帽外套,还是一如既往地可爱。睡眼惺忪,一副无精打采的模样,但见过姚辰之后还是热情地打招呼,并从口袋里掏出一根棒棒糖递给对方。顺带一提,她是菠萝包侦探事务所的吉祥物,也是武力担当。

"你们所长呢?"姚辰问。

"小妤说来你这儿也问不出什么线索,所以干脆上街买菜去了。"肖柠诺盯着邓钟的背影,不情愿地说,"其实我也不想来,都怪教授硬拉着我过来。"

姚辰转向邓钟,问:"所以,邓教授想问我的是什么事?"

"司徒十方。"邓钟说。

"听起来像个人的名字。"

"就是那个长得比女人还好看的男人。"

"比女人还好看的男人?那倒是少见,在哪里?我也想看看。"

"少装蒜,你给我们介绍的案子,你难道不清楚参与其中的都有谁吗?"邓钟怒气冲冲地质问道。

姚辰被问得摸不着头脑:"我是中介,只管介绍生意,又不是侦探,哪管案子里都有谁参与。"

邓钟依然不放弃:"那就对了,既然你是中介,应该也给犯罪策划者,那个自称暗影魔术师,英文叫 Shadow Magician 的家伙介绍过生意吧。"

"没有。"姚辰否认道。

"不可能。"

"确实不认识。话说邓钟教授你这么激动，不会是被你口中的那位犯罪魔术师……"

"犯罪策划者，暗影魔术师。"

"这名字怪中二[①]的呀，你不会是被他给怎么着了吧？被人家的美貌吸引，结果关键时刻发现是个男人，然后心灵遭到重创，难道已经被骗色了吗？"

"怎么可能？"教授大声吼道，可能是情绪太过激动，他觉得有些脑缺氧，"头晕了，苏则，换你上，把她的嘴撬开。"

"我没有什么想问的。"苏则只是瞥了一眼中介，就匆匆把目光移开了。他从走进这间办公室开始，就被墙上挂着的各种照片吸引，当然这是借口。还有一个更重要的理由，那就是同样是从走进这间办公室开始，他就感受到了姚辰的目光，炽热到无法忽视的目光。

"苏则同学，约会的事情考虑得怎么样了？要是不喜欢看电影，我们可以去迪士尼乐园，环球影城人家也很期待和你去呢。"

"我拒绝。"

"讨厌啦，但是姐姐是不会放弃的。"

[①] "中二"这个词汇源自日本，用于形容青少年在成长过程中出现的一种特殊心理状态。在这个阶段，孩子们因为自我认识的增强，开始更加注重内在感受，并且对周围的世界充满好奇与探求的渴望。他们可能会有一些特别的行为举止和想法，例如幻想着自己具备某种超凡的能力等。

"喂，苏则，振作点，别两句话就被打败了，你在那儿脸红个什么劲啊，笨蛋。"眼见助手已经靠不住了，邓钟转身看向诺诺，"没办法，只好采用非常手段了，诺诺，给我上。"

肖柠诺连忙摆摆双手制止他："不行啦，教授，临出门前小妤特意嘱咐我，不能纵容你严刑逼供。"

"打断一下，你们要找的那位到底是谁？"

"不是说了吗？司徒十方。"

"所以说这个司徒十方是谁？"

"不是也说过了吗？犯罪策划者，暗影魔术师。"

姚辰仰着脑袋，目视邓钟，就像一个与香菜势不两立的人看着另一个人津津有味地舔着香菜味甜筒冰激凌，难以理解。沉默了一会儿，她终于开口说："如果你找的是个二次元，我倒是可以帮你联系几个大学的动漫社，或者给你介绍线下动漫展的主办方，顺便再帮你要张门票也是小事一桩。"

"都说了不是二次元，我要找的是很危险的罪犯，他专门给人提供杀人的方法，听清楚了吧？知道问题的严重性了吧？"

"不认识。"姚辰坚决地从嘴里把字吐了出来，同时用抽纸擦去四散在脸上的唾沫星子，她的动作缓慢，但是并不优雅，更像是在尽力压抑心中的愤怒，"你要是再敢把口水喷在我脸上……"说着，抽纸已经被她细长的手指撕裂成条状。

邓钟对于危险的感知似乎总是慢半拍，他依旧不识趣地把脸撑了上去，不过立即被苏则和肖柠诺拉走了。

"我刚才是不是很危险？"后知后觉的邓钟从副驾驶座下来，问道。

"你说呢?"苏则狠狠翻了个白眼,随后他注意到侦探事务所门口的一对中年夫妇,"快走,事务所来客人了。"

2

"我回来了。"穿过玄关,段琪妤像往常一样向同伴们打招呼,而她的同伴们正在沙发上端正地坐成一排。她意识到这是来客人了,但是同伴们看起来似乎都有些局促,甚至可以用坐立不安来形容。

苏则三人看见段琪妤就像看见救星一般立刻围了过去,弄得段琪妤很是诧异,直到她看清楚客人们的脸。

段琪妤诧异地问:"爸,妈,你们怎么也不提前说一声就跑过来?"

"我们就是过来看看你过得怎么样,没别的事。"段爸爸说。

"如你们所见,和他们相处得其乐融融,事务所的生意也在蒸蒸日上,所以过得很好,你们不用担心。"段琪妤说。

"是这样啊,那就好。"段妈妈说,她似乎还想说些什么,但看了眼丈夫,又把话给咽了回去。这些段琪妤都看在眼里。

"来都来了,留下来吃过饭再回去吧。刚好我买了新鲜的鸭肉,中午就做爸你喜欢吃的啤酒鸭。"

"好啊,小妤,我来帮忙。"

"妈,我一个人就行,我最擅长的就是做饭,你知道的。"段琪妤走了两步又转过身来,问爸爸妈妈,"小婕没跟你们一起来,还在闹脾气吗?"

"大概是放不下面子,所以不好意思来见你,不过,经常听她嘟囔着'姐姐被人抢走了'之类的话。"

"哼,那就让她凭本事把姐姐夺回去。"

"姐姐?"侦探所的其他三个人都是第一次听说这件事。

"我没和你们提过吗?我有个只比我高半厘米的双胞胎妹妹。"

苏则歪着头,小声嘀咕着:"介绍双胞胎弟弟妹妹时,通常不是应该说比我晚出生多长时间吗?"

段琪妤又用鼻子重重哼了一声:"因为我和她之间的重点是身高,除了从小到大都比我高半厘米外,外表几乎与我相同的妹妹,总是仗着那区区半厘米优势认为自己才是姐姐,凡事都要像个姐姐一样站在我身前。"

菠萝包侦探事务所的其他三个人面面相觑,他们总算理解了为什么段琪妤总是把比自己年长的肖柠诺当作妹妹护在身后。

啤酒鸭的制作工序不算复杂,只需要将鸭肉切块,焯水,下锅短暂煎制后捞出,然后锅内放油烧热下葱姜蒜,倒回鸭肉,和干辣椒、八角、桂皮等香料一齐焖炒,再加入没过鸭肉的啤酒,盖上盖炖煮,出锅前大火收汁,加入青椒翻炒均匀即可装盘。唯一的问题是,想要鸭肉软烂入味,需要耐心地等待一个小时。当冒着热气的啤酒鸭端上桌时,所有人都被扑鼻而来的香气馋得流下了口水。

换作平常,事务所的其他三个人早就动筷子了,但是今天有客人在场,出于礼貌,他们只能眼巴巴盯住鸭肉,不敢动弹。段琪妤的爸妈也觉得自己是客人,没好意思率先动筷,双方的谦让陷入无声的僵持。

段琪妤脱下围裙,看着眼前的场景笑出了声:"都别拘谨了,再不吃鸭肉就该凉了。"

这句话好似一声令下,五双筷子齐齐冲锋,犹如纵虎入羊群,不消一会儿工夫,一大盆啤酒鸭就被众人消灭干净。

满足地打了个饱嗝后,邓钟站起身来:"你们先歇着,我去泡咖啡,叔叔阿姨,速溶咖啡可以吗?"

"没问题,谢谢。"段爸爸回答。

"我来帮忙收拾吧。"段妈妈也站起来,打算收拾桌上的餐具。

"阿姨,你坐下休息,这些我们来收拾。"苏则和肖柠诺跟着也站了起来。

"你们都坐下。那个,教授除外,麻烦你给我们的客户泡上咖啡,我的那杯多加一勺蜂蜜,谢谢。"段琪妤的声音依然甜美,只是十分少见地出现了类似命令的口吻。

"客户?"苏则不解其意。

段琪妤没有急着回答,直到邓钟端着咖啡回来,她才开口说道:"爸,妈,你们今天来不仅仅是看望我吧?我们之间的联络间隔从来不超过三天,我对你们向来不做保留,所以,如果只是想要了解我的近况,大可不必在不通知我的情况下搞突然袭击,换而言之,你们来这里,其实是为了避开我找他们三个人,没错吧?为什么呢?因为在你们眼中,我只是挂名的所长,真正的侦探应该是另外三个人,所以即便我不在也不影响,不,应该说你们并不希望我在场,你们有什么不希望我知道但又必须找侦探解决的事情。"

短暂停顿后,段琪妤继续说:"那么,为什么要选择我们事务所呢？原因就更简单了，我是所长，你们是所长的父母，只要亮明身份，身为员工的他们三个人必定更加卖力地帮你们解决麻烦，而且，利用这个身份，只要随便找个理由就可以让他们对我隐瞒。我哪点说错了吗？"

段爸爸与段妈妈面面相觑。其实不仅是他们，另外三位侦探也不知所措，他们既惊讶于眼下的局面，又对所长这番出乎意料的凌厉分析震惊不已。

"其实是关于小婕的。"段爸爸一本正经的神色表明了他内心的担忧。

段琪妤用勺子缓缓搅动咖啡，故作镇定地问："她闯祸了？"

"倒是还没有，但是我们放心不下。"段妈妈说，"那孩子的性格你也知道，从小就爱在心里藏秘密，以前还愿意告诉你，自从你从家里搬出去，我们就更加不清楚她在想什么做什么了。"

"就算我们问她，她也只会说自己现在是个成年人，知道自己在做什么，让我们不用担心。"段爸爸补充道。

"所以，小婕到底干了什么？"段琪妤来回看着父母，恍然大悟道，"她正在谋划什么事，但是你们不清楚，而且你们认为这件事对她不利。"

段妈妈抿了抿嘴唇："事情是这样的：前几天我经过小婕房间门口，刚好她的房门没关紧，从里面传出了声音，我没忍住就把耳朵凑了上去。她当时好像正在和谁说话，但是我没听到对方的声音，只能断断续续听到几个词。"

"哪些词？"

"复仇，背叛，好像还有个词是魔……魔法还是魔术来着？"

邓钟吃惊地大喊:"难道是犯罪魔术师?"

段妈妈听他这么一喊,更加担心了:"犯罪?不会真出什么事吧?"

"妈,你别听他一惊一乍的。"段琪妤安慰道,然后瞪了邓钟一眼:"教授,你太敏感了,都快出现 PTSD(创伤后应激障碍)了。"

"基本上就听到这些了。"段妈妈说,"当时我没敢推门进去,等到吃晚饭时,我旁敲侧击地问她刚才在和谁通话,却被她明确地否认了,她说整个下午都在忙,没空打电话。"

"你们能忍住没再问问?"

"当时就问了,可她硬是不承认,后来我们又多问了两句,那孩子就干脆放下碗筷回自己房间去了。"

"我还是不太懂,这件事你们一开始打算瞒着我的理由是什么呢?"

段爸爸和段妈妈对视了一眼,然后才犹犹豫豫地说:"因为她和那个人在通话过程中还提到了另一个词,姐姐。"

"所以你们的解读是,她要向背叛自己的姐姐复仇,对吧?"

"差不多。"

段琪妤停下搅拌的动作,双手搭在一起,稍稍抬起头说:"我知道了,那这件事就是我和她两个人之间的问题,交由我独自处理最合适,你们谁都不要插手。"

"所长,这是我们整个事务所的案子才对。"

"这件事我不希望其他人介入,而且,恐怕你们还有别的事要忙。"段琪妤直接拒绝了邓钟的提议,同时,她的眼中映出矫健的身影,那是一个身形健硕的男人。

严桓正风风火火地闯了进来，他用高亢的嗓门说道："小妤姑娘，有个事情要请你们帮忙调查咯。有客人？那你们先聊，我晚点再过来一趟。"

"严队，你别急着走。"段琪妤连忙叫住他，"介绍一下，他们是我爸妈。"

段爸爸与段妈妈走上前，分别和严桓正握手。

段爸爸说："鄙人段方圆，这是内子罗欣。"

严桓正一见到对方就觉得眼熟，再听名字立刻就想起来了："原来您就是段总，本市有名的年轻企业家，久仰大名，今日有幸得见。"

段方圆乐呵呵地说："哪还能算年轻，我都是年过半百的老年人了，您说笑了。"

段琪妤继续介绍道："这位是市公安局刑侦支队支队长，严队。"

"我叫严桓正。"

"严队长好，还请严队长以后对我女儿多多关照。"

"互相关照，互相关照嘛，段总声名在外，以后也免不了要您多帮忙。"

"严队长您客气了，如果有需要，段某人一定竭尽全力配合公安部门，咱们警民一家亲嘛。哦，对，既然你们还有正事要聊，那我们就先告辞了。小妤，你妹妹的事情……"说完，段爸爸看向女儿，脸上挂着担忧。

段琪妤做了个宽慰的手势："爸妈，你们安心回去，她那边我来处理。"

"小妤啊，和大家好好相处，有时间记得多回家。"段妈妈忍不住又叮嘱两句。

"过两天就回去。"段琪妤应允道。

接着，在一片欢声笑语中，众人与这两位特别的客人挥手道别。

段琪妤将父母送到门外，又简短地聊了几句，等她回到办公区时，严桓正的面前已经摆上了一杯咖啡，其他人都坐在对面的沙发上，显然是在等待自己。

她也立即落座："抱歉，让你们久等了。"

"不要紧，家人最重要。"

"严队没想到你还挺顾家嘛。"

"我也希望多些时间陪陪家人，可惜事情太多，抽不出空来。行了，说正事吧。首先，你们所说的犯罪策划师，我查了近几年的案子，没有关于他的任何信息，司徒十方大概也是个随便取的名字。"

"那么莫晴和徐钦尚是怎么说的？"邓钟问。

严桓正摇了摇头："他们都说不认识这个司徒十方的男人，另外，他们也不承认有人替他们出主意。"

"可恶，只能任由他逍遥法外了吗？"

"关于这点，即便抓住了他，以目前的情况来看也无法给他定罪，没有证据，没有证人，甚至没有实质性的犯罪事实。"

"我们四个人就是证人，都是他亲口供述的。"

"没用的，到了法庭上，他完全可以说自己是和你们开玩笑，整件事都只是一个小小的恶作剧。"

不知道是回想起之前遭受的屈辱，还是出于作为侦探的正义感，邓钟攥紧拳头，怒吼了一声：

"总有一天，我会亲手抓住他！"

"是是是。"苏则像是哄小孩一样应和着,然后说,"总而言之,这个事情到此暂时告一段落。严队,你今天应该不只是为了这一件事吧?"

"确实有其他事需要你们帮忙。"严桓正啜饮了一口咖啡,说道,"简单来说,1月25日,也就是昨天晚上,在观源路发生了一起命案。"

"真是够简单的。"

"死者名叫杨荐,绰号光头杨,是个不务正业的富二代,手底下还有几个小弟,也净是些地痞流氓。这伙人经常犯事,是派出所的常客,不过情节不严重,很快就出去了。"

"严队,你先稍等,你和我们说这些,是认为我们认识死者吗?"

"来之前我也大致查了一下,苏则你和这帮人应该不认识,不过,邓钟你也许知道。"严桓正看着邓钟说道。

"没印象。"邓钟不假思索地回答。

严桓正接着说:"杨荐手底下有个小弟,曾经和你在一个监狱里服刑,名叫李彦明,绰号胖鼠,兴许你认识。"

"原来是胖鼠啊,身材肥胖,胆小如鼠,不过好交朋友,和谁都能聊上几句,所以人缘还行,倒是没挨多少欺负。"

"这么说你认识?"

"打过几回交道。"邓钟说,他的重音明显放在第一个字上,"怎么,你们怀疑他?"

"目前还不好妄下判断。"严桓正说得模棱两可,"我想请你们去探探他的口风。"

3

按照严桓正给的线索,侦探们找到了胖鼠可能出现的地点——一条看起来冷冷清清的旧商业街。

"真的在这里吗?看起来没什么人的样子,店也没剩几家了。"肖柠诺放下手机,看着街道说。

"想当初还是很热闹的,可惜终究没抵住电商的冲击。说起来,严队让我们找的也是家电商公司,不过这门口也没个导向牌之类的东西。"段琪妤说。

"手机地图显示公司就在这里。但从地图上看,这条街里面可有不少小路,有的是交互连通,有的是绝路,还挺复杂的。"肖柠诺说。

"怎么办?分开行动吗?"苏则问。

邓钟望着街道深处,沉思了一小会儿:"你们三个一起沿着这条主干道直行,我走这边的巷子,说不定会有意外惊喜,有情况随时联系。"

说完,邓钟就走进了小巷,很快他的身影就消失不见。

苏则他们起初是沿着主路前进,但过了几个路口就分不清楚哪条才是主路,于是拿出手机,看着地图在街道里转悠了几分钟,不知不觉就走进了一条死胡同。正当他们想回头的时候,身后已经站着四五个打扮花哨的男人,为首的男人身材肥胖,搓着肉嘟嘟的圆手,表情轻佻。

"几位,这里可是私人领地,你们在儿这鬼鬼祟祟做什么?"

"鼠哥你看，那两个女生漂亮着呢。"

"还真是，两位美女要不要来我们这儿喝杯果汁呀？"

苏则他们相互递了个眼神，好消息是眼前站着的大概率是胖鼠，坏消息是对方大概率不会乖乖配合。

"胖鼠是吧，我们有话想和你谈谈。"

"哟，还知道本大爷的名号，不过本大爷对男的没兴趣，要谈话就叫那两位妹妹来，谈多久都行，你说是吧？"说着，胖鼠对着肖柠诺连续眨眼。

苏则和段琪妤几乎是下意识采取的行动，立刻将肖柠诺护在身后。

"小妤，阿则，这里还是交给我处理吧。"

"有道理。"

"不知不觉就往前走了。"

肖柠诺微微一笑，走到最前面，摆开架势。

"怎么？想……想动手？看来你是不知道哥哥们的厉害，兄弟们，给我上！"

胖鼠话音刚落，背后的铁门就被人一脚踹开，穿着长款黑色风衣的男人，捋着自己的短辫子，慢悠悠地出现在众人面前。

胖鼠见了来人，大惊失色："邓，邓钟，你怎么会在这里？"

邓钟只瞥了胖鼠一眼，并不理会："诺诺，把这个最胖的留给我，剩下的随便你怎么处置。"

"乐意效劳。"肖柠诺左右扭动脖子，笑着回答。

"鼠哥，不对劲呀，我们被包围了。"

"鼠哥，这女的看架势也不像是善茬儿，这下麻烦了。"

"废话，我还不知道有麻烦吗？"胖鼠抬高嗓门呵斥跟班们，声音却在颤抖。

邓钟调侃道:"哟,胖鼠,有段日子没见,你都混成大哥了。"

"邓钟,你……"胖鼠指着邓钟,话到了喉咙口又不敢骂出来。

"嗯?"

"不不不,我说错话了,是邓教授,我们之间的恩怨不是早就两清了,您这怎么又为难起我来了?"

"我难为你了吗?"

"您看,您这不是都把我们堵在这儿了吗。"

邓钟呵呵地笑了一声,指着肖柠诺说:"哦,说起这事,你还真得感谢我,我要是再晚出现半分钟,你们就都得躺地上了。那位姑奶奶可不简单,别看外表憨厚可爱,她可是自幼生长在武术世家,家里往上数好几辈都是习武之人,擅长柔道、散打、跆拳道,之前还是奥运会预备役选手。诺诺,拿出三成功力展示给他们瞧瞧。"

肖柠诺听完也不答话,照着胖鼠头顶的高度,直接演示了一记凌空侧踢腿,顿时引来一片惊呼。

段琪妤和苏则非常配合地拍手叫好。再看胖鼠,还没等肖柠诺脚落地,他那边就已经吓得腿软,一屁股坐在地上,身边的几个跟班看着也好不到哪里去。

肖柠诺见状,原本想走上前把他拉起来,结果,刚迈出一步,胖鼠他们就吓得缩到邓钟身边。

胖鼠哀求着说:"邓教授,还有这位姑奶奶,您几位有事尽管吩咐,别拿我们哥儿几个寻开心了,我们胆子小,真经不起吓。"

"起来吧,本来也没打算为难你们,就是想向你们打听点事。"

邓钟解释道。

一听到不是来找麻烦的,胖鼠立刻恢复了精神,站起身来,一副谈笑风生的模样,还试图和邓钟勾肩搭背,不过被邓钟瞥了一眼,立即收敛了。

"您尽管问。"胖鼠说,"要不还是换个地方吧,进屋里坐下来慢慢聊,我也好给几位煮水泡茶,来,这边请。"

胖鼠走在前头,领着几位侦探来到屋子里的一间茶室。茶室里陈设简单,没有什么花里胡哨的物件,但是大多价格不菲,比如那张造型别致的实木大茶桌。胖鼠坐在主位上沏茶,小弟们分列两侧,侦探事务所的四位坐在对面。

段琪妤端起杯子闻了闻,然后喝了一口:"这铁观音清香扑鼻,入口醇甘回韵,怕是价格不菲吧?"

"没想到这位姑娘还是行家。"胖鼠放下手中紫砂壶,又端来一盒饼干,"光喝茶多没劲,这是我亲手做的曲奇饼,您几位尝尝。"

邓钟尝了一块,赞不绝口:"胖鼠,看不出来你还有这手艺啊,真是要对你刮目相看了。"

胖鼠摆摆手,故作谦虚:"雕虫小技,您几位见笑了。"

身旁的小弟立刻吹捧道:"我们鼠哥心灵手巧,经常做些小点心带到公司来给我们吃呢。"

"我说胖鼠,你最近混得不错嘛,单这房间里的东西就得花不少钱吧?"邓钟问。

"哎,我哪来那么多钱啊,这里是我们一熟人的,因为关系好,就在这儿玩呗。"胖鼠说。

"哪个朋友?"问话的是邓钟。不知道什么时候,苏则已经拿出笔记本开始记录了。

"杨荐。"胖鼠有些为难地眨眨眼睛，本来准备倒茶的手又放下了，"不过，在这的日子也没剩几天了，指不定哪天就被收回去了。"

邓钟佯装不知，接着问："这话怎么说？"

"他啊，死了，就在昨晚。"胖鼠叹了口气，说，"白天我们还见面来着，约好了第二天一起去打台球，谁知道当天晚上就死在自家楼下，而且是大马路边上。"

邓钟故作惊讶，也跟着叹了一口气："这么巧，说得具体点，怎么死的？"

胖鼠犹豫了一下："具体情况我也不太清楚，当时我们都不在场，据围观的群众说，原本坐在椅子上的他突然站起身好像很痛苦，没过几秒就倒下了，像是突然心脏病发作。"

"他之前有心脏病吗？"段琪妤问。

"有吗？"

"不知道呀，他说过吗？"

胖鼠和几个小弟交头接耳了几句，看情况谁都不清楚杨荐的身体状况，最终他们只能摇摇头。

胖鼠接着说："不过，这只是一种说法。还有围观的说，他被抬走的时候嘴唇都黑了，怕是被人毒死的。"

"你觉得呢？"邓钟试探性地问道。

"听说现在尸体还在警方那儿，说明这案子不简单，八成真就是命案，所以，我觉着是后者，他呀，说不定是让人下药给弄死的。"胖鼠回答。

邓钟用试探的语气问道："让人弄死的？能让谁弄死，你呀？"

胖鼠原本脸上也赔着笑，听完这话，顿时脸就白了，惊呼道："邓教授，这话可不敢乱说呀，好端端的我杀他做什么，再说我也没这胆量啊。"

邓钟脸上笑眯眯的，目光却颇具威慑力："别这么说，我还真想到了你的动机。你瞧，原本你们这帮人是跟着杨荇混的，现在他没了，你摇身一变就成了带头大哥。"

胖鼠连连摆手："可谁会为了这点小事杀人呀，再说我们也算不上是他的小弟，哎呀，实话和您说吧，我们就是图他家有钱，所以才愿意跟他玩，想着他能带我们吃香的喝辣的。"

"这么说不是你？"

"当然不是。"

"那他有仇家吗？"

胖鼠几个人又窃窃私语了几句，然后纷纷摇头。

"要说和人起争执倒是常有的事，可闹到要取他性命的，应该没有。"胖鼠回答。

"你们之前不是这一带出了名的地痞流氓吗？就没点仇家吗？"段琪妤问。

胖鼠听完倒是得意了起来："这您都听说了呀，那咱哥儿几个也算是小有名气了嘿。"

段琪妤朝他翻了个白眼："又不是什么好名声，有什么好兴奋的。"

胖鼠挠挠眉角："都是街里街坊的，哪来的那么大矛盾，况且发生过摩擦，我们也是该道歉道歉，该赔偿赔偿，真没什么深仇大恨的。"

"可我怎么听说你们是派出所的常客？"邓钟问。

"实话和您几位说，我们虽然惹过事，但都是小事情，可不像外面传的那么严重。打架斗殴、谋财害命这些我们一件都干不了。"胖鼠回答。

邓钟敲了两下桌子："胖鼠，我提示一下：我和你认识的地方。"

"那次完全是因为喝多了，要不然我哪来的胆子敢和人打架，我就只进去过那么一次，再也没有了。"胖鼠说着举起了右手，五指并拢，"我保证。"

邓钟打量着胖鼠，又看了眼旁边几个频频点头的小弟，端起杯子喝了一口茶，决定换个话题，他问："和我们聊聊杨荐，他这人性格怎么样？"

胖鼠扫了眼邓钟，缓缓摇了两下头："他啊，性情暴躁，喜怒无常，要是再喝点酒，就变本加厉了，对我们骂骂咧咧、拳打脚踢的那是常事，我们早都习以为常了。"

"那你们还算是忍辱负重了。"邓钟调侃道，他的表情也跟着柔和了些许，但下一秒又再次严肃起来。

胖鼠叹了一口气，表情有些复杂："倒也不是。凡事一码归一码，其实，他也不是都那么糟糕，至少对我们哥儿几个还是挺好的。比如，他虽然脾气冲，但来得快去得也快，从不记仇，无论今天晚上吵得多凶，也甭管是谁的错，哪怕你和他动手打起来了，隔天一早睡醒，他都能像个没事人一样和你嬉皮笑脸。而且，他这人豪爽大方，舍得花钱，以前和我们哥儿几个吵完架，第二天就带着我们出去胡吃海喝，每次都是他买单。不仅对我们几个，他给老婆花钱也不吝啬，生日、情人节、纪念日这些不提，每次给他老婆道歉的时候，礼物都是挑贵的买。"

"他们夫妻之间也经常吵架？"

"算不上吵架，就是杨荐单方面殴打他老婆，我们好几次去他家里，都见着嫂子鼻青脸肿的，是化浓妆都遮不住的那种。想想嫂子也是命苦之人，如果嫁进好人家，八成是个贤妻良母，可惜遇上了杨荐。"

"那他老婆也不反抗，就这么忍受着吗？"

"也许反抗过，也许……唉，太私密的事情我们也不方便细问。"胖鼠的眼中流露出一丝同情，缓了一口气，继续说，"嫂子看着就慈眉善目的，对我们哥儿几个也好，不像其他人总瞧不上我们，所以，我们待她也从来都是客客气气的，不敢怠慢。"

"你们对这位嫂子了解多少？"

"嫂子名叫姜仁雪，比杨荐小个七八岁的样子，是个外乡人。在她很小的时候，父母带着她们姐妹俩来本市打工，后来父母早亡，就剩下她和双胞胎姐姐相依为命，几年前经人介绍认识了杨荐，没过多久两人就好上了。这些都是有一回我和杨荐喝酒，他自个儿醉醺醺说的。"

"她还有个姐姐？"

"她姐姐叫姜仁冰，据我所知，她姐姐是真不靠谱，小小年纪混社会，不务正业。"

"那不是和你们一个样吗？"肖柠诺忍不住吐槽道。

胖鼠放下茶壶，一脸委屈地说："这位姑奶奶，话可不能这么说，我们几个虽然不正经，但至少有底线。那女人吸过毒，进过戒毒所，而且，手脚不干净，因为盗窃被判了几年刑，前不久才被放出来。"

"杨荐夫妻有孩子吗？"邓钟问。

"曾经有，可惜被他亲手打没了。"胖鼠回答。

"岂有此理，他连孕妇都敢打？"段琪妤一拍桌子，怒喝道。她这一拍，把其他人都吓了个激灵。

尤其是胖鼠，连忙给她斟了茶，解释道："您别激动，那会儿嫂子才刚怀上，还没足月呢，所以杨荐也不知道。"

"这是什么时候的事情？"苏则一边拍了拍段琪妤的肩膀，一边问道。

胖鼠仰着头努力回忆："他们是去年结的婚，我想想，哦，那应该是五六月份的事，算算也过去半年多了。其实，孩子没了之后，他也后悔极了，那几天一直神神道道的，总说是自己此前作孽太多，还突然说要改过自新。不过，真就是从那时起，他就不再惹是生非，也不让我们那么干，竟然琢磨着带我们一块儿创业。这不，弄了这么个办公室，研究起什么 B2B 电商了。"

"那他还打人吗？"段琪妤问。

"和我们之间的打闹倒是少了，不过……"胖鼠看了看对面坐着的四个人，戛然而止，低头往茶叶里浇上热水。

"看来还是不知悔改。"段琪妤板着脸，内心的怒气完全写在脸上。

胖鼠求助似的看向苏则，然后小心翼翼地回答道："我们是劝过他的，可是他总说自己控制不住。对了，因为这事，姜仁冰还来公司找杨荐吵过几次。"

"姜仁冰都说了什么？"苏则接着问。

"具体的记不清楚了，但是大致意思就是警告杨荐不要再打她妹妹了，否则就要和杨荐同归于尽。"胖鼠说。

"那杨荐的反应呢？"

"之前的几次杨荐都是一言不发，任凭姜仁冰打骂，只有最近那次，杨荐还嘴了，两个人吵得很凶，最后还是嫂子来才把她姐拉走的。时间嘛，好像就是杨荐死的前两天，差不多傍晚六点左右，我们都准备下班回家了，那女人杀气腾腾地就冲进来了。"

"你确定没记错日子？"

胖鼠言之凿凿："错不了，那天我和朋友们约好一块儿打麻将，就因为这事耽搁了，迟到半个多小时，被他们念叨了一晚上。"

"听你刚才这番话，姜仁冰很爱护她的妹妹嘛。"邓钟说。

胖鼠皱起眉头，显然并不认同："说来也怪，换作以前的她才不会管自己妹妹的死活，可是，这次再见到她，无论是性格还是气质，真就像是换了一个人，要不是那张脸，差点就认不出来了。"

"你们认识？"

"打过几回照面而已，但也都是好多年前的事了，她沾染毒品之后，我们就和她划清界限了。"

"这么说杨荐也该认识她。"

"她和杨荐的关系可比和我们亲密多了，我曾经听人说起过，原本他们俩才是一对，后来不知道什么原因分了，还有人说是她亲自把妹妹介绍给杨荐认识的。当然，这都是多年前的传闻，其中有几分是真又有几分是假，我就说不准咯，只能由您几位自个儿评判。"胖鼠说完，无奈地耸了耸肩膀。

"杨荐出事当天有没有什么异常？"邓钟问。

胖鼠和几个小弟相互看了看，又小声嘀咕了一番，然后有个小弟说："异常倒是没有，就是他那天看着没什么精神，我们还逗他说是不是前天夜里偷偷出去鬼混了。"

"哦,是有这么回事,吃完午饭他还让我帮他泡杯咖啡来着。"胖鼠说。

"但似乎没什么效果,到了下班时间还是我走进办公室把他叫醒的。"另一个小弟说。

邓钟略作思考,挠了挠眉角,然后和另外三个人交换了眼神,他认为应该很难再问出些有用的信息了。

走的时候,胖鼠亲自将几位侦探送到门口,一副欲言又止的样子。

邓钟看不下去了,咂了咂嘴:"想说什么就直说。"

"邓教授,我都把知道的事情一五一十说出来了,您也给我透个底,您几位到底什么身份?"胖鼠问。

段琪妤与邓钟交换了一个眼神后,递给胖鼠一张事务所的名片。

胖鼠有些诧异,但更多的是因为事务所的名字:"菠萝包侦探事务所,您几位是侦探?"

"如假包换。怎么样?要不要委托我们调查杨荐的案子啊?"段琪妤问。

"你们这儿收费贵吗?"胖鼠反问。

"这得就事论事,这回毕竟是命案,调查起来还挺麻烦的嘛。"

段琪妤竖起手指,正准备详细解释她的收费标准,没承想直接被胖鼠打断了。

"得了,我不委托。"胖鼠说。

"嘿,你们这交情也太塑料了吧?"

"邓教授,您这是又拿我寻开心了,您几位这不都开始调查了,想必是已经接了委托，哪还有我掺和的必要呀。"

"你倒是机灵，我们在协助警方办案，你要是有什么线索别藏着掖着。还有，今天我们聊过的话……"

"放心，哥儿几个保证烂在肚子里，一个字不往外透。"

邓钟满意地点了点头："还有个事忘了问，昨天晚上你在哪里？"

"我和几个朋友在外面吃饭，哦，不是里面那几个，放心，这个问题早上警察已经盘问过我了。不过……"胖鼠欲言又止。

"有话就说。"邓钟催促道。

胖鼠先是闪过一抹忧虑的神情，但很快又咧起嘴，满脸堆着笑："邓教授，杨荐出了这么个事，他家里头现在是什么情况？我从昨晚开始就联系不上她。"

"她？姜仁雪？"

"对呀，你们想，杨荐出了这种事，论交情哥儿几个怎么样也得去露个脸。她一个妇道人家，有些事情还得需要我们这些大老爷们帮衬帮衬不是？可到现在也没个音信，你们看这该怎么办？"

"这件事我还真帮不了，我们只负责调查警方委托的事，你要真想知道具体情况，不如直接问警方。"

"不行，眼下还是少在警察面前晃悠为好，免得遭到怀疑。"

"你又不是凶手怕什么？"

"那也不行，我们哥儿几个曾经都是派出所的常客，心里难免还是有些别扭。"

"既然如此，你们就只有等着了。"

4

当天晚上，严桓正再次走进菠萝包侦探事务所。

在听完苏则的复述后，严桓正满意地点了点头。

"基本与我们目前所掌握的情况相符，辛苦你们了。"严桓正顺便表达了谢意。

"严队，既然我们都参与进来了，你是不是也该和我们说说这案子究竟是怎么一回事？"邓钟问。

严桓正撇了撇嘴："昨天晚上，在观源路北段的人行道上发生一起命案，死者是杨荐，死因是中毒身亡。"

"所以是谋杀？"苏则问，在得到对方点头回应后，苏则继续问，"严队，你刚才说命案发生在路边，难道是当街行凶吗？"

"大概就这样。"严桓正回答。

段琪妤惊讶地问："凶手胆子也太大了吧，敢当街行凶，难道就不怕被路过的行人和车辆看到吗？"

"这就是惯性思维，也正因为这种惯性思维，所以，即便有人看见凶手出现在死者身后也不会起疑。但是不得不承认，这依然是个十分冒险的计划。"严桓正喝了口咖啡，接着说，"观源路北段是一条两个月前刚刚开通的新路，地势自西南向东北逐渐升高，路面是四车道，两侧是老式居民楼，其中就包括杨荐的家。照理说，以杨荐的家庭条件应该住在高档小区，但听说是对这片区域有特殊情感，所以，即便家里给他买了新房子也没搬走。路面开通之后，只要不是下雨,杨荐每天吃完晚饭后就搬把椅子坐在路边,一坐就是一晚上,等到九点半左右,路上没什么人了他才回家。"

"这寒冬腊月的,坐路边吹风?他倒是真不怕冷。"邓钟忍不住吐槽道。

严桓正耸耸肩,一脸疲惫地说:"谁知道呢?报案的是几位跳完广场舞回家的邻居,他们平日里总能遇见,经常打招呼,所以比较熟悉。当晚,邻居们照常和杨荐打招呼,见杨荐低着头不回应,想着可能睡着了,也就没太在意,时间是八点出头。过了半小时,其中一位邻居下楼丢垃圾,看见杨荐突然站起身,紧接着又非常痛苦地倒地,身体扭曲蜷缩成一团,很快就没了呼吸。"

苏则歪着头在脑子里想象了一番当时的画面,不解地问:"可是当街用毒杀人,凶手是怎么做到的?总不能直接拿个针管子上去戳吧?"

严桓正苦笑着点点头:"或许还真让你说中了。我们在死者的后脖颈处发现了一个针孔,同时在该路段的垃圾桶里找到了注射器和一瓶毒药,经过检验对比,毒药与死者所中之毒成分相同,注射器上也提取到了死者的DNA,初步断定我们找到的就是作案工具,不过,详细的结果还得等尸检报告出来。"

"是哪种毒药?"

"曼陀罗。"

"花?"

"不,是曼陀罗草,你对毒药也有研究吗?"

"完全不了解。"邓钟一副早知道就不问了的尴尬表情,"我还以为会是侦探剧里常见的氰甲酸。"

"那个,我倒是在小说里见过这种毒。曼陀罗草有剧毒,主要成分包含阿托品和东莨菪碱,古代曾经被用来治疗哮喘病。"肖柠诺说。

"诺诺说得对。"严桓正说,"另外补充一点,曼陀罗草的毒发时间通常为半小时,最多不超过三个小时。"

"也就是说,凶手行凶的时间是在五点半到八点之间。"肖柠诺说。

严桓正点头赞同:"这点应该错不了。"

"那么警方目前有怀疑的对象吗?"邓钟问。

严桓正摇了摇头,换了个话题:"说到怀疑的对象,我还没问你们对胖鼠怎么看。"

"严队你怀疑他?"邓钟问。

"他的不在场我们核实过,如他所说,当晚七点半和三个朋友相约吃饭,死者毒发的时候他有完美的不在场证明。凑巧的是他们吃饭的那家店偏偏就在案发地点附近,我们测算过,以一个正常成年人的跑步速度,往返只需要五分钟。然而,根据那三个朋友的证词,胖鼠借口上厕所方便曾经离开过一次,大概一两分钟吧,而且回来的时候呼吸平缓,不像是奔跑过后的样子。"严桓正回答。

"他应该不存在动机吧。"肖柠诺说。

"这可不好说,如果他对姜仁雪的情感不仅仅是同情,动机就成立了。"邓钟顿了一下,又补充道,"这只是我的猜测,不过,当他谈论起这位嫂子时,表情和语气并不简单。"

严桓正看着邓钟,微笑着说:"原来你也有同样的想法。"

"严队你也注意到了吗?"邓钟有些意外地问。

"别小看刑警的眼睛呀，昨天问话的时候我就察觉到，那家伙隐瞒了别的事情。"严桓正指着自己的眼睛回答道。

"除他以外还有别人吗？"

"另外一个你们刚才也提到了，姜仁冰。"

"是她？"

"因为观源路刚开通不久，路面监控还未正式投入使用，目前只有建在北侧路段的口袋公园有一个监控。这个监控摄像头能照到路面，说来也巧，姜仁冰刚好就出现在这个监控画面里，时间是晚上七点四十二分。"

"有动机，出现在现场的时间也吻合，她的嫌疑很大啊。"段琪妤说。

严桓正没有否认，但从神情看并不乐观："我们从监狱了解到，她在服刑期间自学了药理学，还参加了药剂师职业资格考试，并且顺利通过。出狱之后，经过社区介绍在一家二十四小时营业的药店工作。"

"也就是说，她对毒药很了解，甚至能接触到毒药，那岂不是符合凶手的所有条件？"

"如果真是这么简单的话，倒是省心。"

"什么意思？"

"晚上七点四十二分姜仁冰出现在监控画面里，然后接了一通电话，大约三十秒后通话结束，姜仁冰转身离去。通话期间她没有离开监控的范围，不，是没有动过一步，我不禁感觉，她是刻意走到监控底下的。"严桓正喝下了最后一口咖啡，盯着空杯子说道。

段琪妤困惑地眨了眨眼睛："所以,她仅仅是出现在案发现场附近,实际上却没有接近死者。"

严桓正接着说："监控只能告诉我们这么多,但也不尽然,口袋公园不止一个出入口,如果她穿过公园是能够避开监控画面直接到达死者身边的,只是这样做无疑存在另一种风险,那就是来自公园里的目击者,要知道,那天她没有做任何伪装。"

"那么她的那通电话是?"邓钟问。

"当时在和她的妹妹通话,是她主动联系的,具体的原因目前还不清楚。"严桓正回答。

"警方没有第一时间找她了解情况吗?"邓钟追问道。

严桓正皱起眉头,把咖啡杯放到了桌上："我们当然也想,但是案发当晚,就在杨荐毒发身亡不久之后,我们又接到另一起警情,报案人是姜仁雪,她在姐姐家报的警,姜仁冰中毒昏迷。万幸的是发现及时,但目前仍在医院抢救,尚未脱离危险期。"

"又是毒?"

"是的,另外,我们在姜仁冰的笔记本电脑里发现了一封遗书,遗书中表明她是为了解救被家暴的妹妹,才下毒杀害杨荐的,为了不连累妹妹,决心服毒自尽。我们检查过遗书的创建日期和最后修改日期,都是23日晚上,也就是姜仁冰扬言要杀了杨荐的当晚。加之她所中之毒和杨荐一致,理论上我们更倾向于她是自杀。"

"理论上吗?那么实际上呢?"

"实际上,她在遗书里并没有写明自己是如何杀死杨荐的,而根据现场的监控,她是否真的接近并且杀死杨荐还有待调查,所以,目前还不能下定论。"

"严队，姜仁冰在案发当天都做了什么？"

"从24日晚上八点到25日下午两点，她都在药店上班，之后又在药店的临时宿舍里睡了一觉，到了晚上七点才离开，之后就出现在观源路。"

"她连续工作了十八个小时吗？"

"药店说是因为同事家里有事，所以那天临时调班了。"

"听起来有些可疑。"

"非要说疑点的话，那就是姜仁冰是把毒加进饮用水里喝下去的，我们在她的水杯里检测到了毒药。同时，也在电热水壶里检测出更大剂量的毒药。"

"电热水壶？"

"是的，你们不觉得奇怪吗？一个要自杀的人不把毒药直接加进杯子里，偏偏放在电热水壶里，而且她只喝了一杯水。"

"难道是曼陀罗草味道太苦，不多加点水难以下咽？"邓钟用疑惑的语气说完，忽然，他好像意识到什么，大喊了一声，"浓度，毒药被稀释了。"

"毒药浓度降低，加上喝下的量较少，这就是她没有当场丧命的原因。"严桓正说。

"也许她一开始就没打算死，只是装装样子，又或者中途后悔，所以放弃了自杀的念头。"肖柠诺说。

"再或者这也是一起谋杀。"邓钟冷冷地说。

严桓正不置可否："与杨荐被害现场不同，姜仁冰所住的小区及电梯里都有监控清晰地拍下了当晚的情况。八点十二分，姜仁冰从外面回来，两分钟后进入电梯上到她所住的楼层，之后就没再下楼。八点三十五分,她的妹妹姜仁雪进入小区,同样是两分钟后,乘坐电梯到达同一楼层,八点三十九分,她拨打了120和110,警方与急救车于八分钟后到达。除此之外,当晚再没有人在这一层楼下电梯,小区楼下的监控也没有拍到可疑人员。也就是说,如果是谋杀案,姜仁雪将是第一嫌疑人,可如果凶手是她,那封遗书又是怎么回事呢?"

话音刚落,严桓正的手机铃声响了,是局里的同事打来的。他说着"我接个电话",然后走向玄关。

等他放下电话回来,整个侦探所一片沉寂。

"你们有什么新想法吗?"严桓正问。

"没有,这个案子相当麻烦呢。"段琪妤说。

严桓正面色凝重,不住地摇头:"还有个更麻烦的情况,垃圾桶里找到的注射器和毒药应该只是幌子,法医在死者的胃里发现了致死量的毒药,成分也是曼陀罗草。"

"那么凶手故意将注射器和毒药留在现场附近,说不定就是想让警方自信地以为毒是从后脖颈注入体内的,从而省略解剖这一步骤。"邓钟说。

严桓正点头赞同:"不排除这种可能。不过,也有另一种可能,有两个人先后对杨荐下毒。"

"可是该如何下毒呢?把毒直接下进他的晚餐里?"段琪妤问。

"当天晚上他吃的是外卖,三个菜,一碗汤,我们检测过了,还有他使用的餐具,都是无毒的。"严桓正回答。

"那么可以排除凶手在晚餐里下毒的可能性。"段琪妤无奈地说。

严桓正接着说:"同时,我们还在另一个地方提取到曼陀罗草,杨荐下楼时在食杂店买的一瓶果汁饮料，毒物基本集中存在于杯口位置，但是含量极低，达不到致命量。"

"果汁里没有验出毒药吗？"段琪妤问。

"倒是有，只是浓度低到可以忽略不计的程度。顺带提一嘴，瓶子里的饮料基本都还在，杨荐只喝下去大概一口的量。"严桓正回答。

"凶手总不能把毒药涂在瓶口吧？"邓钟刚说出口就后悔了，他立刻否定了自己的观点，"也不对，想把毒药涂在瓶口，就必须先打开瓶盖，既然杨荐只喝了一口饮料，那就不可能是喝过之后涂毒的。相反，如果是在杨荐喝之前打开，这时候饮料应该还是未开封的，那么杨荐在打开瓶盖的时候一定会察觉到异常，所以说不通。"

严桓正表示赞同，对此，他已经想到合理的解释："杨荐应该是先吃下曼陀罗草，因为曼陀罗草苦涩，所以喝果汁想将味道压下去。"

"原来如此，不愧是专业刑警。"这是邓钟发自内心的赞叹。

严桓正并没有因为听到夸赞而感到高兴，他的表情更加凝重："可本质问题依然没有解决，凶手究竟是怎样让杨荐吃下毒药的？如果我刚才的推论正确，那么杨荐就应该是自己主动喝下果汁的，换而言之，并非是在昏迷状态下被凶手强制喂食的。"

事务所内再度陷入沉默。这次打破沉默的是苏则，准确地说，是他突然合上笔记本发出的声响，厚重而有力。

众人纷纷看向苏则，只见他挺直腰背，眼里闪闪发光。"严队，死者毒发身亡是在邻居丢垃圾之前还是之后？"他问。

严桓正仔细回想后回答道："是在丢完垃圾返回时。"

苏则的身体逐渐向前:"那么垃圾桶的位置在哪儿?"

严桓正也跟着向前探出身子:"观源路南段,距离尸体大约三十米。"

苏则的嘴角开始上扬:"发现注射器和空毒药瓶的也是同一个垃圾桶吗?"

严桓正似乎看到了希望,也露出了笑容:"没错。"

苏则猛地一拍双手,兴奋地嚷道:"那就对上了,凶手就是发现尸体的邻居。"

"什么?"他的话太有冲击力了,在座的所有人都愣住了。

正当他们目瞪口呆之际,苏则发出像是炫耀胜利的声音,说:"邻居借着扔垃圾的名义,顺便将注射器和空毒药瓶带在身上,当然还有涂了毒药的某样食物,例如糖果或者点心之类的东西,以下暂且称作凶器。首先,邻居路过杨荐身边的时候,先用注射器在杨荐的后脖颈处扎一下,杨荐因为疼痛而清醒,这时凶手将凶器递给他,并哄骗他吃下。由于他们早就认识,杨荐自然不会起疑,然后邻居借口丢垃圾暂时离开,将垃圾袋以及装着注射器和空毒药瓶的袋子丢进垃圾桶,同时等待死者毒发身亡,最后再装作发现尸体的无辜路人报警。"

严桓正长久地吐了口气,以平复自己的心情,他的身体大幅度向后倾:"然而我们在死者身边并未发现食品包装纸之类的东西。"

苏则快速眨动眼睛,思考了一会儿后,说:"这个嘛,可能是被风吹走了,或者凶手收起来了,再或者是没有用包装袋,例如包子之类的直接抓在手里。"

段琪妤犹疑地看向苏则:"想象一下,有个人一只手提着垃圾袋，另一只手抓着食物递给你，你能放心送进嘴里吗？"

"好像看着是有些不卫生。"苏则尴尬地用圆珠笔的笔尾戳了戳太阳穴。

严桓正把双臂抱在胸前："最重要的是缺乏动机。这位邻居和杨荐算是点头之交，从未发生过争吵，两个家庭之间也没有恩怨纠纷，基本可以排除嫌疑。"

肖柠诺突然抬起头："要说动机，杨荐的妻子姜仁雪，她不是也有嫌疑吗？"

"她当然也是嫌疑人，不过，出于对她的情绪考虑，我们认为给她一天时间缓冲为好，所以决定等明天早上再找她了解情况。"严桓正接着说道，"对了，你们谁有时间，要不要一起去？"

5

1月27日，上午。

虽然杨荐不是死在家中，但考虑到他可能是在家里中的毒，警方还是请姜仁雪暂时住在外面。对此姜仁雪没有丝毫怨言，在女警员的陪同下，简单收拾了两套衣物和生活用品后，就住进了酒店。

"发生这样的事，实在令人痛心，还请节哀。"见到姜仁雪后，严桓正郑重地说。

"谢谢。"姜仁雪稍稍点头致意。她的眼眶通红，脸上虽然化着淡妆，但依旧无法掩盖厚重的黑眼圈。

"介绍一下，这位是李虎，我的部下，旁边这位是邓钟，我们警方的特别顾问。今天我们来主要是想详细了解案发当晚的情况。"严桓正介绍说。

姜仁雪并不关心眼前站着的都是谁,直接打断了刑警队长的话,问道:"我姐姐她现在怎么样?"

"很遗憾,目前还在抢救中,医院会竭尽全力的。"

"我还是不能去探视吗?"

"眼下案情尚不明朗,按照规定是不允许家属探视的,还请你理解。"

姜仁雪的情绪很激动:"我知道你们怀疑姐姐,可即便她是凶手,她也已经奄奄一息,没有继续杀人的能力了,对你们而言她并不危险,这种情况下也不行吗?"

"抱歉,我们也是有纪律的。"严桓正神情严峻,但尽可能用柔和的语气说。

姜仁雪扶着门,肩头一下子耷拉了下来。这时,她突然意识到自己一直把警方挡在门外,连忙让开身位,请他们进屋,顺便补上一句抱歉。

各自落座后,严桓正率先开口说:"这个时候还来打扰多少有些不近人情,但我们也是为了尽早破案,还请你谅解。"

"您客气了。严警官,我先生确实是被毒死的吗?"

"尸检结果表明,杨先生是中毒身亡无疑。"

听到这里,姜仁雪发出一声痛苦的低吟,不停地眨着眼睛,泪水很快夺眶而出,她哽咽着说:"果然,凶手就是姐姐。"

严桓正三人不明就里,不约而同地看向对方。等到姜仁雪稍微恢复镇定之后,严桓正立即询问道:"姜女士,你刚才说杀死杨荐的凶手是你的姐姐姜仁冰吗？"

"不会有错，只能是姐姐干的。"姜仁雪说。

"能告诉我们你为什么如此断定吗？"

"因为姐姐不止一次要我离开杨荐，也不止一次在我拒绝之后警告我。"

"警告你什么？"

"如果我不主动离开杨荐，她就会杀了杨荐。"

毋庸置疑，姜仁冰对杨荐抱有强烈的杀意。尽管邓钟已经两次听到这件事，但仍忍不住倒吸了一口凉气。严桓正看起来要镇定许多，大概对于杀意早已司空见惯，他只是紧紧皱着眉头。

"姜仁冰是否提到过她要如何杀死杨荐？"

"有一次我开玩笑问姐姐想怎么杀，她说下毒最方便，因为她能想办法弄到毒药。姐姐回答得很认真，这让我惊恐万分，从那之后我再也不敢问了，只能在心里祈求她不要做傻事。明明已经平安无事地过了这么久，没想到这次竟然……"说到这里，姜仁雪的眼眶又红了起来。

严桓正心里觉得凶手可能另有其人，但转念一想，即便说出来恐怕也安慰不到对方的情绪，索性递上纸巾，顺便换个话题：

"姜女士，请告诉我们1月25日，也就是案发当天你的行程。"严桓正说。

姜仁雪擦去泪珠，缓缓说道："那天早晨，我从姐姐家里出来，回了自己家，然后整个上午都没出门。吃过午饭后，我去了烘焙教室，一直到八点左右才离开，之后乘坐地铁去姐姐家，刚进门就看到了……"

"也就是说,你连续两天都去了你姐姐家?"

"是啊。"

"你们经常见面吗?"

"算是吧,我们隔三岔五就会见上一面,每周我也会去姐姐家住一宿,陪她说些心里话。"

"你们姐妹之间感情真好。"

"嗯,姐姐说要把之前缺失的弥补回来。"

严桓正疑惑地又把姜仁雪的话重复了一遍:"之前缺失的,具体是指什么?"

"爱。"姜仁雪的回答十分简短。

严桓正虽然不是很能理解,但还是点头了:"你刚才说每周去一次姐姐家,可是你这次是连续两天。"

"因为第一天晚上姐姐不在家。我们本来说好要在她家里煮椰子鸡,为此我食材都买好带过去了,一直等到十点半还不见她回来,打电话一问,她说自己要值夜班。说来也怪我,姐姐前几天和我提过那天要值班的事情,可我硬是给忘了。天色已晚,再加上外面又下着雨,我索性就在姐姐那儿睡了一晚。"

"因此,25日晚上你再次去到她家里是为了吃椰子鸡?"

姜仁雪点了点头:"而且当天正好是烘焙教室的团建日,我亲手制作了一些曲奇饼干,打算晚上带去给姐姐尝尝。"

"当天晚上你给姜仁冰打了一通电话,你们都说了什么?"

"我问姐姐有没有在家,还说等团建结束之后就过去。"

"那她是怎么回答你的?"

"她先是犹豫了一下,然后回答说她人在外面,马上就回家。

昨天我一直在想,或许是我逼得姐姐自杀的。"

"为什么这么说?"

"她一定是因为仓促之间不知道该怎么面对我才出此下策的。"

严桓正稍稍停顿片刻,打算思考委婉点的措辞,但最后还是认为直截了当最为合适,于是开口说道:"姜女士,杨荐是否经常对你家暴?"

"不,算不上家暴。"听到他的提问,姜仁雪睁大了通红的双眼,立即否认,"我先生不是故意的,他只是脾气冲动,有时候控制不住,事后他都会真心实意地向我道歉,请求我的原谅。你们不要听外人乱说,他对我很好,我们是真心相爱的。"

"你真的不恨他吗?据我所知,因为他的冲动,你们失去了孩子。"严桓正盯着姜仁雪的眼睛问道,他在"真的"这两个字上加重了语气。

听到这句话,姜仁雪用一种悲伤的目光瞪着他,这是无声的、强烈的抗议。

严桓正耸耸肩,说:"今天就先到这里吧,感谢你的配合。"

送走严桓正的时候,姜仁雪不悦地说:"我已经没有什么能告诉你们了。"

严桓正冲绷着脸的姜仁雪笑了笑,然后就听见"啪"的一声,门重重地被关上了。

回到车里,李虎没有着急启动汽车,他问:"严队,你刚才是故意激怒姜仁雪的吧?"

"我想试试她的反应。"严桓正回答。

"严队,你有没有觉得姜仁雪不对劲?"坐在后排的邓钟问。

严桓正转过头看向邓钟："怎么个不对劲？"

"这里。"邓钟指着心脏的位置，"我觉得她不像是在演戏，好像真的不认为自己受到了虐待，她的心理状态有点像人质情结。"

严桓正快速眨了几下眼睛："但又不完全相同，她可没有被杨荐囚禁起来，还能自由地参加烘焙教室。"

"严队，那我们接下来去哪儿？"

"就去烘焙教室。"

在烘焙教室接待他们的是个看着斯文的白净男人，中等身材，年龄在三十五岁左右，举手投足之间显得彬彬有礼。因为是上课时间，他身上还系着围裙。

"烘焙教室只是给那些有钱的主妇提供一个唠家常聊八卦的地方。"知道警方的来意后，这位名叫郑义的烘焙老师微笑着说道。

"你说得真坦率。"严桓正说。

"来这里上课的同学们只是享受烘焙过程中带给她们的快乐，至于最后能否学会都无关紧要，即便学会了，恐怕也不会在家里复刻。"他扶了扶鼻梁上的金框眼镜，"别误会，我没有别的意思，但这是大家都心知肚明的事情，没必要隐瞒。我在工作中的每一秒都是认真负责的，这是作为老师的尊严。"

郑义把话说得很漂亮，但在严桓正听来更像是在强调自己和那些主妇只是普通的师生关系。

"请告诉我们你眼中的姜仁雪是什么样的人？"

"如果要用一个词来形容她，那就是一般。长相一般，身材一般，烘焙方面的天赋也一般，性格不算内向，也谈不上有多开朗。总而言之，提起她很难立刻联想到什么特点，除了她的瘀青。"

"她的瘀青经常能见到吗？"

"我见过一次，在她的脖子上，但是其他主妇们说，换衣服的时候经常见到她身上的瘀青，手臂、肩膀还有背部都有过。所以，她们私下里都在传姜仁雪遭到了……"

大概是出于对学生的保护，烘焙老师斟酌了一小会儿，最终选择不再说下去。但是严桓正还是把那两个字说了出来：家暴。

郑义撇撇嘴，无奈地苦笑了一下。

"姜仁雪提起过她丈夫吗？或者是否谈到过他们夫妻之间的关系？"

"有一次她提到过自己的婚姻生活，当时用的词是很幸福。"

"在你看来是实话吗？"

"在我眼中，当时她的脸上洋溢着幸福的笑容，这是我看见的事实，至于真假，我可不具备警察的敏锐眼睛。"

"关于前几天的团建，希望你能和我们说得再详细些。"严桓正板着脸说。

"那只是一次正常的聚会。"郑义说，一丝不耐烦的神情在他的脸上闪现了一下，"团建是定期举行的，三个月一次，为了加深师生之间的感情。"

"哪方面感情？"严桓正的语气有些耐人寻味。

郑义的脸涨得通红，他怒气冲冲地说："你这话什么意思？警察说话也是要负责任的。"

严桓正点了点头，十分淡定地说："我可以找你的每一位学生了解情况，然后详细调查你的日常消费记录，还有出入场所，重点排查酒店、宾馆等场所，顺便和你的学生们做个比对，看看有没有令人惊喜的邂逅。"

"不可以这样。"郑义发出痛苦的呻吟,脸一下子变得惨白,"我承认,我和个别学生关系亲密,但不是姜仁雪。警官,我可以对天发誓。"

"还是说回团建的事吧。"

"团建的时间是半个月前就定好的,当然,我们事先询问了每位太太的意愿和时间安排,确保她们都能来参加。通常烘焙课是一周两节,上课时间是下午两点到五点,上课的内容就是普通的烘焙教学,与之相比,团建则是由每位太太动手做一道拿手菜,供大家品尝。团建的地点就在这烘焙教室,结束的时间大概是八点。"

"参与团建的总共有多少人?"

"两个班加起来十二人,加上老师和其他工作人员总共十七人。"

"姜仁雪那天确实全程参与了,没有提早或者中途离开吗?"

"如果有学生中途离开或者早退是需要告知我们的,团建结束时我们也会点名,而且,门口有监控,你们可以查看。"

"我的同事已经在拷贝监控了。"严桓正说,"团建结束后,她去了哪里?"

"我真的不知道。"郑义连忙回答道,"那些太太离开后,我们这些烘焙教室的工作人员还要留下来收拾和打扫卫生,一直忙到十点多才结束。"

严桓正说了一句"这样啊",然后眨了眨眼睛,接着说:"或许你的其他同事知道?例如另一位老师。"

"据我所知不会,我们私下讨论过,一致认定她不适合作为……猎物。"郑义说得很顺嘴,但说出口的同时就后悔了,他低下头,目光瞥向别处,"理由是她的言谈举止中无不表现出她深爱着她的丈夫。"

"她是什么时候开始在烘焙班上课的?"严桓正问。

"不到一年,但应该也有十个月左右。"郑义说。

"烘焙教室里有和她关系比较好的同学吗?"

"应该有那么一两个,您稍等,她们就在隔壁,我去把她们找来。"

过了几分钟,郑义带着两位同学回来,但是这两位同学对姜仁雪也没有多了解,基本上都是一问三不知,甚至有种被赶鸭子上架的感觉。

"如果想到其他与姜仁雪相关的线索,可以随时联系我们。"留下这句烂熟于心的嘱咐,严桓正等人走出烘焙教室。

"严队,你怀疑郑义和姜仁雪之间有不正当关系?"邓钟问道。

"我不确定,只是之前有消息说,这家烘焙教室的老师和某些学生之间存在着不可告人的秘密。"严桓正说。

"你这消息可靠吗?"

"被某位先生抓了个人赃并获,一怒之下直接带到派出所了,你觉得呢?"

"那后来是怎么解决的?"

"这种丢脸的事在那些有钱人的圈子里可经不起口口相传,气消了自然还是调停和解呗。"严桓正说,然后转头问身旁的年轻部下:"虎子,说说你在监控里看到的情况。"

李虎翻开笔记本，说："根据烘焙教室出入口的监控显示，案发当天下午一点五十七分，姜仁雪走进教室，直到晚上八点一分和其他学生一起离开，其间没有进出，之后也没有再返回教室。"

严桓正点了点头："那就可以排除她出现在杨荐案发现场的可能了。"

李虎有些沮丧："但是案子又回到了原点。"

"那也不尽然，你说对吧，邓教授。"

"严队，你别这么叫我，我受宠若惊。"

"你刚才一言不发，心里在想些什么？"

"我在想，姜仁雪24日前往姜仁冰家里的目的如果是下毒呢？"

"倘若如此，加入电热水壶里的毒药经过几个小时恐怕早已经挥发，即便没有完全挥发，姜仁冰用电热水壶烧水时，看见水壶里有残留的液体，通常也会下意识地倒掉或者冲洗干净吧。"严桓正说，"我们把姜仁冰家里里外外都检查了一遍，除了电热水壶和水杯，没有在其他地方检测到毒药。"

"所以只能是自杀了啊。"

"如果不是，那封遗书又该作何解释呢？"

"说不通，我总觉得遗漏了什么，所以总有些地方说不通。"

6

邓钟回到侦探事务所后，他们聚在生活区的沙发上商讨案情。

"你们今天了解到什么新线索吗？"苏则问。

"用严队的话说，别看收获不大，但也不是毫无收获。"邓钟回答。

"什么意思？"段琪妤问。她捧着平板电脑，手指时不时对着屏幕向上滑动。

邓钟疲倦地摇着头："我还没想明白。"接着他把当天了解的情况全部告诉给侦探事务所的同伴们。

"会不会是我们把问题想得复杂化了？要我说，杀死杨荞的说不定就是姜仁冰，为了不连累妹妹，所以留下遗书自杀。"肖柠诺说。

"目前警方内部似乎也在认真讨论这种可能性。"邓钟说。

"毕竟就现在掌握的证据来说，这是最直接的结论。"肖柠诺说。

"对方是双胞胎，会不会是认错了呢？"苏则小声嘟哝着，手上也没闲着，铅笔在笔记本上不停地勾画着别人看不懂的图案，"或许出现在监控画面里的是姜仁雪，那么凶手就有可能是姜仁雪。"

"你别忘了姜仁雪当时在烘焙教室参加团建，那里可是有十八名师生可以为她做证。"邓钟说。

苏则反驳说："那也并非完美无缺，如果之前她们就交替参加培训班，那么培训班的其他人当然就无法辨认出她们。我知道了，这本来就是个蓄谋已久的计划，三个月，不，可能更久之前就开始了，姐妹俩合谋杀害杨荞。你们怎么一副难以置信的表情？"

邓钟皱了皱眉头："既然如此，姜仁冰为什么要服毒自尽？"

苏则犹豫了一会，说道："这个嘛，也许是良心发现，觉得愧疚不安，或者是牺牲自己保全妹妹。"

"可是，无论出现在监控里的是谁，依旧无法还原毒杀杨荐的过程，而且监控拍下的画面里，姜仁冰或者姜仁雪并没有靠近杨荐，按道理，她们也没有机会在杨荐的食物里下毒。"邓钟说。

"要说下毒的机会，那还是姜仁雪更大些。假设杨荐有饭后吃其他东西的习惯呢？火锅店和烧烤店会在收银台给结完账的客人准备薄荷糖，不是吗？说不定杨荐也有类似的习惯，例如口香糖。"苏则说，"凶手提前准备好有毒的口香糖，等待杨荐自己吃下，这样不在场证明就失效了。"

邓钟并不认同："首先，姜仁雪不可能将所有口香糖都替换掉，因为尸体被发现后，警方第一时间封锁了杨荐的家，并没有发现毒药。再者，如果姜仁雪只替换掉其中的一颗，那么就成了随机的杀人手法，那么，她要如何控制案发时间，因为只有那天她有完美的不在场证明。"

苏则轻哼了一声，脸上的表情似乎在说着那又如何："如果案发当天刚好只剩下最后一颗口香糖，那么凶手就只需要替换掉那最后一颗不就好了。"

邓钟眼前一亮："你的意思是姜仁雪半个月前就知道案发当天有团建，所以提前控制好口香糖的数量，以此来确保杨荐吃下她提前准备的毒药。"

苏则兴奋地继续说："而且，杨荐后脖颈处的针孔就是证据。凶手一定是前天夜里趁着杨荐熟睡之际，用针筒刺了一下，由于针尖所带的毒液量极少，因此不会危及生命，能做到这件事的当然只有同床共枕的姜仁雪。"

"打断一下，"肖柠诺说，"我记得教授说过，案发前一天她在姐姐家过夜。"

苏则瞬间哑口无言："这个嘛……"

邓钟点点头："确实如此,这点姜仁冰小区的监控可以证明。而且,如果凶手真的使用了你刚才的'口香糖方法',很容易留下一个危险的破绽,就是刚好空着的容器,大概率这个容器还会出现在杨荐家的垃圾桶里。"

"阿则,要不你还是用冷水洗把脸吧。"段琪妤放下平板电脑说道。

"助手,我发现你似乎有场地加持效应。"邓钟说。

"场地加持是什么意思?"肖柠诺疑惑地眨了眨眼睛,"我只听过场地魔法。"

"大概不是什么好话。"苏则撇了撇嘴。

"就是你在有雪的地方特别聪明,雪越大你的推理能力越强。"邓钟解释道。

"谁知道呢?"苏则耸耸肩。

"说起双胞胎,我倒是想问问小妤,你和你的双胞胎妹妹长相真的完全一样吗?"邓钟问。

段琪妤摇摇手指:"'完全'这个词太绝对,对于不常见面的人来说应该是一样的,小时候连爸爸妈妈偶尔也会将我们俩弄混。"

"那岂不是没办法分辨了?"肖柠诺说。

"当然不是,世界上不存在完全相同的两个人,即便我们是双胞胎,也是两个不同的个体,比如妹妹要比我高出半厘米。"段琪妤解释道。

"只是半厘米差距,单凭肉眼根本无法区分吧?"苏则问。

"性格也不一样,还有喜好、妆容、打扮等。例如:我喜欢粉红色,而妹妹喜好蓝色之类的深色调;我擅长做饭,妹妹对此则是一窍不通,她的特长是音乐。"段琪妤说。

邓钟意味深长地看着段琪妤:"换而言之,只要稍加了解,还是能够区分你们的。"

段琪妤坚定地回答道:"没错。教授,你是不是想到什么了?"

邓钟又把手指关节按得嘎嗒作响:"说不定我们之前真的弄错了,大错特错了呀。"

随后,邓钟拨通了严桓正的电话:"喂,严队,现在有时间吗?我想再看看姜仁冰留下的那封遗书,如果可以,我还想去她家一趟。新想法?算是吧,目前还不能确定。半个小时后吗?明白,我在侦探所等你。"

放下手机后,邓钟抬头看着天花板,久久不语,他的心中有了一个猜想,但他又希望是自己错了,因为如果是真的,那动机背后的真相未免就太过悲惨了。

7

1月28日,上午八点二十九分。

医院,重症监护室病房外。

姜仁冰,案子的嫌疑人、证人,此刻依旧处在昏迷状态。半分钟前,主治医生走出她的病房后面色凝重地与警方低声交谈。苏则竖起耳朵只听到前两个字,"恐怕",再之后说了什么就听不清楚了，因为医生把声音压得更低了。

情况可能不容乐观，苏则暗自思忖。协助警方保护姜仁冰，这是他和段琪妤的任务，因此他已经下决心坚守到最后一刻。

段琪妤已经在巨大的透明玻璃前站了许久，也不说话，只是若有所思地注视着里面。

与此同时，在警方临时借用的一间医院会议室里，肖柠诺将嘴里的棒棒糖一口咬碎，塑料棒丢进垃圾桶后，在姜仁雪旁边落座。李彦明，绰号胖鼠的男人坐在她们对面，神色不安地左右观望着，他觉得自己被两名刑警包围了，实际上他们之间还有两到三米的距离。

严桓正倚靠在会议室门口，手机振动了一下，是鉴定科同事发来的消息，他满意地扬起嘴角，双手抱在胸前，然后给邓钟递了个眼色。后者心领神会，站起来抖了抖上衣，将衣领也整理了一下，一切都准备就绪。

是时候结束这出用爱串联的悲剧了。

邓钟郑重其事地开口说道："今天找两位过来是为了解开前天发生的两起谋杀案。"

"谋杀……两起？"胖鼠突然反应过来，一副难以置信的表情。

"当然是两起谋杀案，杨荐被毒杀案，还有姜仁冰被毒杀未遂案。"邓钟说。

"她不是服毒自尽吗？"胖鼠瞪大眼睛，来回看向邓钟和严桓正，最后又停在姜仁雪脸上，表情逐渐从困惑变成惊恐。

"别着急，我们一件一件慢慢聊。首先是凶手毒杀杨荐的手法。"邓钟一只手扶着椅背，冷冷地说道。

"案发当晚七点刚过,吃过晚饭的杨荐一如往常地下楼,打算坐在路边看着来往的行人和车辆,度过一个愉快的夜晚。半路上他摸了摸口袋,拿出一小袋自制的'饭后甜点',这是凶手告诉他的。对此毫不怀疑的他撕开塑封袋,里面只有一粒去了核的黑枣,甜甜的,是他喜欢的味道。总之,他随手将塑封袋丢在了路边的草丛里,走向了大部分夜晚都会在的地点。可是,那粒黑枣嚼着有些怪,兴许是已经咽下去大半,也懒得再吐出来,索性喝了口刚买的果汁把味道压下去。之后,他平静地坐在路边,等候着死亡来临。

"杨荐就是这样在路边被杀死的。我们最初一直以为凶手是在众目睽睽之下完成杀人这件事的,但是凶手自始至终都没有出现在他身边,因为完全没有必要。凶手只需要安心地享受自己的愉悦时光,等待着死者自己服下毒药,就是这么简单。那么,切换回凶手的角度,他又做了什么呢?这次,故事要从那天下午说起。

"案发当天,杨荐在公司里精神不佳,于是凶手给他泡了杯咖啡,并趁机往里面下入安眠药,等杨荐睡着后,他走进办公室,用注射器在杨荐的后脖颈处轻轻扎了一下,此时注射器里的毒药所剩无几,因为在这之前凶手已经将毒药注射进我刚才提到的'饭后甜点'里了。之后,凶手要做的就是等待,等杨荐睡醒之后,把带毒的'饭后甜点'交给他,最后,凶手将注射器和毒药装进袋子,丢进案发现场附近的一个垃圾箱里。到此为止,就是凶手所做的全部。"

"胖鼠,你有什么要纠正我的吗?"邓钟看着胖鼠,神情复杂。

"现在我是不是应该像影视剧里那样问一句,你们有证据吗?"

胖鼠自嘲般笑着。

严桓正举着证物袋,里面是一个被撕开的塑封袋:"我们在路边的草丛里找到了这个塑封袋,在塑封袋的内侧我们检测出黑枣和曼陀罗草的成分,而在袋子外侧,我们检测出你和杨荐的指纹。"

"是在草丛里啊,原本我以为会落在他身边,然后被风吹走呢。"胖鼠说,"邓教授,你是什么时候开始怀疑我的?"

"当苏则猜想凶手将毒下进点心里哄骗杨荐吃下的时候,我想起来你经常给公司里的人送小点心。"

"是啊,杨荐怎么都不会想到我竟然会下毒杀他。"

"胖鼠,姜仁冰是你的共犯吧,她提供了毒药,并且故意出现在案发现场附近,为的就是将嫌疑转移到自己身上,借此干扰警方的判断。"严桓正说。

胖鼠没有回答,他的目光看向严桓正,确切地说,是看向严桓正身后的出口,姜仁冰依旧生死未卜。

"既然提到了,那么接下来就来说说凶手是如何下毒谋杀姜仁冰的。"邓钟稍作停顿,"杨太太,是由我来说还是你自己坦白?"

"看着你跃跃欲试的样子,我就不扫兴了。"姜仁雪说,她那柔和的声音很低沉,有种听之任之的味道。

"恭敬不如从命。"邓钟说,"故事还得从 23 日傍晚说起。姜仁冰在公司与杨荐大吵一架,双方具体在办公室里说了什么我们不得而知,关键是临走前姜仁冰扬言要杀了杨荐,这句话当时在场的所有人,包括你们两位都亲耳听到了,也正是这句话,引发了两天后的悲剧。姜仁冰为了保护妹妹,与胖鼠合谋杀害杨荐,而姜仁雪杀害姐姐的动机则是为了保护杨荐。真巧啊,但还有更巧的,那就是姐妹俩竟然将杀人的时间选在了同一天。

"我猜想,你下毒的准确时间应该是 25 日早晨,也就是你从姜仁冰家里离开之前。警方在姜仁冰家里没有发现可以直接饮用的纯净水和饮料,桌上放着的水壶也是空的,应该是都被你倒掉了吧。总而言之,当天回到家的姜仁冰如果想要喝水,就必须先用电热水壶烧水,所以,一开始我想当然地以为毒是下在电热水壶里的,但是这个办法行不通。

"直到我看到厨房里的水龙头净水器,那是可以更换滤芯的简易净水器,我立即打开净水器,发现滤芯很干净,像是刚换上的。接下来我们在姜仁冰的电脑上找到了购物记录,半个月前她刚刚购买了五个滤芯,随后我们又在她家中找到两个崭新的滤芯,是的,只剩下两个,算上水龙头上的一共三个,也就是半个月里,滤芯至少已经消耗掉两个,这是不可能的,因为一个滤芯大概可以使用十天,何况这种滤芯简单清洗过后再装上是可以继续使用的。"

"你们检查得真细致。"姜仁雪说。

"多谢夸奖。想到这里,你那天所做的事情就一目了然了。25 日早晨,你用带有毒药的滤芯替换掉水龙头里正在使用的旧滤芯,为了不引起怀疑,你将旧滤芯连同厨房垃圾一并带走丢弃,到此,你的计划已经完成了一半。

"25 日晚上,你从烘焙教室离开后直接到了姜仁冰家,如你所料,她已经喝下了毒药昏迷不醒,于是你立即报警,然后将有毒的滤芯取下,同时打开水龙头。姜仁冰家的电热水壶容量是 1.7 升,由于她烧了满满一壶水,因此,绝大部分毒药其实都进入了热水壶里,残留在净水器里的毒药已借助水流从下水道冲走了,警方是在八分钟后到达，这些时间足够了。最后，你只要再装上另一个新的滤芯，将毒滤芯藏进你当天背着的包里带走即可。后来毒滤芯是在哪被找到的，就请严队说明吧。"

严桓正点点头，向前走了一步："警方与急救车到达后，你也跟着急救车到了医院，一路上你没有时间将证据处理掉，但是在你离开医院前我的同事对你随身携带的物品进行过检查，并没有发现异常，也就是说，毒滤芯只有可能是在这期间被你丢进了医院的垃圾桶。"说到这里，严桓正举起另一个证物袋，里面是一个黑色的小塑料袋，"毒滤芯就在这个塑料袋里。这家医院的垃圾是经过分类后，根据不同的性质，再由专门的运输车定期运走，幸运的是，昨晚我们比运输车早到一步，找到了它。我们在滤芯上虽没提取到指纹，却在塑料袋的表面上提取到了你的指纹。"

邓钟接着说："那封姜仁冰留下的遗书，我想，她是真的不希望连累你和胖鼠，所以决定一死了之。至于你所使用的毒药，恐怕是从她家里偷来的吧？"

姜仁雪面带讥讽，冷冷地说："毒药是她交给我的。大概是一周之前的事情了，她想让我亲手杀死杨荐，还告诉我要少量多次地下毒，这样才能不被警方怀疑，真是可笑。"姜仁雪已经不愿再称呼姜仁冰为"姐姐"，而是换成"她"，"24日晚上，我打算将毒药还给她，并且告诉她不要再插手我们夫妻之间的事情。偶然之间，我在她的电脑里看到这封遗书，我一下子就反应过来了，她是真的要动手，因此我也只好在她得逞之前杀了她，没想到，我终究还是晚了一步。"

会议室的门被推开。

还在大口喘气的苏则和段琪妤走了进来,一时间,会议室里所有的目光都汇聚在他俩身上。

苏则心里清楚眼前的这些人在等待什么,其实答案已经写在自己脸上了。有些话是很难说出口的,换了平常,邓钟会主动承担起这样的重任,但今天不同,站在他身后的是段琪妤。

苏则咽下口中唾液,抬起眼皮直视前方,郑重地说:"很遗憾,姜仁冰女士经抢救无效,已经离世。"

严桓正静静地关上门,邓钟朝两位同伴点头示意,肖柠诺则投去安慰的一瞥,李虎和王哲不敢松懈,依然坚守自己的岗位。姜仁雪怔怔地盯着桌面,一动不动。胖鼠用力吸了几下鼻子,突然泣不成声。

"胖鼠,你和姜仁冰是恋人关系吗?"邓钟问。

"她说现在最要紧的是要拯救她的妹妹,交往的事等这件事完成后她会认真考虑的。"说到这里,胖鼠瞪着姜仁雪,悲伤不已:"你怎么可以这么对你姐姐,你知道她这么做都是为了你吗?她是那么爱你……"

姜仁雪的全身都在微微颤抖,她用更加冷酷无情的语气逼问回去:"爱?当初她为了逃离地狱,不惜将我推入深渊,从那时起,地狱就成了我生活的世界,杨荐就成了那个世界的支柱。我相信,我爱着他,他也爱着我。我承认,他总是对我施暴,可那又怎么样,我早就习以为常了,我告诉自己,这也是生活的一部分,我接受了,心甘情愿。为什么不呢?至少事后他会道歉,抱着我,诚心诚意地哭着求我原谅,在我原本的家支离破碎之后,是杨荐再次给了我一个家,即便是在地狱。可是,姐姐突然出现,她像变了一个人，完全不同的人，她开始关心我，向我忏悔，口口声声说着爱我。多么可笑，她这么做只是为了赎罪，为了填补心中的空缺，为了让自己好过些，为了可以心安理得地开始新的生活。多么自私的爱啊，如果这样也能算作爱。"

听到这里，胖鼠已是目瞪口呆，他张着嘴还想反驳，又不知道该从何说起，直到被警方带走他也没再说一句话。姜仁雪也不说话了，只是她的嘴角微微扬起，挂着一抹诡异的笑容。

"终于结束了，又是一场一言难尽的悲剧啊。"严桓正说，早已见惯了这种场面，他的语气听着有些冷淡，"这次也辛苦你们了，等手头的工作忙完了我再登门致谢。"说完，他急匆匆地离开了。

会议室里只剩下侦探所的四个人，像是为了缓解尴尬，邓钟问道："所长，这种时候你不是该宣布一条新规则吗？"

"夜宵禁止椰子鸡。"段琪妤漫不经心地回答道。

8

这是个美丽的夜晚，月光皎洁，周围很安静。

女孩抱着吉他，手指在琴弦上无意识地拨弄着，面前的笔记本电脑上显示着某个软件，用音乐软件写歌似乎是眼下流行的方式。

房间的门虚掩着，女孩是故意把门留着的，留给那个她思念的人，她感觉，那个人就要回来了。

"都说了开头的旋律用 C 调更好，真是任性的妹妹。"

"啰唆啦，姐姐，这是我的原创歌曲，才不需要你干涉我的想法。"

姐姐走到妹妹身边坐下,妹妹立刻放下吉他,给了姐姐一个大大的拥抱,脑袋顺势枕在姐姐的肩膀上。

"姐姐的侦探事务所还在对外营业吗?"

"你这是什么话?事务所生意好着呢!开业到现在顺利解决了好几个案子呢。"

"不赖嘛,不愧是我的姐姐。"

"改天来玩吧,但是,不是遇到麻烦才来,而是开开心心抱着玩的心态来。"

"姐姐这是在诚心诚意地邀请我吗?"

"当然不是,只是怕你无聊随口一提罢了。"

"等我把这首歌写完就去,到时候就在事务所专门给你们办一场 mini live。等下,你那是什么眼神,怀疑?还是嫌弃?"

"倒不是嫌弃,只是这首歌你都写了好几年,什么时候能写完呢?"

"快了,就在刚刚,姐姐你走进来的瞬间,我好像找到了所需要的最后一块拼图。"

"那你还不赶快写下来?"

"不要,现在我只想这么抱着你。"

"今晚久违地一起睡觉吧。喂,你现在才是嫌弃的眼神吧?"

"谁让你每次睡觉都像只树懒挂在我身上。"

"那是因为你总把我当成人肉抱枕,所以我才先下手为强,而且你睡觉还打呼噜。"

"哪有,明明是姐姐你喜欢说梦话。"

姐妹俩乐呵呵地笑着。

"姐姐，你今天怎么会突然回来？"

"因为爸妈担心你有没有在做什么奇怪的事情。"

"那你就不担心吗？"

"起初还是小小地担心了一下子，后来，我把你最近一年在所有社交平台发的内容都看了一遍，包括用小号发的也没落下。总之，我确定你是在为创作歌曲的事情苦恼后，也就放心了。"

"我确实在社交平台发布过专辑的制作进度，但都设置成仅自己可见，啊，原来那个异地登录就是你。"

"我也是抱着试试的心态，没想到这么多年了你的密码依然没换。"

妹妹哼了一声，抱着姐姐的手却更加用力了。

第五章

问诊规则：人心亦是剧毒

抬头看向墙上的挂钟，五分钟后就九点了，又到了开店营业的时间。我打开推拉门走到外面，按下了招牌灯的按钮。

今晚是白色情人节的第二天，街上冷冷清清的，与昨夜相比，实在有些惨淡。

我们是一家只做夜宵的店，做的又偏偏是套餐饭之类适合作为正餐的菜品，乍看之下有些不合时宜，但这也恰恰是我们与众不同之处。幸运的是，开业至今已经过去三年时间，也算是收获了一批常来光顾的食客。

今夜会有哪些客人上门呢？偶尔没有人光顾，寂寞地、安静地度过一个夜晚或许也不错吧？

初春时节的晚风依然寒冷，我摩挲着双臂，回到店里。

我熟练地走向玻璃橱窗，取出一罐奶粉，舀了一勺，倒进玻璃杯里，倒入热水，耐心搅拌均匀。把牛奶放在柜台后，我拉开后厨的帘布，探进头去，轻声说："老公，牛奶泡好了。我的核桃露也煮好了呀，谢谢。"

"啊，嗯。"过了一小会儿，他端着热腾腾的核桃露走了出来。

今天浓稠的核桃露里照常加了我最喜欢的蜂蜜桂花酱，香气扑鼻，最适合这样寒冷又寂静的夜晚。

这是他为我煮核桃露的第三十一天。

今天的他看起来无精打采，也不像之前那么殷勤，脸上充满了困惑。困惑是应该的，因为在他的预想中，我应该已经是具冰冷的尸体了，死因是突发心脏病，或者是劳累过度，他一定编造好了各种理由。总之，他不会被怀疑是凶手，我也不会有中毒的迹象，即便他确实连续三十天在我的核桃露内加入了一粒白色的药片。他相信，那是连续服用三十天后就会将我杀死而且无法被检测出来的慢性毒药，是的，他是如此执着地期待着，相信着。

我当着他的面，一勺接着一勺，在他的注视之下，将核桃露喝个精光。

"老公，你再不喝，牛奶就该凉了。"

"是，你说得对。"

他端起杯子，将我亲手冲泡的牛奶喝了下去，一滴不剩。

这是我为他泡牛奶的第三十天。

纯白的牛奶中加了我为他准备的白色药片，连续服用三十天后就会将他杀死，而且无法被检测出慢性毒药。

事情要从上个月的情人节说起。

那天我中午睡醒的时候,他已经出门了,这有些反常。距离准备食材还有好几个小时,既然不耽误正常营业,那就随他去吧。

他回来的时候是下午两点,手里捧着一大束红玫瑰,愉悦地说着"情人节快乐"。

我大吃一惊,但更多的是喜出望外,有一瞬间,我觉得某种不知名的热情似乎又从心底燃起。我的脸颊发烫,一直热到耳根,在他的眼中,大概会和艳丽的玫瑰一样红吧。我走上前,隔着玫瑰花久违地给了他一个拥抱,我抱得小心翼翼,避免压到脆弱的花。玫瑰花香涌进了鼻腔,多么美好的香气啊。

注视着娇艳欲滴的花瓣,我的目光逐渐上移,他厚厚的嘴唇今天格外性感,我有种冲动,但很快抑制住了。终于我们四目相对,久久地凝视着对方。我确信,我的目光足够深情,是的,他一定能从我的眼中看到由衷的谢意。

要知道,这是我们结婚的第十一个年头,各种节日、纪念日变得和生活中的每一天一样平淡无奇,浪漫与爱情,这些年轻人幻想中的美好词汇早已在一次次的争吵后消散殆尽。更何况,我们之间缺失了最重要的元素,那就是许多人口中维系婚姻的纽带——孩子。

从医学上,我被判定为几乎无法受孕。

对此,我一直深感愧疚。然而他似乎并不在意,至少嘴上是这么说的:"有什么关系呢?也不是每个家庭都有孩子。""没有孩子我们两个人也能把日子过好。""现在开销多大啊,要培养一个孩子长大成才得多不容易,万一是个男孩,还得帮他买房买车,压力太大了。"我想,他是为了安慰我才故意这么说的。

我见过他宠爱亲戚家小孩的样子，和邻居家孩子玩耍的样子，每次店里来小朋友时都耐心询问口味和喜好的样子。可是，我确实有心无力。

我们尝试了很多方法，先是正规的医院，再到江湖郎中，然后是流传已久的偏方。很多很多，只要是能想到的，我们都试过了。每一次的开始往往充满希望，结果又都会以失落和放弃告终，用不了多久，我又会说服自己，说服他，盲目地相信下一次，循环反复。

然而，我们的争吵也更加频繁，"放弃吧，不要继续折磨自己了。""实在不行就去领养一个，只要用心疼爱，就和我们自己的孩子没两样。"

我拒绝了，我无法接受养育别人的孩子，自己含辛茹苦养育的孩子说不定哪天又要拱手还给原来的父母，这太可怕了。除此之外，如果孩子知道自己是领养的，又会怎样看待我们呢？无论如何，我都不能接受。

终于，三年前的一天，我们坦然地接受了又一次的失败。我从洗手间出来，沉默不语，他没有像往常一样走过来安慰我。

"果然又是同样的结果，"他板着脸，冰冷的话语一字一句刺进我的耳膜，"按照约定，这是最后一次，希望你能够放过自己，也放过我。"

从那以后，孩子的话题成了我们之间的禁忌，再也没有人提起。

"喜欢我送你的惊喜吗？"他的声音在我耳边温柔地响起。

我依偎在他的怀里："喜欢，谢谢你。"

"我还准备了一个惊喜。"他说，"我刚认识一位治疗不孕不育的名医。"

我不敢相信自己的耳朵："你之前不是极力阻止我继续治疗吗？"

他抓住我的胳膊，比以往更加使劲："因为我不想看到你痛苦，可是我也知道，你对这件事耿耿于怀，所以再尝试一次，我们再努力最后一次，你说呢？"

"好，当然好。"我再次确认，"真的可以吗？"

他坚定地点头："可以，连时间我都约好了，你去换件衣服，我们这就过去。"

午后明媚的阳光照射进来，我觉得自己被光包围了，温暖而幸福的光。

诊所在医生的家里，是一个敞亮的房间，里面除了基本的桌椅家具外，基本没有多余的装饰品，显得有些单调。

当我问是谁介绍的医生时，他说出了名字。我记得那人是他的一个朋友，有段时间经常来光顾我们店，不过已许久未见，听说因为工作调去了其他城市。

医生是位气质出众的年轻人，身高一米八五左右，五官端正，四肢修长，穿着一套休闲西装，让人忍不住想起 20 世纪 90 年代影视剧里白净的花美男。

医生端来两杯热水，然后在我们的对面坐下。

"是昨天有过预约的黄诀先生对吧？幸会，那么我们就长话短说，直接进入正题。之前在正规医院做的检测报告和影像资料都带来了吗？这些都是啊，好，我看看。"

医生从头到尾认真翻看了大约五分钟，其间还抬头观察我两次，然后给我诊了脉，询问我的身体健康状况，例如有没有其他慢性疾病，对什么药物过敏之类的。

"医生，是不是没希望了？"我问。

"之前的那些客人也问过相同的问题。"医生微微一笑，"我只能说你的情况并不是最糟糕的，当然我也不能打包票肯定能成功，和你拍桌子打包票的通常都是些神棍。"

"我真的还有机会怀孕吗？"

"当然有，请你一定放宽心态，轻松愉悦的心境非常重要。"

医生起身走到药柜旁，从架子上取下一个白色塑料瓶，然后交给我们。瓶身光溜溜的，药的名字、成分或者适应证这些信息都没有。

"药物的成分对身体无害，目前没有出现严重的不良反应。"医生说，"别担心，这也不是什么高额进口药，只要五十元。对了，我这里只收现金。"

"五十元？人民币？"我再次确认。

"是的。"

难以置信，我看向他，他也是一脸诧异。

"这太便宜了。"我说。

困扰了我们十一年的烦恼，费尽心力尝试了无数次也无济于事的顽疾，要知道我们这些年浪费了不下三十万元，而现在解决它竟然仅仅需要五十元。有一瞬间，我甚至觉得自己受到了侮辱，愤怒使我的脸颊发烫。

医生做了个宽慰的手势，微笑着说："你们误会了，这瓶药并不能够让你成功受孕，现在不是谈论怀孕的时机。治疗是个漫长的过程，希望你们要有些耐心。在那之前，需要先调整你的体质，这瓶药的作用就在于此。"

"体质？"

"举个例子，你知道有部分人一喝牛奶就会腹泻吧？"

"我就是你口中的部分人之一，我记得这是一种病，叫作乳糖不耐受。"

"确切地说，是因为你们的身体里缺乏分解乳糖的乳糖酶。同样，你无法受孕的原因也是你的身体里缺少了某种物质，但是每个人的身体情况不同，所以首先需要服用药物来测试究竟缺失的是哪种物质。"

"你的意思是要先找出我缺少的物质才能对症下药？"

"完全正确，黄太太，你很聪明。"医生用眼角余光瞥向他，然后眯起眼睛笑了笑，"瓶子里共有三十粒药片，一天一粒，建议晚上服用。另外，药的味道比较苦，可以混在其他食物里服用，比如有些人喜欢睡前喝杯热牛奶，啊，抱歉，我忘记你乳糖不耐受。"

"这个简单，可以加进核桃露里，我爱人最喜欢我煮的核桃露。"他看着我问道："接下来每天晚上我都煮核桃露给你喝，好吗？"

"我求之不得，谢谢你，老公。"我回答。

走出诊所没几步，他又返回医生的办公室，他说刚才忘了问是否需要忌口。很快，他又回到我的身边。"暂时不需要。"他心情愉悦地说道。

从那一刻开始，他始终笑容满面，看得出来，他也满怀期待。

真好，他对我还和从前一样细心。

第二天早上，医生给我打来电话，约我见面，地点还在诊所。

"你正在接受的并非不孕不育的治疗，你们昨天买走的药片只是没有副作用的维生素片。"医生开门见山地说。

我无比震惊。

医生站起来,走到另一张桌子旁,桌子上摆着咖啡机、几个杯子和瓶瓶罐罐。

"喝茶吗?还是咖啡?为了接下来的话题,我建议还是来杯咖啡。"

医生花费几分钟煮了一杯咖啡,并且热心地准备了炼乳和白砂糖。

"现在是什么情况?难道你在向我忏悔吗?"我问。

医生摇了摇头:"你误会了,我只是认为,你有权利知道真相。"

我更加疑惑了:"既然如此,为什么不当着我丈夫的面说,而要单独把我找过来?"

医生没有回答,反而在笑,笑得很暧昧。

"难道他已经……"

我有种不好的预感,但无论如何我都不敢说出口。

"你是位聪明的女士,应当能明白这意味着什么。"

"为什么?他只是想哄我开心,让我觉得这件事有希望,让我心存幻想,不,幻想总归会有破灭的一天,这只会让我更加失望。"

"你再次误会了,在黄先生的视角里,那是致命的毒药。"

强烈的眩晕感袭来,我顿觉眼前一片漆黑,回过神来的时候已经瘫坐在地上。果然他还是很在意,之前说的那些都是谎言。

看来他是对我彻底失望了。

医生坐在那里一动不动地看着我,目光里不带有丝毫同情:"隔壁房间有沙发,如果你需要躺下休息。"

"不,我很好,请给我一点时间。"我挣扎着坐起来,一口气喝下了半杯咖啡。

"当然。"

"你刚才说毒药?他想杀我?"

"确切地说,他想让你的死看起来像个意外,例如突发心脏病或者猝死。"

"原来他这么恨我,就因为我不能为他生个孩子?"

"你真的认为一个幼小的生命能改变什么吗?"

"除此之外还能是什么原因呢?"

"自由啊,黄先生已经厌倦了来自你的束缚。"

束缚?多么荒谬的词,我以为已经给了他足够的自由。不过问他休息时去了哪里,不限制他是否藏了私房钱,不勉强他做讨厌的事情,难道这些还不够吗?

说到底他只是厌倦了我这个人吧,亏我还一直深感自责,我竟然为了这样的男人自责,真是耻辱。

"接下来你有什么打算?"医生平静地问。

"既然知道了他的目的,当然是想办法阻止他。"我回答道。

"那么你想过离婚吗?"医生接着问。

"你是说要我离婚,然后平分财产,啊,难道他还想要夺走我最宝贵的店吗?他休想!那家店就像是我的孩子,我投入了全部的心血,任何人都别想抢走!"因为太过激动,我听见自己的声音变得尖厉起来。

"如他所料,你果然不同意离婚,更不愿意放弃那家店。或许你们可以协商解决,你付钱,他把店留给你。"

"不,我不会因为他的错向他支付一分钱,这不公平。"

医生发出一声冷笑:"公平?这种放在童话故事里都觉得唐突

的词汇怎么能适用于成年人的世界。"

"你说得对。"

"我还可以告诉你，报警是徒劳无功的。首先，我绝对不会为你们任意一方做证。其次，即便警方介入调查，也只会认定你们从我这儿买走了一瓶价值五十元的维生素片，无毒无害的维生素片而已，证据是不存在的。最后一点，如果事情闹大，你先生一时间狗急跳墙，后果可就麻烦了。"

"你在威胁我？难道你是他找来的说客，你们编了个拙劣的故事就为了骗我离婚？"

"说客这个身份不适合我。"医生缓缓摇头，总是扬起的嘴角压得平直，"我说过了，我认为你有知道真相的权利。"

"可这么做对你有什么好处？"我恍然大悟，真是个可怕的念头，"我懂了，你希望我向他复仇，并且你已经想好了办法打算明码标价卖给我。"

医生抬起手指，像强调般敲着桌面："是一个确实能杀死他但看起来像意外的办法。"

我不禁倒吸一口凉气："你怎么确定我会购买？"

"就目前来说，我相信这是最明智的选择。"他扬起下巴，自信满满。

不得不承认，有那么一瞬间，我确实动了邪念，但头脑依然清醒。我换了个话题，试图让自己平静："我想知道，他花了多少钱买下那瓶假的毒药。"

医生从抽屉里拿出一个信封，打开展示给我看，里面装着的全是百元钞票："都在这里了，总共四万元整。"

"区区四万元？一定还有别的附加条件吧？"我十分诧异，但心里还有些期待。

医生目不转睛地盯着我，无声地默然揉碎了最后的慰藉。

"是吗？我明白了。"

"你先生相当天真啊，以为这点钱就足够买你的命。"

"他就是这样愚蠢的男人。"

"不仅如此，他还试图和我讨价还价，甚至说出了要分期付款的蠢话。"

"四万块都拿不出来还打算杀我？这几年店里的采购一直是他负责，背着我偷藏私房钱这件事我当然心知肚明，只不过懒得去撕破脸皮而已，看来这笔钱比我想象中更少啊。"

"不不不，你误会了。他亲口告诉我的是，上个月刚刚买了一条价值不菲的项链。"

"项链？我从来没见过。"

"他还在旅行社交了一笔订金，说是下个月要带着心爱的人去欧洲庆祝认识两周年的纪念日，看你的表情，他口中心爱的人应该另有其人。"

"他对外介绍时都说我是他的爱人，而非心爱的人。"

医生冷笑了两声："中华文化博大精深。"

这下我终于明白了，什么是束缚，什么是真正的自由。那个卑劣的、下贱的男人，我在心底狠狠地咒骂着他，怒不可遏。

我将剩下的半杯咖啡一饮而尽："谈谈你想到的办法。"

医生拉开抽屉，拿出一个黑色玻璃瓶，摆在我面前。

"这才是真正的毒药。"

"我怎么知道你不是在骗我？"

医生戴上手套，从玻璃瓶里倒出一粒药片，用小刀对半切开，然后将切口转向我："仔细看，药片中间的小黑点，这就是毒药。每粒药片中的剂量很小，必须连续服用才能生效，因此也很难被检测出。"

"那么这瓶药你打算卖我多少钱呢？"

"十万元整，我只收现金。你需要先支付我一半作为定金，也就是五万元整，等到三十天后药效发作，他必死无疑。我会去他的灵前祭奠，剩下的尾款到时候再交给我吧。"

"这个价格可比你卖给他时贵了一倍多。"

"毕竟药效不同，"医生笑得很自然，"如果你不满意价格，那么可以当作没来过这里。"说完，他左手拉开抽屉，右手伸向桌面的深色玻璃药瓶。

"慢着。"在医生的指尖即将触碰到瓶身的一刻，我终于下定决心，"区区十万元买他的命，很划算。"

医生停顿了一下，像是在试探我的反应："你想清楚了？"

"是的，但是我身上没带那么多现金，我得先去取钱。"我说，已经没犹豫的必要了。

"不必着急，女士，药始终都在。"医生冷静地说，之后又嘴角上翘，笑着说道，"只要你带着钱来，随时都能将它买走。"

"我今天就要，昨天晚上他已经心急地将药片加在核桃露里让我喝下了，要知道，上一次他为我制作核桃露还是我们刚认识的时候，如果三十天后我还安然无恙，他一定会有所怀疑。"我说。

我很了解他，他这个人不仅愚蠢，还生性多疑。

医生似乎早就已经料到我会这么说，所以不假思索地回答道："届时我可以安慰他，每个人身体的吸收能力不同，有些人药效发作需要多等一天。"

"能够多争取一天时间就足够了。但是，药效发作确实是三十天吗？"我再次确认。

"只要连续服用，正好就是三十天。"医生明确地向我保证。

"很好，下午我就带着钱过来。"

"如你所愿，不过，你只需要再支付我一万元整就行了，别弄错了。"

"定金不是五万元吗？"

医生敲了敲左手边高高隆起的信封："你先生已经帮你付过四万元了。"

我观察医生的表情，他眯着眼睛，嘴角上扬，这张脸看得越久，越像一个诡异的假笑面具。

"你这是在给我打折吗？"

"对于可以长久合作的客人，我乐意提供优惠。"

"你的意思是，我还会买你的药？"

"当然，我看得出来，你是个贪婪的人，不会只满足于这一次。再说，你心里已经想好下一瓶药该用在谁身上了，不是吗？"医生平静地说，锐利的眼神仿佛能够看穿我的心思。

我也无意隐瞒，笑着回答道："他一定很喜欢他的情人，既然如此，就送他们到另一个世界团圆吧。可是，我还没想到该怎么做，总不能每天给她送碗核桃露吧？"

医生拉开抽屉，取出一个长圆柱体的小罐，里面装着浓稠的红色液体:"如你所见,这是唇釉,它的使用方法,身为女性的你应该比我更清楚。只需要涂抹在嘴唇上,就会慢慢挥发随着呼吸进入口腔。至于如何使用它……"

"我可以扮作上门推销新化妆品的业务员。"我灵机一动。

医生把眼睛眨了一下:"的确不失为一种选择。"

"这也是慢性毒药?"

"没错,不过成分有所不同,这个只需要涂抹三次就能达到致死量,而且距离药效发作只要半个月时间。"

"同样不会被检测出毒性物质吗?"

"警方的尸检报告结论只会是猝死。"

"价格是一样的吗?"

"是的。我知道你在想什么,但是,这瓶药现在不能卖给你。"

"为什么?我愿意付钱。"

"不是钱的问题,如果你先生和他的情人相继死去,即便没有中毒迹象,你照样会被警方列为第一嫌疑人,所以我刚才说了,我们会长久合作的。"

"你还真是可怕,明明长着一张美丽的脸庞。"

"娇艳欲滴的红玫瑰不仅长着尖刺,可能还带着致命的剧毒,纯洁的白玫瑰又何尝不能吸食血液将自己染红。"

"我还有一个问题,你真的是医生吗?"

"医生是精通救人者,恰恰相反,我更擅长杀人。"

眼前的男人是笑着说完这句话的,但就是这样的笑容竟然让我不寒而栗。

推拉门在十点左右第一次被打开，走进来的客人总共有四位，两个年轻的女生和两个年纪稍大的男士。他们愉悦地走了进来，脸上流露出许久未来过的怀念之情。

其中一个扎着单马尾的女生刚进门，目光就在柜台和后厨搜寻着。我知道，她在找他，通常客人到来的时候，他都会站在柜台里面，站在我身旁，然后我们一同热情洋溢地对客人说出那句"欢迎光临"。

很遗憾，今天只有我一个人了。

女生有点失望。她每次来都会点一碗秘制肉末酸豆角，不只是她，这道菜也是不少客人的心头爱，每次吃过之后都会满足地忍不住夸赞两句，"就是这个味道呀，真叫人念念不忘""我下次要带着朋友过来让他们也尝尝""不愧是你们家的招牌菜，太美味了"，诸如此类的好评时常能够从客人口中听到。

唯一美中不足的是，这道菜只有他会做，确切地说，是只有他才能做出那种味道。没有额外的添加剂和增香料，调料的用量也不会精确到每一次都相同，我也曾经亲睹他从选购食材开始到装盘上桌的全过程不下五十次，毫不夸张地说，任何一个步骤和细节都已经烂熟于心，可是，我始终只能复刻这道菜的卖相，至于味道总是稍逊一筹。这不仅仅是我一个人的错觉，初次到店的客人吃完我做的肉末酸豆角会发出赞叹，但是熟客尝过第一口之后就能品出端倪，有些直率的客人更是会在结账时直言不讳指出味道相比之前有所退步。

"今天老板不在吗？"她还是不确定地问了一句。

"他身体不适，我让他在家里休息了。"我微笑着回答。

"是这样啊，早知道就改天再来了。"女生失望的情绪完全写在脸上。

"今后本店不会再做这道菜了。"我说。

原本是打算等到料理完他的后事，重新开业的时候再宣布这个决定，但是听到她这句话，我确实感到愤怒，不禁脱口而出。

"为什么？这么美味的菜说不做就不做了？老板的身体状况很差吗？"女生连忙追问。与她同行的另外三个人也露出疑惑的表情。

"其实是因为从去年开始我就打算进行革新，推出新的菜单，所以会替换掉一些原来的菜品。"

"即便如此，肉末酸豆角也是你们的招牌菜吧？"

"正因为如此，才不得不拿过去受欢迎的菜品开刀，为了让客人更多地尝试新菜，也为了逼迫本店不受限于过去，能够积极地进步，给各位客人做出更美味的菜式。"我解释道。

这是早就想好的说辞，实际上的原因是，他已经死了，秘制肉末酸豆角也就没必要继续存在了，还有其他几道我和他一同研发的菜式也必须从菜单里移除，他和它们通通都该从我的世界消失。

接下来我打算休业一两个月，趁着这段时间，我要聘请一位厨师，最好再找两个兼职的大学生，最重要的是这些都将发生在其他城市，我要抹除他存在过的所有痕迹，开始崭新的生活。

"真是壮士断腕的决心呢，老板娘你的这份勇气令我钦佩。"皮肤黝黑的客人说完，朝我竖起了大拇指。

"我还是觉得遗憾。"那个女生嘟哝着。

坐在旁边的小个子女生抚摸着她的头，安慰道："老板娘都这么说了，我们也该理解才是。再说了，这家店的其他菜也很好吃，正好你可以都尝一遍。"

"我推荐梅菜扣肉和鱼香肉丝，锅塌里脊也非常不错。"戴着帽子的男人说。他的话深得我心，因为这些都是我的拿手菜，不知道是不是这个原因，他看起来比以往更加年轻了，虽然他自称已经过了而立之年。

单马尾女生最终没有接受这些建议，而是选择了麻婆豆腐，她说得言之凿凿，甚至没有看一眼菜单。

我站在柜台后面将客人们的需要一一记下，微笑着说了句"请稍等"，然后把他们点的饮品连同吸管和餐具一并送过去，这样，他们应该就没有理由靠近柜台了。最后我才转身走进后厨，眼角余光顺便瞥向脚边那具冰冷僵硬、还没来得及处理的尸体。

我把菜端上桌后并没有着急离开，而是站在他们身旁等待。

单马尾女生舀了一勺麻婆豆腐放进嘴里，然后稍稍抬起头，像是在仔细咀嚼，脸部肌肉因为咀嚼的动作持续抖动，终于，我看见了满足的笑容。突然，她的笑容僵住了。

"有什么问题吗？"我心下一紧，连忙问道。

"只是觉得和之前吃的有所不同。今天的有麻味，但似乎少了些藤椒油的香味。"

这小姑娘的舌头真厉害，连这种细微的变化都能清楚地察觉出来。

"平常辣味菜基本都是我先生负责煮制的，他喜欢在出锅前淋上一些藤椒油，但今天掌勺的是我，我更喜欢用花椒油。"

"老板娘不喜欢藤椒油的味道吗？"

"也不能这么说，只是我觉得相较之下，花椒的味道更柔和，也更容易让客人们接受。"

"这么说起来，平时准备食材也要按照口味分开负责吗？"

"那是当然，例如麻婆豆腐里用到的肉末腌制时需要加点辣椒面，而饺子里的肉馅也需要加入芝麻香油。"

"原来如此，真是复杂呢。"女生低头看向碗中的麻婆豆腐，眨了眨眼睛，然后又立刻盯着我问，"老板娘，老板今天是来到店里之后才身体不舒服吗？"

"不是，他白天就说胸闷难受，所以我就没让他来。"虽然不知道她这么问的原因，但我还是按照提前设想好的说辞回答了。

"那用到的食材全都是在店里准备的吗？"

"为了尽可能保证食材的新鲜程度，我们通常都是在开门营业前两个小时到这里开始准备的。"

"这么说来，今晚的这些食材都是老板娘你一个人负责的吗？"

"是啊，有什么问题吗？"

"我在想你一个人要完成平常两个人的工作量，一定很辛苦。"

原来是想说这个，真是个体贴的小姑娘。我轻舒一口气，笑着说："只要客人们能满意，这点辛苦算不上什么。"

突然，单马尾女生站起身，冷不丁向我质问道："老板娘你果然是在撒谎吧？"

"我说什么了，竟然会让你以为我在撒谎？"

"中间发生了哪些事我不清楚，但是有一点我可以确定，那就是今天的食材，至少这份麻婆豆腐里的肉末一定是老板亲手腌制的。"

"你凭什么这么说？"

"因为藤椒油。老板在腌制肉末时会加入藤椒油，可是老板娘你不喜欢藤椒油，如果是你准备的食材，绝对不会使用藤椒油腌制肉末对吧？"

"是又如何？"

"今天的肉末里有藤椒油，不过，因为你起锅前淋的是花椒油，所以藤椒油的味道比我之前来吃的时候要淡得多。"

"之前？"

"在认识他们之前我就来过这家店很多次，所以我能清楚记住麻婆豆腐的味道。"

她这么一说，我也记起来了，大约是两年前，有个腼腆内向的女生几乎每周都来，鸭舌帽压得很低，看不见脸，每次都只点一份麻婆豆腐，这样的情况持续了小半年，就突然不再来了。因此，我们私下里就称她为消失的麻婆豆腐女孩。

直到今天，我才知道她叫诺诺。

诺诺双手攥在一起，睁大眼睛盯着我看，目光灼灼。

我一时无言，竟然不知道该用怎样的谎言搪塞这位老主顾。

就在这时，另一位叫小妤，同伴们似乎也称她为所长的女生站了起来，她用力拽了拽同伴的袖子，同时轻轻摇头，示意同伴不要再说下去了。然后，她用安慰的语气对我说道："老板娘，抱歉，这孩子碰到和美食有关的事情时就会莫名地有种执念，请见谅。每个家庭都有难言之隐，是吧？我理解。"

不知道在她的脑海里，那个已经成为尸体的男人是什么状况，突发重病？或者夫妻不睦？

我忍住好奇，朝她摆摆手，胡乱说了几句客套话。

"老板娘，你的手受伤了！"女生惊叫道。

我这才注意到右手掌心有一道血口子，但是已经结痂了。

我连忙把手收回来，用手背对着他们："应该是刚才切食材的时候不小心被刀划伤的，不碍事。"

但似乎还是太晚了。

那个皮肤黝黑，被另外三个人称作教授的男人正在用一种耐人寻味的眼神盯着我。

"你一进门就说有血腥味，没想到还真让你说中了。"另一个叫苏则的男人轻飘飘地说。

教授傲娇地用鼻子哼了一声："你就羡慕吧。"

"狗鼻子有什么好羡慕的。"

"老板娘，你手上的伤口并不平整，绝对不会是菜刀造成的，这是你撒的又一个谎。"教授眼中的目光恐怖至极，像是将猎物逼进绝路时的从容，我只觉得背后发凉，开始缓缓往后退，"现在请告诉我，老板在哪里？"

"你们到底是什么人？"我诧异地问。

教授煞有介事地摊开双手，郑重地说："来了这么多次，难道我们从来没做过自我介绍吗？那真是失礼了，我们是菠萝包侦探事务所的侦探。"

竟然是侦探，我用力吞咽了一口唾液，不知不觉间也已经退到了柜台边。

"我说过了，他在……"

"你确实告诉我们了，就在听完我的问题后，你的眼睛下意识地向柜台后面瞥了一眼。"教授残忍地宣判道。

一切都完了。

我一只手扶着柜台才能勉强保持站立的姿势，不，我还没完，他们没有实质证据,是啊,他们不可能有证据。

"是我,我杀了他,我将慢性毒药加在牛奶里让他喝下,从2月14日开始,到今天3月15日,整整过去三十天,药效发作,他终于死了。"

"束手就擒吧,老板娘,你是跑不掉的!"教授厉声喝道。

因为没能吃上秘制肉末酸豆角而耿耿于怀的诺诺堵住柜台出口,摆出一副武打片里打斗前常见的架势。苏则站在两个人的身后,举着手机。

我耸耸肩:"没用的,就算报警也是徒劳,这是无法被检测出来的毒药,到最后我也会因为缺乏直接证据而被无罪释放的。"

"你误会了,我不是在报警。"苏则将手机转过来对着我,平静地说道,"这是日历。"

"你看日历做什么?"

"从2月14日算起,今天是第三十一天,因为今年是闰年,2月份有二十九天,你应该没有忘记才对。而且,你丈夫并非死于毒杀,是你亲手割破了他的喉咙。至于证据,太多了,比如那块划伤你的玻璃碎片,那上面一定也沾染了他的血液和你的指纹。"

苏则的声音没有波澜,却让人毛骨悚然。我不禁向后退,但是脚底传来刺痛感,我低头看,一块玻璃碴儿扎穿了我的鞋底。

我记起来了,他喝下牛奶的瞬间,我等待他毒发身亡的焦急心情,他看向我的疑惑眼神,他倒下时我的激动,还有我探他鼻息时的绝望。

苏则说得对,装着毒药的药瓶昨天已经空了,今天加入的是普通安眠药。可是,他还活着,他不该继续活着,我已经设想好了未来，没有他参与的未来，崭新的，幸福的，没有背叛的未来在等待着我，但是，他竟然还在呼吸，还想妨碍我，我不允许这种事情发生。

所以，我摔碎了装牛奶的玻璃杯，抓住一块看起来最锋利的碎片，左手揪住他后脑勺的头发，右手握紧玻璃碎片抵住他的咽喉，最后就是简单的动作。

这时候，店里进来一位快递员。

"鹿前路37号，就是这里了，请问你们哪位是范蔷女士？"快递员问。

"是我。"

"有位司徒先生，他自称是位济世良医，虽然我完全看不出来。他说鉴于你们夫妻俩对他本人信赖有加，对他推荐的维生素片也钟爱有加，临走之际，决定将剩余的三瓶维生素片无偿赠予二位，聊表心意。"快递员语气明朗地说完一大段话。

维生素片……

无法抑制的愤怒涌上心头，然而，有个人比我更加激动，像一道黑色的闪电冲过去，一把揪住快递员的衣领，开始质问：

"司徒？你给我说清楚，他全名叫什么？长什么样子？现在人在哪里？"

"实在不好意思，详细情况我也不清楚。昨天我原本是去给他邻居送快递，正巧医生提着行李箱走出来，看到我后，就把我叫过去，给了我一笔现金，要我把这些维生素还有几句话带到而已。"快递员被吓得手中药瓶都掉了，连忙带着哭腔辩解道。

"就这样？"

"啊，还有最后一句话。"

"什么话？别发抖了，快说！"

"最剧烈的毒药名为人心，其成分是恨意与忌妒。"

男人放开快递员的衣领，后者仓皇逃窜，现在所有人的焦点又回到我身上。

脚下还有一地的玻璃碎片，大块的，碎成碴的，称手的，拿不起来的。眼前站着四个人，碍事的人，该做什么已经不言而喻。

我弯下腰，迅速抓起其中一片，愤然起身。现在只要挥动手臂，像刚才一样，挥动，用力挥动，不断地挥动。

下一秒，我的眼前闪过一个极快的身影，是那个念叨着秘制肉末酸豆角的女生，她的右臂向我袭来，紧接着沉重的疼痛从腹部开始扩散，全身瞬间失去力量，脑子里嗡嗡作响，意识模糊。

"真是麻烦，无药可救的人又多了一个。"

"怎么办？在警察到来之前找根绳子把她捆起来吗？"

"没必要，诺诺，反正有你看着，她什么都做不了。"

"大不了再打晕一次。"

"最剧烈的毒药名为人心，其成分是恨意与忌妒。难得司徒说了句像样的话。"

"这也叫像样吗？"

"还算有点道理，刚好可以作为我们侦探所新的规则，就这么定了。"

"这么随便吗？"

"你有意见？"

"没有，所长英明。"

这就是我彻底失去意识前听到的最后一句话。

第六章

取名规则：侦探事务所的名字必须是菠萝包

司徒的视角①

我走进电梯间，目光一下子就被左侧的广告栏吸引。这栋大楼是对外出租的办公楼，总共八层，每层楼有哪些公司都在广告栏里写着。我自上而下快速扫了一遍，很快找到了此行的目的地，三楼，海纳百川中介所。

"客人怎么称呼？"中介是个御姐范儿的高冷美女。

"司徒十方，你叫我司徒就行。"我说。

"复姓司徒？"

"是。"

"这个姓氏倒是少见,你是名门之后吗?"问完之后,她愣了一下,"奇怪,这名字听着耳熟啊。"说着,她抬起头,端详起我来,"长得比女人还好看的男人……"然后,她瞪圆了眼睛。

我也重新观察她,确认此前从未见过她:"你认得我?这里是中介,原来如此,是菠萝包们告诉你的吧?大概他们还会让你帮着找我,真是糟糕的体验。算了,给你一个和他们通话的机会,不过,只有一分钟。"

她谨慎地盯着我,右手在桌子上缓缓摸向手机。

"不必这么小心翼翼,我不会打断你拨通电话的,但是,一分钟的倒计时已经开始计算。"然后,我指着自己的脑袋说,"十秒过去了。"

听到这里,她不再提防我,立刻拿起手机,电话很快接通,她还主动按下了免提键。

"姚辰啊,有什么事吗?"电话那头是苏则同学慵懒的声音。

"阿则,周末去约会吧?天气这么好,一起去野餐吧,顺便找个地方录宅舞,芒种快到了,就跳《芒种》好了。"

"啊?"我和苏则同学异口同声喊了出来。

什么鬼呀,这个女人,她现在对我没有丝毫畏惧的样子,喂,喂,菠萝包们到底是怎么形容我的?

苏则的语气有些无奈,但听不出有半点厌烦的意思:"都多大年纪了还录宅舞,话说我为什么要和你约会?"

"约会不好吗?那就看电影,或者去烧烤?"

"慢着,你们俩是什么关系?"我忍不住插嘴问道。

"看不出来是恋人吗?"她反问我。

"看得出来才有鬼。"苏则同学说,"你旁边还有谁吗?"

"有客人,自称是司徒十方。"她不慌不忙地说。

"是吗?司徒……什么?司徒十方在你身边?"

"喂,司徒?那个浑蛋在哪儿?司徒,你在那儿站着别跑,我现在就去收拾你!"

"慢着,把手机还给我。姚辰,你在事务所吗?你没事吧?他没有伤害你吧?"

听得出来,电话那头苏则同学和邓教授的情绪都很激动,但也说明他们都元气满满地活着,挺好的。

"我就在中介所。"中介说完,直接挂断了电话。

"你怎么主动挂电话?"我问。

"时间到了。"她也指着自己的脑袋。

"你真是淡定呢,我还以为你会边哭边向他们求救呢。"

"为什么?你是一个人来的吧?"

"是啊。"

"犯罪策划师是不会轻易弄脏自己的手,没错吧?"

"这倒是。"我无奈地摸了摸自己的后脖颈,这确实是这个行业的弱点,"他们赶到这里需要多长时间?"

"开车的话,最快不到二十分钟。"中介坦诚地回答。

"那我该走了。"我往门口走了两步,又突然回头看她,她还是端坐在位子上,目光坦诚地望向我。

"需要我起身送你吗?"她问。

"你不试着拦我吗?"我反问。

她长长地"哦"了一声:"能拦得住吗?"

281

"我想走,你大概是拦不住的。"我说。

"那你可以走了,我对比我美丽的男人不感兴趣。"

"该说你是有自知之明还是不可思议呢?"

"随你便。"

从中介所出来后,我来到对面的商场。与办公楼的沉闷截然相反,即便现在是工作日的傍晚,也丝毫不影响人们来商场消费的热情,有些餐饮店门口已经有人开始取号排队了。

我走进一家咖啡店,选择了靠窗的位置坐下。办公楼没有地下停车场,而且仅有一个出入口,也就是说,我现在所处的位置刚好能够居高临下地欣赏四位侦探着急忙慌冲进办公楼的身影。

那位中介倒是没有撒谎,仅仅过了十八分钟,我就看到了预想中的画面。为什么能知道得如此准确,因为我一边品着咖啡,一边掐着表等待。当然,等待他们只是顺便,我真正要等的是这次的雇主。

瞧,他来了,戴着口罩,留着长发,西装上别着作为信物的 M 字胸针,比约定的时间还早到了五分钟,是个守时的男人啊。

段琪妤的视角①

拜司徒所赐,邓教授不由分说就拉响了事务所的一级警报,平常出门前都要对着镜子整理两分钟衣装的他,今天直接从阿则手里一把夺过车钥匙,一边催促我们快些上车,一边钻进驾驶座,下一秒,右手就已经握住了换挡杆。

阿则也格外沉默，去的路上只说了一句话："都把安全带系好，他要加速了。"

将车停在停车场后，我们立即冲进大楼，也顾不上看电梯在哪层，直接从消防通道跑上三楼。

推开中介事务所的门，姚辰就站在我们面前，气定神闲地捧着杯子。看见气喘吁吁的我们，她笑着说："来得刚好，你们的咖啡要加糖吗？"

桌子上摆着四杯咖啡，热气腾腾。

"人呢？"教授缓了两口气，问道。

"知道你们要来，仓皇逃窜。"姚辰继续说着毫不掩饰的谎言，"原本我也想过把刀架在自己脖子上，以死相逼，帮你们多拖延一点时间，但看他的样子应该也不吃这套，所以还是算了。"

即便如此，诺诺还是谨慎地将这间不大的中介所从里到外检查了一遍，这才放下心来："没有人，也没有发现疑似监听器之类的设备。"话音刚落，她就彻底放松，"好香的咖啡味，姚姐，有炼奶吗？"

"在冰箱里，你自己拿。怎么样，好喝吧？这可是我托人从南美代购的 Santos 咖啡豆。"姚辰得意地说完，又开始热情地招呼我们，"你们也别在门口站着了，都进来吧。阿则要加什么，牛奶还是糖？"

"不用加，我喜欢黑咖啡。"阿则接过咖啡，道了谢，"不过，司徒来这儿做什么？"

"来中介所当然是有需要我帮忙寻找的事情了。"姚辰说。

"他能需要你寻找的，难道是想要杀人的准凶手？"教授问。

"怎么可能,他的需求在这里,你们自己看。"说罢,姚辰从桌子上抄起一张表格,交到教授手里。

中介需求表,是每个来这家中介所寻求帮助的顾客必须填写的表格,内容一目了然,包括顾客的基本个人信息和需求。

司徒在需求内容的位置写下这样一句话:寻找本市最好吃的菠萝包。

"菠萝包?可恶,那家伙果然是在向我挑衅。"教授咬着后槽牙说道。

"23213051607,"诺诺也凑了过来,她盯着联系方式那栏的一串奇怪数字,说:"姚姐,司徒留下的联系方式看起来不像是手机号码,就算你找到了最好吃的菠萝包,该怎么通知他?"

"我可不打算再和他打交道了,所以我明确告诉他了,他想要的答案我会告诉小妤,由小妤转述给他。"姚辰看向我,意味深长地问:"这样没问题吧?"

"当然,帮大忙了。"我微笑着回答。

段琪妤的视角②

从姚辰的中介所出来后,我找了个借口单独行动。

不久之前,司徒出人意料的登场方式着实令我不安,邓教授虽然精准地判断出司徒的目标是我们侦探所,但他也只说对了一半,司徒的目标应该是我。而真正令我不安的原因是,我也不清楚司徒想要什么,所以我决定前去寻求答案。

"叮"。

我走出电梯，凭着记忆走向那个房间。

赵秘书热情地向我打招呼："大小姐，好久不见，难得见您来公司呀。"

不过，我今天没有心情和她寒暄："我爸还在办公室吧？"

"董事长在里面和人事总监开会呢，要不您先在会客室休息，我去给您倒杯咖啡。哎呀，大小姐，董事长吩咐过谁都不准进去。"

大概是碍于我的身份，她也不敢真的把我拦下，只是紧紧跟在身后。我懒得搭理她，径直向董事长办公室走去。

我没有敲门的打算，刚好门也没有上锁，我直接就推开了。

爸爸抬起头看了过来，微微瞪大了眼睛，目光有些疑惑，但是没有责备的意思。

"董事长，大小姐执意要进来，我没办法。"赵秘书连忙为自己辩解。

"这不怪你，要是能让你拦下来，她就不是段琪妤了。"爸爸对身边的人事总监说："老张，你先按照刚才我说的做个预案，详细的情况我们明天再谈，今天就先到这儿，你们都回去歇着吧，路上注意安全。"

下属们想必也感觉到气氛不对，急忙离开。最后办公室里只剩下我和爸爸。

爸爸从办公桌后面站起来，走到沙发旁边："糟糕，忘记让秘书走之前送杯茶进来，要不我给你点奶茶喝？"

"不必了，我不是来和您闲聊的。"我说。

"你这样子怎么像是来向我兴师问罪的？"

"差不多。"

他挠挠脸颊，像是在给自己争取思考的时间。过了几秒钟，他嬉皮笑脸地说："想不到，我一没有在外边拈花惹草，二没有胡乱给你介绍相亲对象，何罪之有啊？"

"菠萝包。"我提示道。

"你想吃菠萝包了？喜欢吃哪家的，我这就给你买去，看你的表情好像不是这么回事，等等啊，让我再猜一猜。"爸爸低着头，饶有兴致地来回踱步。突然间他好像意识到了我的本意，表情一下子僵住，双脚定在原地，抬起头难以置信地盯着我。

我迎上他的目光："爸，当初您同意把那块地借给我开侦探事务所，唯一的条件就是侦探所的名字必须是菠萝包。请您告诉我关于菠萝包的真正含义和隐藏在这三个字背后的秘密。"

爸爸显然在掩饰什么："这件事与你无关，你不要过问。"

"可是那个男人都找上门来了。"我说。

爸爸先是一愣，然后又惊又喜地问："他找到你了？真的吗？"

"果然你和司徒有关系。"

"他叫什么名字？多大年纪？长什么样？"

"他自称司徒十方，但大概是假名字，年龄在三十岁左右，长得很漂亮。"

听完我的话，爸爸频频摇头，表情失望至极。

"小妤，我只能告诉你，我在寻找一位曾经的恩师，但这么多年来杳无音信，或许他早已不在人世间了。"他顿了顿，用严厉的语气训诫道，"这件事就到此为止，你就不要管了。至于你说的那个司徒十方，不用搭理他。"

严桓正的视角①

今天的案发现场在郊区的无名荒地。

"啪"的一声关上车门,我看向不远处一米来高的稻草,不禁拢了拢上衣领口,这大清早还怪冷的,我刚嘟哝完这句话,就看见王哲迎面小跑而来。

"严队,您来了,尸体在那边。"王哲说着,在前面带路。

我一边戴上手套,一边观察四周:"哲儿,说说情况。"

"被害人是名女性,名叫卓巧,今年三十六岁,已婚,是个大学教师。林法医正在做初步尸检。"王哲指着不远处的一座小山包说,"报案人是住在附近的村民,今早上山晨练时发现的,他说自己每天早晨都会从家走到山包,再走回去。"

我看了眼那个小山包,百十来米高,是可以俯瞰周围的制高点:"那就是说,昨天早上这里没有尸体。不过,今天身份核实得这么快?"

"被害人的手机、钱包、证件及银行卡等都留在现场,没被凶手带走。"王哲回答道。

我停下脚步,有些诧异:"按理说凶手特意选在这荒郊野岭抛尸,应该是不希望尸体被发现,却不把身份信息带走,这倒是新鲜。"

王哲也跟着停下脚步,说:"也许是情急之下忘记了。"

我不予置否:"你刚才说村民,这附近有村子?"

"有个小村子,距此大约五公里。"

"可够远的。虎子呢？"

"虎子跟着报案人回村子找其他村民了解情况，说不定有意外惊喜。"王哲说。只是从他的表情也看得出来，发现惊喜的可能微乎其微。

虽然知道很难获得有价值的线索，但这是警方必须做的工作。我拍了拍部下的肩膀，安慰他，然后走向尸体。

尸体几乎是以裸露的状态面朝下趴在那里，之所以说是几乎，因为身上的衣服并未被脱去，而是被硬生生撕得支离破碎。

法医林进戴着黑框眼镜，身材高大，与我是十几年的旧友。还没轮到我发问，他就率先打起招呼来，不过是以他一贯的恶趣味方式。

"严队，昨晚吃夜宵了吗？"

"没吃。"

"巧了，被害者大概也没吃。"林进收起笑容，"死亡时间大概在昨晚的六点到九点之间，是被凶手从背后用她的内衣勒死的。"

我瞥了眼尸体旁边的女士内衣，不难想象当时的画面："凶手试图强暴，但遭到死者强烈反抗，凶手一怒之下将其勒死？"

"我不建议立即下判断。"

"原因是？"

林进依次抬起被害人的双手："死者的反抗并没有那么激烈，至少她干净的手指甲是这么传达给我的。"

我皱起眉头："你的意思有可能是她的爱人或者情人？难道是一时玩脱导致？所以凶手惊慌失措逃离现场，连死者的身份证和手机这些随身携带物品也顾不上带走。"

"也有可能死者当时处于昏迷状态。当然，如果从犯罪心理学角度分析，就有更多解释了。例如凶手有心无力，所以只能通过暴力获取精神上的满足。"

"那就把答案交给专业的尸检结果，辛苦了。"

"职责所在。还有一件事，尸体上少了一样东西。"

"少了什么？"

林进再次举起死者的左手："结婚戒指。凶手行凶之后，将戒指从她的无名指上硬生生扯了下来，留下了一道明显的伤痕。"

"严队，林法医，不好了，"王哲接了个电话，慌慌张张地说，"就在刚刚又发生了一起凶杀案，地点位于花苑小区的单身公寓。"

严桓正的视角②

花苑小区就在三环路边上，因为紧挨着地铁口，来往交通也算便利，所以这里有一半都是租客，尤其眼前的这栋单身公寓，颇受欢迎。

还有一点，这里离第一起命案现场不远，开车只要二十分钟。

辖区派出所的同事在我们之前已到达了现场，带队出警的是我在警校时的学弟，刘志。

刘志见到我们，乐呵呵地走上前来打招呼："师哥，你们今天可够忙的。"

"也不知道今天是什么倒霉日子，真是赶巧了。"我在心里犯起了愁，"还是说回案情吧。"

刘志点点头,严肃地说:"死者名叫刘雅慧,二十八岁,珠宝店销售,死因是利刃刺入心脏。"

与刚才见过的尸体不同,这位被害人衣着完整,但是被绳子牢牢固定在椅子上,胸口那把染红的菜刀尤为扎眼。

"我们在凶器,也就是这把菜刀的握把处只提取到报案人的指纹。"

"报案人的身份核实了吗?"

"报案人名叫曾广亥,三十九岁,任职于一家私募基金公司,据他本人所说,自己是被凶手打晕的。"

"他见过凶手?"

"是的,而且他说亲睹了凶手杀死刘雅慧的全过程。"

"人在哪儿?"

刘志指着卧室方向:"在里面的那间屋子里,我们的人正看着呢。"

"辛苦了,接下来由我们接手。哲儿,你去把小区出入口的监控都找出来。虎子,我们去会会报案人。"我说。

"严队,还有个情况。"李虎欲言又止。

"有话直说。"

"卓巧的丈夫也叫曾广亥。"

"你说什么?难道是同一个人?"

"如果我们的户籍系统没有出错。"

这起案件的报案人竟然是第一起案件死者的丈夫,太不可思议了,我不禁倒吸一口凉气。

曾广亥在床边坐着,他把胳膊肘架在膝盖上,头埋进双手中,一动不动。我们搬了两张凳子坐在他的对面。他听到动静,抬起头,露出浓重的黑眼圈。

"是你报的案?"我问。

"是我。"他说,声音听着有气无力的。

"姓名?"

"曾广亥。"

"卓巧你认识吗?"

"认识,她是我老婆。"

"你的妻子遇害了,请节哀。"

"能告诉我她是在哪儿遇害的吗?"

曾广亥没有表现出丝毫惊讶的神情,反倒是他的问题出乎我的意料。

"在城郊的一处荒地。你对此似乎并不觉得惊讶。"

"我已经知道了。"

"你知道?你怎么知道的?"

"我知道是谁杀了她。"

"是谁?"

"我不知道那个男人的名字。"

"那人长什么样?"

"身高在一米八左右,不胖不瘦,五官端正,是那种一看就知道女人缘很好的相貌,长头发,有点像 20 世纪 90 年代影视剧里的发型。"

"除此之外呢?联系方式总该有吧?"

"没有,我们平常不联系,此前也只见过两次面,昨晚是第三次。"

"你把话说清楚,到底怎么回事?"

"警官,您或许看过一部电影,名字是《列车上的陌生人》。"

那是一部经典的悬疑电影,故事的内容我还有点印象,最精彩的就是其中的犯罪手法。想到这里,我顿时瞪大了眼睛,也明白了曾广亥出现在这里的原因,他必须出现在这里。

"你想说的是交换杀人。"

"没错,那个男人帮忙杀死我的妻子,作为交换,我帮忙杀死他的情人,原本我们是这么约定的。"

据曾广亥所说,他和那个男人是上个月登山时偶然遇见的。当时,他们都在半山腰处的凉亭歇息,也记不清是谁先开的口,反正,聊得还算投缘,聊着聊着发现他们竟然有相同的烦恼——都有一个想杀的人。

曾广亥的积蓄都被基金套住,需要一笔资金周转,妻子卓巧非但不愿意出钱帮忙,还打算离婚,这是他的杀人动机。那个男人的动机则要简单得多,他受够了刘雅慧的纠缠。

交换杀人的主意是那个男人提出的。他是这么说的:首先,两个人萍水相逢,生活中根本毫无交集,因此,杀人的手法不同,警方就不会把两起案件并案调查;其次,要挑选对方有不在场证明的时候动手,这样一来,警方虽然会把对方列为嫌疑人,但最后他们也会因为有不在场证明而洗清嫌疑;再次,那个男人已经想好了具体的实施办法,他将卓巧带到没人的地方,再把现场伪造成被奸杀的样子,他说以前就想这么干了;最后,他们不交换身份信息,姓名、联系方式一概不知,等到事情结束,他就离开这里，从此不再见面，也无从联系，这对彼此而言都是安全的。曾广亥深感佩服，认为这是个再好不过的妙计，于是，两个人一拍即合。

再次见面是在半个月后，还是那座山，那个凉亭。那个男人说杀人是个很麻烦的事情，需要做严谨的准备，跟踪和摸清生活轨迹必不可少，所以他给了曾广亥一张字条，上面写着刘雅慧的住址和工作地点，同时也要走了卓巧的住址和工作地点。他们通过猜拳决定由曾广亥先动手，等警方放弃对他的追查之后，再动手杀死卓巧。

动手的时间就定在半个月后的晚上八点半，也就是昨天。

"你们原本的详细计划是什么？"我问。

"外面的那个女人，她……我不知道该如何称呼她。"他回答。

"她叫刘雅慧。"

"昨天是刘女士的休息日，白天他们会出去玩，并且在八点二十分左右回到这里，刘女士回家之后一定会先洗澡，这是她的习惯。而那个男人会以去超市买东西为借口离开，出门前会把大门虚掩着，方便我进来。进屋之后该怎么做就全凭我自由发挥，用什么办法杀死刘女士他不想过问，只要回到这里时看见的是尸体就可以了。"

"原来如此，伪造成忘记关门，被歹徒乘虚而入的假象。"

"他还让我从首饰盒里随便带走几样首饰，这样你们就会以为凶手是入室盗窃被刘女士撞见，因此杀人灭口。"

我挠了挠眉角："安排得倒是缜密。可是为什么计划又变了呢？"

"我也不知道，"曾广亥皱巴着脸，表情痛苦地开始替自己辩解，

"我走进这里的时候,刘女士就被绑在椅子上,身上穿着睡衣,看样子应该是被打晕了,呃,我也不确定,总之是昏迷状态。我觉得奇怪,也很害怕,打算逃走,他就出现了,站在我的身后,质问我为什么还不动手。我说我后悔了,我不想杀人,我不敢,我要终止这个计划。他笑得很狡黠,随后面目狰狞地告诉我太晚了,接着他扔给我一枚戒指,是本该戴在我老婆手上的结婚戒指,还说他已经完成约定,轮到我履行承诺了。我实在太害怕了,就跪下来求他放过我。他很愤怒,骂了我一句,然后我的脖子后面就被什么东西重重地打了一下,顿时身上没了力气,但还有点意识。接下来,他没再管我,但是他走向了刘女士,手上握着刀,刺进她的身体。我被吓得晕了过去,再醒过来的时候就是早上,我发现自己手上握着刀,刘女士已经断气,一地的血。"他张口结舌,费了很大工夫才将这一大段话说完。

"发现尸体后你都做了什么?"

"没有,我什么都不敢做,只是把手里的刀丢在地上,然后立刻打电话报警,在你们来之前我一直躲在厕所里。"

"昨晚你到刘雅慧家是几点?"

"八点半过后,原本他让我八点半准时到,但是我磨蹭了一会儿,就晚了几分钟,为此他很不高兴,还数落了我几句。"

"在这之前,你又在哪里?"

"海边,林海公园旁边有个小沙滩,我就在那儿坐着。"

"如果我没记错,那里除了沙子,就只有几个挂着铁索的石墩,可没什么人喜欢去那儿。"

"我知道,就因为没人我才去的。一想到晚上要杀人,我就害怕极了，走在路上见着谁我都觉得害怕。警官，我从来没杀过人呀，平常连杀生都不敢，家里买了鸡鸭鱼，都是交由外面的摊主处理的，我是真不敢下刀子。"

"你在沙滩待了多长时间？"

"下班后就直接去了那里。"

"几点下班？"

"三点半，不，应该要再晚些。"

我注视着他："曾先生，现在请你认真思考过后再回答我：你在沙滩的这段时间是否有谁可以为你做证？"

"我想应该没有，那里本来就没什么人，今天又不是周末。"曾广亥似乎明白了我的言外之意，他把眼睛瞪大，有些莫名其妙地说，"警官，你这话是什么意思，难道你在怀疑是我杀了我老婆吗？"

"可能还有刘雅慧。"他瞪着我的眼睛睁得更圆了，我不介意，因为我也在瞪着他，"很抱歉，在抓到真凶之前，合理怀疑所有人也是我们的工作之一。"

曾广亥手足无措，面部肌肉阵阵痉挛："不，你们不能这样，他才是凶手，我是被利用的，我也是受害者！"他几乎是吼出来的。

"恐怕目前的情况对你很不利。"我坦率地说，"你还有什么要补充的吗？"

曾广亥没有回答我的问题，也许是刚才的歇斯底里耗尽了最后气力，他看起来像个断线的木偶虚脱无力，嘴里不停地小声念叨着什么。

已经很难再从他嘴里问出什么来了。

我们再次回到客厅，刘慧雅的尸体已经被运走。

"严队，这小子的话可信吗？"李虎问。

"可不可信不是我们说了算，得看证据。"我看了眼地上那摊深红的液体，转身对他说，"这样，先找人把曾广亥带回局里做个嫌疑人的模拟画像，你再查查刘雅慧的工作地点，等哲儿回来，我们去找她同事了解情况。"

几分钟后，王哲从电梯里走出来，身后还跟着三个熟悉的身影。

"邓钟，苏则，还有诺诺姑娘，今天是牛轧糖啊，多谢。但是你们怎么在这里？"诺诺递给我一块糖果，我接过来并且道了谢，随后瞪了一眼王哲。

王哲连忙解释道："我在楼下碰到了三位侦探，心想着他们之前也帮过我们破案，所以就给带来了。"

"严队，你也别急着责怪王哲，是我们拜托他，他才带我们进来的。"邓钟说。

"别告诉我你们是闻到了犯罪的味道找过来的。"我说。

"当然不是，我们是路过这附近，看见很多人围在小区门口，所以才凑近看个究竟，结果就碰见了王警官。"诺诺说。

"今天怎么只有你们三个，小妤姑娘没和你们一块儿吗？"我问。

"出了个麻烦事，她在单独行动。"苏则说，语气很怪。

"什么样的麻烦事？"

"司徒出现了，找上了平常给我们侦探所介绍顾客的中介，目的不详。"

"偏偏在这个时候出现吗？可是，这和小妤姑娘有关系吗？"

"她似乎有事情瞒着我们。"邓钟说，"而且我有种感觉，司徒这次是冲着我们来的。"

"严队，我们今天遇上的两个案子会不会……"王哲不再说下去，像是在等待我的反应。

"他出现的时机确实太过凑巧，不过，司徒的相貌和曾广亥所描述的不同，应该与他无关。"我说。

"这次又是什么案件？"邓钟问，他看起来兴致勃勃。

"这次恐怕没有你们出场的机会了。"我当即给他浇了盆冷水，"依照目前的情况，这两起案件也许没有那么复杂，前提是得先把嫌疑人找到。"

"说到找人，苏则倒是有个靠谱的门路。"邓钟说。

我疑惑地看向苏则，他对着我郑重地点了一下头，说了三个字：邱三爷。

严桓正的视角③

从案发现场出来后，我们首先到小区的物业管理处了解情况。我们找到昨天当值的保安队长王兵，他是个身材高大的中年男人，说话的时候总喜欢摩挲下巴上的短胡楂儿。

当我们问起平常都有什么人来找刘雅慧时，他很快就记起来了："我碰见过几次，是个长头发的男人，但也不像女性那样的长发，看不见脸，每次都戴着白色的口罩，身高和我差不多，也许会再高个一两厘米，在一米八左右。"

"多大年纪？"

"这我可说不准,哦,刘女士有次和我闲聊的时候提过一嘴,说她男朋友比她年纪还小呢,但是我看他的穿着挺成熟的,不像外面那些小年轻儿喜欢穿些花里胡哨的衣服。"

"他还有别的什么特征吗?"

"我想想,特征啊,他应该挺浪漫的。"

听到这个形容,我有些诧异:"浪漫是指?"

王兵解释道:"以前他每次来都不空手,总是带着点礼物,包啊,花啊,蛋糕啊等,不过,最近几次好像没见他带礼物。"

"昨天他来过吗?"

"反正我没看见,但来没来过我就不清楚了。"

"这个小区还有其他出入口?"

"小区共有南、北两个大门,西面还有一道小门,原先是不打算开放使用的,但是业主们认为那里离地铁口最近,于是就开放了。起初,公司还加装了人脸识别系统,防止外来人员随意进出,后来设备损坏,也没有业主要求我们维修或者更换设备,所以我们也就睁一只眼闭一只眼了。"

"小门有监控吗?"

"没有。"

"所以究竟有哪些人从那个门进出,你们物业也不清楚。"

"是这样没错。"

"昨天小区里有什么异常吗?或者是否发生过骚扰?例如有住户投诉邻居家发生激烈争吵之类的。"

王兵捋了捋胡子,缓缓摇头。

"麻烦你代替我们问问你的其他同事,如果之后想起什么线索,请随时联系我们。"我说。

之后，我们离开花苑小区，动身前往刘雅慧工作的珠宝店。

刘雅慧的人缘似乎不错，当我们告知今天到来的原因时，她的同事们都难掩悲伤之情。

店长李盼将我们带到她的办公室，给我们倒了水后，她在我们对面坐下，一脸惋惜地说："雅慧是个好姑娘，活泼开朗，能言善道，我们都很喜欢她，还那么年轻。"

"请节哀。"我说，"你了解刘雅慧的情感生活吗？她是否有正在交往的对象或者其他关系亲密的男性？"

"她应该有个正在交往的对象。"

"应该？"

"她偶尔会在我们面前提起，但是没有细说，在这件事情上，她搞得神神秘秘的，我们也不方便多问。"

"她说过对方是什么样的人吗？"

"年纪与雅慧相仿，烟酒不沾，虽然相貌平平，但是对雅慧很好。"

"她给你看过照片吗？"

"没有。对了，有一次雅慧生日，她在朋友圈发了张合照，不过当天晚上就删了。第二天上班我们聊起这事，雅慧说因为男朋友不喜欢。"

"你还记得那人长什么样吗？"

李盼摇摇头："他戴着口罩，只露出一双眼睛。"

"确实过于神秘了。你们就没怀疑过是她在撒谎？"我问。

"是啊，起初我们当然有怀疑，可是那个男人经常会给雅慧送礼物、点外卖，这些总该是真的吧？而且，有次他来接雅慧下班被我瞧见了，不过只看见了他的背影，当时雅慧搂着那个男人的胳膊，身体贴得紧紧的，一看就是情侣，绝对错不了。"她回答。

"只是背影啊。"我轻轻叹了口气。

"是啊。"李盼也跟着遗憾地叹了口气。

"是什么时候的事情？那个男人的身形背影能描述得具体点吗？"我问。

"最少是半年前了吧。"李盼仰着头，稍作思考，"身高大概一米八，发型嘛，是那种飘逸的长发，大概到这里。"李盼很努力地比画着，她的描述与我们目前所知的吻合。

"还能记起其他比较特别的细节吗？例如服饰穿戴这些，你再想想。"我鼓励道。

李盼绞尽脑汁，仍然无济于事。

我们说完感谢的话，离开了珠宝店。

眼下的情况不算太糟，至少弄清了案件的来龙去脉，也有了相对明确的嫌疑人，然而这位嫌疑人又像是镜花水月的幻影，可望而不可即。

"严队，嫌疑人的模拟画像出来了，是否立即下发到各派出所和街道社区，请他们帮忙留意？"王哲问。

"发出去吧。"我说，"接下来你们俩继续走访卓巧和刘雅慧的亲属、同事，还有曾广亥的人际关系也别落下。"

严桓正的视角④

南山社区老年活动中心门口，下午四点二十四分。

下车后，苏则四处张望，然后疑惑地看向我，脸上的表情像是在说我们来错地方了。

邓钟抓了抓眉毛："严队，你不带我们查案子，跑来老年人社区活动中心做什么？"

"我们来找邱三爷呀，这话不是你说的吗？"我反问道。

"邱三爷在这儿？"邓钟和苏则面面相觑，"我们说的是一个人吗？"

"不是一个人，因为这里是他们的大本营。"我说。

苏则看起来更加一头雾水了："你说他们？难道邱三爷是隐藏在老年活动中心的神秘组织？"

我拍了拍他的肩膀："走吧，进去你们就都明白了。"

所谓的邱三爷并非本领通天的大人物，就是一帮聚集在社区活动中心享受闲暇时光的老人家，他们的生活很简单，打牌下棋，互相交换小道消息，主打的就是一个自娱自乐。一次偶然的机会，老人们群策群力帮助他人联系到了多年未见的故交，这让他们意识到自己还有一项非常重要的能力，那就是打探消息。

虽然年迈的他们经常因为无法熟练使用互联网而被贴上落伍的标签，但是这并不妨碍他们通过亲人朋友搭建起关系网，而若是把每个独立的关系网串联起来，一张巨大的情报网就形成了。

况且,他们打探的都是日常生活中的家长里短,这时候互联网未必管用,毕竟最懂市井烟火的当然还是寻常百姓。

据我所知,常来老年社区活动中心的老人共有二十八位,主事的老人姓邱,家中排行第三,所以大家都喊他邱三爷。这位邱三爷待人亲善,德高望重,大家伙寻思着如果被人知道是一帮老头在帮忙打探消息,难免遭人取笑,于是合计过后,决定对外统一使用邱三爷的名号,毕竟是爷字辈的,让陌生人听着总归要威风些。

向邱三爷打探消息也需要报酬,不过,报酬从来不是货币,而是取决于他们当下需要什么,价格也不超过五十元。长此以往,邱三爷就成了本市有名又神秘的包打听。

"对了,诺诺姑娘怎么也不见了?"我问。

"中午小妤独自出门,诺诺不放心,就偷偷跟在她身后。"苏则说。

我有些不放心:"你们没事吧?"

邓钟脱口而出:"很好啊,只是每个人都有自己的秘密而已。"

正说话间,邱三爷迎面走来,他看着依旧红光满面:"严队长,有段日子没见你来了。哟,这两位小哥瞅着倒是面生。"

"邱爷,这两位是你之前的主顾。"我说。

苏则报上两个名字:庄强和徐钦尚。邱三爷眯起眼睛,稍作思索后,笑着点点头:"有印象了,我收了你一盒蝴蝶酥,还有一副象棋。喏,象棋在那儿,老李头正愁找不到对手呢。"

邓钟听完,摩拳擦掌:"这么厉害啊,那我倒是要讨教讨教。"

邱爷喊了句:"哟,老李头,这可来了个年轻挑战者想会会你!"

李大爷一听有对手了,看向我们的眼睛都在闪闪发光,立刻笑呵呵地朝我们招手。

"且看我大显身手。"邓钟自信满满地说。

"严队,那我也跟着过去观战。"苏则说。

邱爷将我领进办公室,沏了杯茶:"严队今天来是想找人还是打听事?"

"找个人,我带了模拟画像来,大概的身高、体重也写在上面了。"我说。

邱爷接过画像,端详了起来:"哎哟,还戴着口罩,头发倒是挺长的,严队呀,又得碰碰运气了。"

我苦笑着说:"这种大海捞针的事哪次不是碰运气,邱爷,还是老规矩,你们只管看,可别采取行动。"

"都合作多少年了,你还不了解我们吗?我们这帮老骨头可惜命着呢,你放心。"邱爷虽然是开玩笑的口气,但眼里闪烁着的光芒无比热诚。

许久未见,我又和邱爷唠起了家常。出来的时候,棋盘上的硝烟还在继续,邓钟抓耳挠腮,捏着棋子半天落不下去。我走过去,小声向苏则询问战况。

苏则摇摇头,也压低了声音:"被李大爷杀了个片甲不留,规则也从三局两胜制来到了五局三胜制。"

正说话间,棋盘上响起清脆的落子声,然后是李大爷中气十足的声音:

"将军!"

"没想到大爷这么厉害,等我回去修炼半月再来杀他个回马枪。"邓钟说,一脸不服输的表情。

苏则毫不犹豫地泼了一盆冷水上去："放弃吧，你们的差距可不是一星半点啊。"

他们俩你一言我一语地互相较着劲，脚下的步伐也越来越快，一下子把我甩在身后。远方的落日余晖照射在他们身上，在地面拉出两道长长的影子，最后刚好在我的脚尖前面会聚重叠。

感情真好啊，我欣慰地笑着。

严桓正的视角⑤

法医解剖室，傍晚七点三十六分。

尸检结束。

林进给两位遇害者盖上白布，接着退后一步，朝她们深深鞠了一躬。

身为法医，首先要学会尊重每一具尸体。这是成为法医之后，他师父给他上的第一堂课。

他又以恶趣味玩笑开场："你来得真是时候，正好赶上新鲜出炉的尸检结果。"

"有什么新的线索吗？"

"先从第一具尸体说起吧，卓巧的下体没有红肿或者损失，说明没有遭到过性侵，尸体表面也没有发现因为束缚或者遭受暴力打击留下的伤痕。"

"也就是说凶手并没有使用暴力手段，难道是事先利用药物致使她昏迷？"

"应该错不了,我在卓巧的胃里发现了安眠药的成分,同样的安眠药我在刘雅慧的胃里也发现了。"

"曾广亥说他到刘雅慧家的时候,刘雅慧已经昏迷不醒,看来他没有撒谎。"

"尸体能告诉我的信息就只有这么多了。"林进无奈地撇了撇嘴,"你那边有什么新发现吗?"

"通过走访刘雅慧的亲属与同事,基本可以证实刘雅慧的交往对象与曾广亥口中的凶手具有相似的外貌特征。"我说。

"你的结论呢?"

"我从不着急下结论,这点你是了解的,眼下还是要先想办法把嫌疑人找到。"

"对了,你看过第二起案发现场的证物清单吗?"

"还没来得及细看,有什么问题吗?"

林进的眼中闪烁着认真而严肃的光芒:"傍晚我又回了一趟案发现场,照着清单仔细核对一遍,我认为现场少了一样东西。"

我接过林进递过来的文件夹,打开一看是刘雅慧家详细的证物清单,通俗点说就是警方在她家里都发现了什么。我注意到林进用红色记号笔将其中一样证物重点标记出来:香薰。

审讯室,深夜两点三十四分。

曾广亥被铐在审讯椅上,一脸倦怠地望着我,双目无神。

"曾先生,一包烟够你抽几天?"我问。

"啊?烟?"曾广亥看着我的眼神里有些莫名其妙。

"对啊,香烟,可别说你不抽烟。"我晃了晃手中的一盒香烟,这是他带在身上的那盒烟。

他也认出来了,眼睛直勾勾盯着烟,鼻头忍不住动了一下:"通常一天一包,如果手头实在忙得够呛,倒是勉强可以撑两天。"

我走到他面前,从证物袋里取出香烟,打开烟盒一抖,然后冲他努了努下巴。他立刻会意,从中抽出一支,迫不及待地夹在嘴唇之间。

我把烟盒重新装进证物袋,放回桌上。等我转过身的时候,他正眼巴巴地望着我。

"警官,火。"

"我以为你知道的,这里不让吸烟,我就是给你一支闻闻味儿,过个瘾。"

他失望地取出烟,丢在小桌板上,看也不看。我走上前,分明看见过滤嘴有些湿润,还有淡淡的牙印。

"确定不再闻闻?"

"不了,闻着反而把烟瘾勾起来了,更难受。"

我用夹子夹起那根烟放进新的证物袋里,交给在门外等候的同事。

我看着一脸疑惑的曾广亥,轻轻拍了下自己的脑袋:"刚才忘了说,我们在案发现场找到了新的证物,需要用到你的DNA进行比对,这不刚好吗,省得再拿棉签在你嘴里捅,多麻烦呀,你说是吧?"

"什么证物?"他很紧张,面如死灰。

"技术人员在你爱人的案发现场找到了烟蒂。"我说。

他的表情凝固了,看样子像是在认真思索,过了一会儿,他明显放松了下来,嘴角浮起一抹淡淡的微笑:"我没去过那儿。"

"我们也就是例行公事,希望你能理解。"

"理解，当然理解。"

"对了，我们找到凶手了。"

他愣了一下，挤出一丝难看的笑容："警官，你们真抓到他了吗？那我是不是可以回去了？"

我做了个手势，安抚他的情绪："别急嘛，我们还得向你了解些情况，晚点还需要你帮我们指认凶手。"

"你们还想问什么？"

"曾先生，你说凶手为什么不干脆杀了你呢？"

"应该是为了嫁祸给我。"

"是这样吗？可如果我是凶手，我根本不需要替你杀死卓巧，只要在你进入刘雅慧家里之后杀了你，然后报警称自己从外面回来时撞见对女友行凶的歹徒，在正当防卫过程中将其杀死。如此一来，我既不用花费大量时间将自己在那间公寓里生活过的痕迹全部抹除，也不必玩消失，就像希区柯克的短篇小说《邂逅》，曾先生，你一定也读过吧？"

曾广亥怔住了，不知是否该承认，纠结了一会儿，他装作刚想起来的样子，长长地"哦"了一声。

我接着说："相同的开端，相同的杀人手法，只不过本案凶手自作聪明，犯下了一个严重的错误。"

曾广亥没有说话，他在努力维持镇定，但是瞳孔却在颤动。

"我此前对一个细节耿耿于怀，那就是你昏迷的时间。按你的描述，你是晚上八点半左右被凶手打晕，醒来之后立刻就报警了，接警平台上的时间是早晨的七点五十三分，你昏迷了将近十二个小时，这未免也太长了吧。"我刻意停顿了一下，走到他身后，"后来我想通了，因为需要这么长的时间。凶手要清理的东西太多了，例如，烟灰缸，烟蒂，假发，白色口罩，增高鞋垫，还有什么呢，哦，还有刘雅慧家里的打火机，凶手匆忙之下也给带走了。"

曾广亥已经意识到我想说什么了，脸色煞白，呼吸声也越来越粗重。

"你也许会疑惑我们为什么会注意到打火机。原因很简单，刘雅慧的房间里弥漫着浓厚的香熏味道，可是，我们却没在她家里找到点燃香熏的工具。"我向曾广亥展示新的证物——和他的香烟放在同一口袋里的打火机，"曾先生，能请你解释一下，为什么我们在你携带的打火机上提取到的绝大多数指纹都是来自刘雅慧的？"

曾广亥脸上的表情很平静，我想，他大概也心知肚明，在确凿的证据面前狡辩是徒劳的。他沉默了许久，终于开口说道："我把自己的打火机弄丢了，大概是丢在城郊的荒地了吧。"

"其实是在你遗弃的那辆车里，我们在扶手箱里找到了它，不过，从湖里把车捞出来可费了一番工夫。"我说，"曾广亥，事已至此，我劝你还是把事情的来龙去脉都交代清楚吧。"

曾广亥不再像之前那般紧张，他释然了，甚至挤出了一丝微笑。

"变装其实是雅慧的主意。在我们刚开始交往的时候，毕竟我有家庭，所以不希望被人认出来，她说这很简单，只要塑造出一个与我本人截然不同的形象就行，我觉得这是个好办法。于是每次和她见面，我都戴上长长的假发，口罩，踩着增高鞋垫扮演一个不存在的角色，而她在别人面前提到我的时候，也会刻意将我描述成另一个人的模样。

"她是个聪明的女人，但也贪得无厌，或许是年龄增长，她开始不满足于这种见不得人的关系，就像大多数婚外情会面临的麻烦，她威胁我要将一切挑明，加之此时，我的经济出现危机，而卓巧又见死不救。重压之下，我几近崩溃，一方面我已经厌倦了雅慧的纠缠，另一方面我也需要卓巧的遗产周转，所以，我不得不把她们俩都杀了。

"昨天下午，我用虚假身份从租车行租了一辆轿车去接卓巧下班，让她喝下加了安眠药的水后，在城郊的荒地将她杀死，并且将现场伪装成奸杀未遂，然后将租来的车开进附近的湖里。我提前已经将自己的车停在了那里，在车里变装后，开车到了花苑小区。之后杀死雅慧，将我留在她家里的物品和身上的伪装通通打包扔进垃圾车，亲眼看着它离开。那会儿天已经亮了，再往后的事情你们就都知道了。"说完，曾广亥低垂着头，大概是真的筋疲力尽了。

"垃圾场我已经派人过去了，相信很快就能找到。"我说，然后闭上眼睛悄悄吐了一口气。

段琪妤的视角③

真是个偏僻的地方。

眼前是栋巨大的废弃厂房，写着"飞马机电"的招牌向一侧倾斜着，垂挂在半空中，仿佛随时都有可能砸下来。厂房的前后两扇门都敞开着，在月光的照射下，还不至于漆黑一片，也正因如此，我才能看清站在厂房中央的那个身影。

"没想到你真的能找来。"司徒说。

"23213051607，你不是把时间地点都明确告诉我了吗？23日，二十一点半，五一路07号，虽然是幼稚的文字游戏。"

"不愧是段大小姐。"

"司徒十方不是你的真名吧？"

"我不是说过吗？名字只是方便别人称呼自己的工具，在你们记忆中，我是司徒十方，可在其他人记忆中，虽然都姓司徒，但名字可就未必了。我还用过不少外国名字，例如，健次郎、赫德尔斯通、巴巴托夫斯基，你喜欢哪个？"

"我都不喜欢。"

"不过，这个名字是有意义的，尤其是对你来说。"司徒意味深长地笑了笑，"所谓八方，是指东西南北以及东南、东北、西南、西北，而十方则是在这个基础上加入上与下两个方向，使其成为一个立体，也叫作方圆。"

"方圆，我父亲的名字？"

"你猜对了，这个名字就是为了令尊而取的，我原本以为你能早点注意到呢。"

"你的目标是我父亲？"

"不，纯属误会，我只是希望你能帮我向令尊打听另一个人的消息。"

"什么人？"

"我的爷爷，真正的犯罪策划师，如果我没记错，令尊对他的称谓应该是恩师。"

"难道所谓的犯罪策划师竟然真的存在过？"

"不可思议吧,我也是在爷爷消失之后,才在他的日记本里知晓这个身份的。"

"我父亲确实提到他在寻找一位杳无音信的恩师,"我坦诚地说,"菠萝包应该是他们之间的暗号。"

"我只在爷爷的日记本里见过几次,似乎是某种只有参与者才知道的代号。不过,爷爷从未提起过,所以就连我爸妈也不明白其中的含义。"

"我父亲对此也是三缄其口。"

司徒看起来已经料到这种局面,一脸轻松地说了句"果然如此"。

"司徒,你会走上这条道路的初衷难道是为了……"

"我认为用拙劣的伎俩模仿犯罪策划师行事,或许能够逼爷爷现身。听起来十分愚蠢不是吗?然而这确实是我能想到的最后办法。"

"为此不惜葬送自己的未来吗?"

"我是个有强烈执念的人,凡是认定的事情就不会半途而废。"司徒摊着手,耸了耸肩,"所长,我打算委托菠萝包侦探事务所帮我寻找爷爷。"

"拒绝,我可不想与你扯上关系。"我直截了当地说。

"别急着把话说死嘛,好歹先听完我开出的价码。"司徒向我走近,脸上带着一丝狡黠的笑意,"如果你们能找到我爷爷,不,只要你们能明确爷爷是死是活,我就主动向警方投案自首,如何?"

他提出的条件确实很诱人,但是他本身就不可信,难说是不是别有企图。我稍作思考,最终开口说:"我会考虑的。"

司徒露出满意的微笑，这时候，左上方的回廊处发出声响，我抬头看去，只见一道细长的红光从那里照在我身上。我还没反应过来是怎么回事，就被司徒一把推开，然后就听见"嗖"的一声，有东西从我眼前极速飞过。下一秒，背后又出现一声枪响，还有子弹击中金属发出的清脆响声和慌乱的脚步声。

"跑掉了吗？"是教授的声音。

"应该错不了，声音已经越来越远。"回答他的是苏则。

诺诺也来了，她将我护在身后，警惕地盯着司徒。

"别紧张，那人的目标应该是我。"司徒说。

他的手里握着一根银色的弩箭，想到刚才射向我的就是这东西，我不禁汗毛直立。

"这是一根特制的弩箭，箭头部分有凹槽，可以用来装填毒液，不过现在是空的。"司徒冷静地分析着，然后看向我身前的同伴们，无奈地说，"果然还是甩不掉你们啊。"

"你们怎么会在这里？"我问。

"因为看到了你写在黑板背后的隐藏规则：名字必须是菠萝包。"教授说着，把枪口转向司徒，厉声呵斥道："至于你，司徒，别动！"

司徒的视角②

邓教授似乎很享受现在的局面，嘴角抑制不住地向上扬起。我很识趣地举起手，双脚缓慢地向后挪动，虽然我不相信他会真的朝我开枪,甚至我都不认为他会握着真正的枪。

"都说了别动!"他又呵斥了一声。

我已经完全看清楚那把枪的模样了,原来如此啊。

我把手放下,说:"邓教授,你手上的枪看着有点眼熟啊,我想起来了,那不是我留给你的玩具枪吗?但是,刚才的枪声又是怎么回事呢?"

邓教授哼了一声,也不再装模作样:"为了应对各种情况,不仅需要开枪时的音效,我还提前准备了多种子弹命中物体之后产生的音效,命中铁的声音,命中墙壁的声音,还有命中身体的声音。"

"看来你完全继承了我的使用方法。"我说。

"谁要继承你的方法,别拿我和你这种庸才相提并论。"教授得意地说,"来之前我已经报警了,算算时间也差不多该将这里包围了,你逃不掉了。"

这句话可能还真不是虚张声势,我下意识地观察厂房两侧出入口,同时竖起耳朵仔细听。

趁我分心之际,那位叫诺诺的女生突然冲到我的面前,一记鞭腿袭来。她的动作太快,已经来不及躲闪,我下意识地架起双手挡下。然而第二波攻势立刻接踵而至,只见她的右脚落地作为支撑,身体自然地向左旋转,左脚顺势抬起,势大力沉,准确地命中我的腹部。

我连着退后了好几步,剧烈的痛感竟能让我一时间喘不过气来,真是个可怕的怪力少女。

"站起来!"女孩厉声喝道,一副不打算收手的姿态,"刚才的那脚是我替邓教授踢的,接下来的攻击我不会再有所保留,为了那些因为你而丧命的受害者，就请你一边忍受疼痛，一边在心里默数自己的过错吧。"

不仅是她，邓教授和苏则也在逐渐靠近。我谨慎地计算着和他们之间的距离，然后迅速瞥了一眼手表，时间，还需要一点时间。

我缓慢地站起来，过程尽可能表演得狼狈："慢着，别把我说成是什么罪孽深重的人啊。说到底，我只是为迷茫的人解答了他们的疑惑，向无助的他们提供了某种方法。在你们眼中或许是错的，但是，那又怎么样呢？随你们去说吧，在那些得到帮助的人眼中我才是对的。你们认定的对和错我不在乎。什么？那些凶手说都是我的责任？都是因为我教给他们方法他们才杀人的？真的假的？哈哈哈，果然都是些无可救药的垃圾，何其愚蠢呢！你们难道不觉得可笑至极吗，哈哈哈哈哈，这根本就是本末倒置吧，如果不是他们动了杀心，正常人谁会滔滔不绝地对一个陌生人阐述自己心中的恶意，相信并动手实施杀人这项罪行。"

"无可救药。"邓教授走到诺诺身边，"司徒，闲话到此为止，剩下的话就留到警局再说吧。"

"那可不行，我还有没做完的事情。"我在心里默数着倒计时，三，二，一，就是现在，"各位，晚安。"

刹那间，强烈的白光从我身后两侧同时亮起，这当然是提前准备好的，一楼与二楼回廊的左右两侧，总共四盏大功率探照灯交叉照射，角度和距离都如我所料，光刚好汇聚在我的前方。各位侦探被直射的光照得睁不开眼睛，而身处暗影处的我则能趁此时机全身而退。

从工厂脱身后，我来到约定地点与柳会合。

"Boss，刚才那箭没伤着你吧？"

"毫发无损。不愧是你，竟然能够正好射中标记的圆心。"

"因为井在弩身上加装了瞄准器。"

我把箭还给柳，柳双手接过，收进箱子里。他刚才所使用的特制弩也已经折叠收好。

"其他人到哪儿了？"我问。

"轸和翼已经到机场了，井正在收拾行李，晚点到机场与我们会合。"柳恭敬地说。

我无奈地耸耸肩："井真是麻烦，过段时间不就回来了，何必收拾那么多行李。算了，我们也动身去机场吧。"走了两步后，我又对柳说，"对了，要不我再找两个人加入吧？不把朱雀七宿凑齐总觉得心里难受。"

"还剩下鬼和张。"

"说起来，对于菠萝包们而言，我的真名还是个谜，要不下次就用真名和他们打招呼吧，就这么决定了，'好久不见，各位，我是司徒若星'，虽然他们大概率是不会相信的。"